사랑에 관한 몇 가지

오해

사랑에 관한 몇 가지 오해 1

초판 1쇄 찍은 날 § 2006년 12월 8일
초판 1쇄 펴낸 날 § 2006년 12월 18일

지은이 § 서연
펴낸이 § 서경석

편집장 § 문혜영
편집책임 § 이종민
편집 § 한지윤

펴낸곳 § 도서출판 청어람
등록번호 § 제1081-1-89호
등록일자 § 1999. 5. 31
어람번호 § 제5-0118호

주소 § 경기도 부천시 원미구 심곡1동 350-1 남성B/D 3F (우) 420-011
전화 § 032-656-4452 팩스 § 032-656-4453
http://www.chungeoram.com
E-mail § eoram99@chollian.net

ⓒ 서연, 2006

ISBN 89-251-0444-X 03810
ISBN 89-251-0443-1 (SET)

첫 사 랑 ,   시 리 도 록   짧 은 …

사랑에 관한 몇 가지 오해

1

서연 지음

도서출판
청어람

프롤로그

조문객들이 돌아가고 난 상가(喪家)는 므섭도록 적요했다. 오래도록 정이 든 주인을 상실한 빈집은 빈들에 부는 바람 같은 서러움을 호소해 왔고, 홀로 남은 상주는 지친 걸음으로 주방으로 향했다.

전기밥통엔 나흘 전에 해둔 밥이 들어 있었다. 가장자리가 노랗게 말라붙은 채. 나흘 전 이 자리에서 밥통에 밥을 퍼 담았을 엄마를 생각하자, 왈칵 눈물이 치밀었다.

네 과목 F에 나머지 두 과목이 C 학점이었던 지난 학기를 마치고, 다시 태어나는 심정으로 2학년 1학기를 맞이한 게 불과 한 달 전이었다.

흐드러지는 벚꽃이, 강의실 창 너머로 만개한 뭉게구름이, 다시는 오지 못할 날들을 추억하게 했지만 다정은 독하게 남아 있는 미련을 털어냈다.

추억보다 잔인한 건 잊혀져 간다는 사실이었다. 불과 한 학기 사이, 사람들은 지난여름의 일 같은 건 까맣게 잊은 듯했다. 학교 어디에서도 찾아볼 수 없는 이들의 부재를 궁금해하는 사람도 없었다. 더러는 그런 잊혀짐이 못내 서운해 눈물이 날 것 같기도 했다.

추억과 잊혀짐 사이를 오가던 다정이 이모의 전화를 받은 건 나흘 전이었다.

[다정아, 엄마가 쓰러졌다. 네 엄마가…….]

숨이 넘어갈 것 같은 이모의 목소리에 곧바로 대전으로 내려온 다정은, 하얀 시트에 덮인 엄마의 주검 앞에 할 말을 잃어야 했다. 시트를 내려 엄마의 얼굴을 확인한 순간, 실성한 듯 피식 웃음이 나왔다.

"답답하게 이런 걸 왜 덮어요, 우리 엄마 답답하게."

그리곤 얼음보다 차가운 엄마의 얼굴과 손을 오래도록 주물러 주었다. 금방이라도 엄마가 눈을 뜨리란 기대로.

사인(死因)은 급성 뇌출혈이었다. 아무리 전화를 해도 받지 않는 엄마가 수상해 집으로 찾아갔다고 이모는 말했다.

"벌어먹고 사는 게 뭔지…… 엉엉엉…… 내가 살아야 새끼도 있는 법이라고 그렇게 말을 했건만……."

실감이 나지 않았기에, 아니, 인정할 수 없었기에 오히려 초연할 수 있었다. 눈이 부시도록 흰 소복을 입었고, 하나둘 찾아드는 문상객들을 맞이했고, 장례를 준비했다. 어디에선가 '다정아!' 하고 나타날 엄마를 믿었기에.

제사를 모실 아들이 없으니 당연히 화장을 해야 한다는 이모 내외와 목이 쉬도록 다툼을 벌이기도 했다.

"처제, 처제 속상한 건 이해하지만, 이건 현실이야. 우리 앞을 길게 보자고. 내친김에 장인어른하고 함께 납골당에 모시도록 하자고."

"그래, 다정아. 나도 엄마 화장하는 거 정말 싫어…… 흑흑…… 하지만 어떻게 해?"

이모의 말을 거드는 언니 부부에게 입에도 못 담을 말을 퍼부으며 다정은 생각했다. 정말 우리 엄마가 죽었을까, 라고. 오래전 아빠가 그랬던 것처럼 다시는 돌아오지 않을 그 먼 길을 홀로 떠났을까, 라고.

안타까움을 견디지 못해 까무러치기를 몇 번, 다정은 이모부가 급하게 구한 공원묘지에 엄마를 장례 지낼 수 있었다. 아빠가 묻힌 공원묘지였다.

"우리 막내딸!"

어디에선가 엄마의 환한 목소리가 들려올 것만 같았다. 언제나 그랬듯 따뜻한 엄마의 살 냄새가 자신을 꼬옥 안아줄 것만 같았다.

싸늘한 목관 위로 몇 줌의 흙이 뿌려질 때에도 다정은 울지 않았다. 인부 몇이 둥그런 봉분을 만들고 난 뒤에도 그녀는 울지 않았다.

하지만 이모와 함께 엄마의 유품을 정리하던 오늘, 그녀는 목이 쉬도록 울어야 했다. 언니와 자신이 초등학교에 들어가기 전부터 선물했던 모든 것을 엄마는 장롱 깊숙한 곳에 간직하고 있었다. 색종이를 잘라 만든 조악한 카네이션에서부터, 비뚤비뚤한 글씨로 써 내려간 편지까지. 그리고 장롱 깊숙한 곳엔 언니와 다정이 입었던 배냇저고리도 들어 있었다.

"자식에게서 무슨 호사를 누리겠다고 그렇게 억울하게 살았어, 언니……."

유품을 정리하면서 이모는 줄곧 눈물을 훔쳐 냈다. 하나밖에 없는 혈육을 떠나보낸 이모의 설움은 오후에 걸려온 언니의 전화를 받고 분노로 바뀌었다.

"다정아, 소정이가 말이다, 재산은 어떻게 나눌 거냐고 묻는다. 이 아파트며 땅은 어떻게 할 거냐고 물어!"

분노는 비단 이모에게 속한 것이 아니었다. 수화기를 낚아챈 다정은 지난 시간 참아온 분노를 남김없이 토해냈다.

"너 따위는 언니도 아니야! 네가 어떻게, 누구 때문에 엄마가 이렇게 빨리 가셨는데! 이 아파트? 땅? 그거 너 다 가져! 다 가지고 평생 내 앞에 나타나지 마!"

이모 부부와 함께 엄마의 유품을 불에 태우고 났을 즈음에야, 죽음이란 두 글자가 또렷하게 실감이 났다. 소복 자락을 붙든 채 아직 붉은 흙이 채 마르지 않은 무덤 앞에서 뒹굴며 오열하는 다정을 보며 이모 역시 가슴을 쥐어뜯었다.

쉰셋, 아직 세상을 떠나기엔 너무도 이른 나이였다. 서른 몇 살이 되던 해에 형부를 여의고 오직 딸자식 둘만을 바라보며 살아온 언니가 불쌍해, 다정의 이모는 보슬비가 내리는 무덤가에서 두 다리를 쭉 뻗고 오열을 해야만 했다. 얄밉도록 악착같이 제 것만 챙기는 큰조카와 달리, 아직은 어리기만 한 작은 조카가 가여워 억장 같은 울음을 터뜨렸다.

"언니, 이 어린 건 어떻게 하라고 그리 빨리 갔수!"

엄마의 마지막 손길이 묻어 있는 전기밥통을 붙들고 한참을 울고 난 다정은 눈가에 흥건하게 고인 눈물을 닦아냈다. 살아야 한다는 본능이, 꼬박 나흘 동안 몇 모금의 물 외엔 아무것도 먹지 않았다는 사실이, 그녀의 눈자위에 붉은 실핏줄을 도드라지게 만들었다.

"엄마, 나 악착같이 잘살게. 나 지켜줄 거지?"

다짐을 하듯 결연한 표정을 지은 다정은 냉장고 문을 열었다. 엄마의 손길이 고스란히 묻어난 반찬통이 가지런히 놓여 있었다. 왈칵하고 치미는 울음을 손바닥으로 막아낸 다정은 콩나물

무침이며 호박 나물을 밥통에 넣고 주걱으로 비비기 시작했다.

"살 거야, 엄마 몫까지, 아빠 몫까지……."

커다란 주걱에 묻은 밥을 입 안으로 밀어 넣으며 다정은 흘러 내리는 굵은 눈물을 닦아냈다. 모래알처럼 넘어가지 않는 밥을 꿀꺽 삼킨 다정은 급한 걸음으로 전화기 앞으로 다가갔다. 두 번의 신호가 울렸을까. 잠길 대로 잠긴 이모의 목소리가 들려왔 다.

"이모, 우리 밥 먹자."

[밥?]

"이모도 한 끼도 안 먹었잖아. 내가 밥 비볐어, 엄마가 해놓은 밥에 엄마가 한 반찬 넣고……."

서러운 울음소리가 들려오는가 싶더니 이내 이모가 말했다.

[이모, 금방 내려갈게. 너 먹이려고 죽 쑤고 있었는데 이것도 가져갈…… 게.]

함께 애도할 사람이 있음에도 불구하고 슬픔은 줄어들지 않 았다.

다정은 숟가락 두 개와 밥통을 들고 안방으로 들어섰다. 엄마 가 쓰던 커다란 침대가 덩그러니 놓여진.

순간 누군가의 얼굴이 또렷하게 떠올랐다, 헤어짐이란 어느 한쪽이 다른 한쪽에서 주는 아픔이 아니라는 사실을 알게 해준 한 사람의 얼굴이. 안방을 나온 다정은 자신의 방으로 들어가 책꽂이에 꽂힌 노트 한 권을 빼들었다. 그날 이후 단 한 번도 꺼내본 적 없던 노트였다.

오랜만에 꺼낸 노트의 겉표지엔 자잘한 손때가 묻어 있었다. 다섯 달 남짓 거의 매일처럼 노트를 주고받던 그와 자신의 손때일 것이다.

다정은 제법 두툼한 노트의 중간쯤을 펼쳤다. 가장 아픈 날의 기억이 담긴.

〈To 다정.

내게 너를 향한 씨앗만한 원망이 자리하고 있다면, 네겐 구름 떼 같은 원망이 자리하고 있겠지.

아직 누군가를 사랑하기엔 턱없이 부족한 내 자신을 인정하고 나면, 조금은 마음이 편해질까?

사랑을 이야기할 수 없는 내 자신이, 사랑을 고백한 그 일을 사과해야 한다면 그래야겠지. 부족함과 서투름밖에는 준 게 없는 네게 미안한 마음이 크지만, 그조차 흐르는 시간 속에선 그저 흐릿한 추억으로 자리하게 되겠지.

현재에서 미래를 약속하는 것이 어리석은 몽상이라면, 현재를 과거로 빗댈 줄 아는 게 지혜일지도 모른다는 생각이 든다. 므든 현재는 그것이 아무리 아름다운 것인들 끝내는 과거가 될 뿐이니까.

하지만 영원한 사랑을 믿는 사람만이, 설령 그것이 어리석음일지라도 그럴 수 있는 사람만이 사랑을 말할 수 있다는 생각을 한다. 여전히…….

비록 짧은 동안이었지만 영원을 믿을 만큼 널 사랑했다. 아니, 그랬던 것 같다. 유치한 인사가 되겠지만 우리의 짧은 사랑이 네게 큰 아픔이 되지 않기를 바라본다. 영원한 사랑을 믿는 그런 네가 되길…….

From 선호.〉

한지 위에 굵은 눈물이 떨어지자 다정은 황급히 손끝으로 물기를 닦아냈다. 하지만 이미 번지기 시작한 그의 이름은 이내 알 수 없는 흔적이 되어버렸다. 가슴에 남은 상흔처럼.

사랑했었다는 그의 말이 아프도록 가슴을 파고들었다. 그제야 알 것 같았다. 죽음이 슬픈 게 아니라 사랑하던 일을 과거로 말하게 된 그 일이 못 견딜 만큼 슬픔을 자아낸다는 사실을. 영원한 과거가 되어버린 사랑이…… 그렇게 말해주고 있었다.

생애 처음으로 헤어짐을 알려준 아빠는, 첫사랑의 아픔을 알게 해준 그는, 그리고 엄마는 과연 어떤 심정으로 영원한 이별 앞에 섰을까 싶은 생각이 들었다.

문득, 허무라는 두 글자가 서리 묻은 바람처럼 가슴에 내려앉았다. 한 줌의 재가 되어버린 엄마의 유품처럼, 더는 생명을 상실한 노트처럼, 세상의 모든 사랑은 허무할 뿐이란 생각이 들었다. 영원한 사랑이 존재하지 못한다면…….

1. 스무 살의 봄

*19*97년 봄.

브랜드 로고가 그려진 큼지막한 배낭을 멘 다정은 콧등에 송송 배어난 땀을 손등으로 문지르며, 강의실이 있는 건물을 향해 빠르게 걸어갔다. 분주하게 걷는 걸음과 달리 그녀는 내내 콧노래를 흥얼대고 있었다.

"내 뜨거운 입술이 너의 부드러운 입술에 닿길 원해. 내 사랑이 너의 가슴에 전해지도록. 아직도 나의 마음을 모르고 있었다면은, 이 세상 그 누구보다 널 사랑하겠어. 널 사랑하겠어, 언제까지나. 널 사랑하겠어, 지금 이 순간처럼……."

괜스레 처량한 생각을 갖게 하는 목련은 벌써 지고, 교정엔

개나리와 진달래가 만개한 봄을 말해주고 있었다.

"김다정!"

막 건물 입구로 들어서려던 다정은 헐레벌떡 달려오는 예분을 바라보곤 걸음을 멈추었다.

"쯧쯧, 나보다 더한 인물이 여기 있었네."

"헉헉……."

자그마한 크로스백을 멘 예분은 상체를 숙이고 가쁜 숨을 토해냈다. 보나마자 정문에서부터 내처 달려온 게 분명했다.

"정확히 오 분 남았다."

손목에 차고 있는 시계를 들여다보며 다정이 놀리듯 말하자, 그녀가 휴우, 하고 한숨을 내쉬었다.

색채학(色彩學)을 맡고 있는 교수는 시간 엄수에 대한 지론 하나만큼은 투철한 분이었다.

"지각하는 것들은 삼족(三族)을 멸해야 한다!"

그러다 보니 색채학 수업이 있는 날은 아침부터 헐레벌떡 뛰기 일쑤였다.

"계집애, 화장까지 하고 온 것 봐?"

"이 정도는 기본이지."

주위를 두리번거린 예분이 다정의 귀에 입술을 가져다 댔다.

"난 세수도 안 하고 왔다."

다정이 기겁을 하자, 예분이 낄낄거리며 웃어대기 시작했다.

"누구처럼 잘 보일 사람이 있는 것도 아니고……."

"야, 시간 늦겠어, 얼른 들어가자."

다정은 누가 들을세라, 툭하면 놀려먹기 일쑤인 친구의 팔목을 잡아끌었다.

스무 살. 겨우내 바짝 말라 있던 나뭇가지에 움튼 새순보다 푸릇푸릇한 나이였다. 아직 귓가에 보송보송한 솜털 자국이 가시지 않은 다정과 예분의 어깨 위로, 스무 살의 젊음만큼이나 싱싱한 햇살이 내리비쳤다.

강의가 끝나자마자 다정은 빠른 걸음으로 학교 앞 모림만두집으로 향했다. 일 년 남짓한 시간이 지나는 사이, 야릇한 감정이 무엇인지를 알게 해준 선호를 만나기로 한 날이었다. 유리문을 열고 안으로 들어서자, 미리 와 있던 선호가 그녀를 향해 손을 들어 보였다.

"일찍 왔구나?"

콩닥콩닥 뛰는 가슴을 내리누르며 다정은 태연한 척 그에게 인사를 했다.

카키색 점퍼를 입은 선호의 얼굴엔 '나, 모범생이에요'라는 글자가 써 있는 것 같았다. 언제나 그랬던 것처럼.

떡라면 두 그릇과 김치 만두 일 인분을 주문하고 나자, 선호가 그녀에게 책을 한 권 건네주었다.

"지난번에 말한 그 책이야?"

"생소한 용어가 많아서 책장이 쉽게 넘어가지는 않지만, 읽고 나면 남는 게 많아."

다정은 선호로부터 건네받은 막스 베버의 '프로테스탄티즘의 윤리와 자본주의 정신'이라는 그리 두껍지 않은 책을 펼쳐 보았다. 종파의 계층이니 자본주의 정신이니 현세적 금욕주의의 종교적 토대라느니, 목차부터가 심상치 않았다.

'흠, 이런 책을 본단 말이지.'

"의외다."

"뭐…… 가?"

"보통 전공이 아닌 이상 여자애들은 이런 책 잘 안 보거든."

"아, 그거! 난 그렇게 생각 안 해. 책이란 양식이잖아. 편협하게 전공만 파고 들어가게 되면, 한 길밖에 모르는 사람이 되잖아."

"그건 네 말이 맞아."

분식점 의자에 반듯하게 앉은 선호가 빙긋 미소를 지어 보였다.

불과 한 한기 전까지만 해도 선호의 그런 미소에 별다른 의미를 부여하지 않을 수 있었던 다정이지만 지금은 두근대는 가슴을 억제하느라 귓불이 빨개졌다. 선호가 물어왔다.

"수업은 어때?"

"2학년이 되고 나니까 눈코 뜰 새가 없어."

"밤샘도 해?"

"아직 그 정도는 아닌데 아마 종강할 즈음 되면 그렇게 될 것 같아."

"그래도 창조적인 공부라 매너리즘 같은 건 안 생기겠다. 그렇지?"

"마우스가 창조해 내는 학문인걸."

약간 불만 섞인 다정의 말에 선호가 유쾌하게 소리를 내어 웃었다. 때마침 만두가 나오자 그는 다정의 앞쪽으로 접시를 밀어 주었다.

"얼른 먹자."

자그마한 접시에 간장을 따르고 몇 방울의 식초를 섞는 그를 보며 다정은 생각했다. 언제쯤이면 선호의 입에서 영화를 보자는, 바람을 쐬자는 말이 나올까, 하고.

유선호.

동아리 모임에서 알게 된 그는 신림동에 자리한 대학의 경영학과에 재학 중이었다. 일주일에 두 번씩 과외 아르바이트를 하면서도 지금껏 장학금을 놓친 적 없는, 아주 건실한 친구였다. 또래답지 않게 깊은 생각이며 사물에 대한 해박한 지식은, 다정의 마음을 불과 몇 달 만에 우정에서 그 이상의 감정으로 바꾸어놓았다. 그래 봐야 혼자만의 가슴앓이이지만.

"참, 선호야, 이번 주 히나 어떻게 되는 거야?"

"형이 아직 얘기 안 해?"

"바쁜가 봐, 요즘은 얼굴 보기도 힘든걸."

'히나(Here&Now)'는 다정의 대학 선배인 두희가 이끄는 사제(私製) 동아리였다. 그리고 다정이 선호를 알게 된 것도 히나를 통해서였다.

한 달에 두 번, 한 주는 노량진에 있는 보육원에 가서 아이들과 놀아주고, 다른 한 주는 수락산 자락에 있는 장애우 복지시설을 찾아가 목욕 봉사를 하는 것이 '히나'의 주된 일이었다. 비정기적으로는 결연을 맺은 아동들과 나들이를 하기도 하고, 조촐한 행사를 마련하기도 했다.

"저녁때 내가 연락해 볼게."

"그럴래?"

김이 모락모락 나는 라면 그릇을 가운데 둔 채, 다정은 막 구워낸 카스텔라만큼이나 폭신폭신한 선호의 목소리를 음미했다.

당장 졸업과 취업이 직결되는 강의 시간은 더디기만 한데, 선호와 함께 있는 시간은 일분일초가 아쉽기만 했다. 너무도 빠르게 흐르는 시간 때문이었다.

분식집을 나서며 선호가 물었다.

"다정아, 간식이었지?"

"어? 어."

그의 질문에 대답하며 다정은 멋쩍은 듯 웃어 보였다.

여덟 시, 열두 시 반, 그리고 일곱 시. 세상이 두 쪽 나도 식사 시간만큼은 엄수하는 다정이었다.

"이야, 오늘도 만차네."

괜스레 멋쩍어진 다정은 학교 근처 도로를 다 차지하다시피한, 노점 리어카들에게로 화제를 돌렸다. 신촌 쪽에 몰려 있던 노점상들이 하나둘 학교 앞으로 옮겨오기 시작한 건, 작년 가을 무렵이었다.

헤어핀이며 액세서리 따위를 파는 리어카들을 지나 학교 정문까지 오는 데는 불과 몇 분도 걸리지 않은 것 같았다. 가까워지는 정문을 야속해하며 다정은 그로부터 건네받은 책을 가슴에 꼭 끌어안았다.

"오늘은 과외 가?"

"어, 가야지."

"양재라고 했지?"

"응, 애가 똑똑해서 그런지 잘 따라오는 것 같아."

그가 가르치는 아이는 고등학교 1학년이라고 했다. 전교에서 십 등 안에 드는 아이인지라, 가르치는 데 있어 크게 어려운 일은 없다고 했다.

조금만 그와 더 있고 싶은 다정의 마음을 알아차렸는지, 선호의 가방에서 휴대폰이 울리기 시작했다. 등에 메고 있던 배낭을 한쪽으로 돌린 선호는, 앞쪽에 달린 보조 주머니에서 까만색 스타택을 꺼냈다.

"여보세요……. 아, 형!"

마냥 호기심을 자아내는 최신형 휴대폰이 정문을 나서던 학생 몇몇의 시선을 잡아끌었다. 그런 시선은 개의치 않는다는 듯, 선호가 입모양으로 '두희 형'이라고 말해주었다.

"오늘이요? 네, 지금 알바하러 가려고요. 아홉 시 정도면 마칠 것 같아요…… 네……."

두희가 무슨 말을 했는지 선호가 고른 치열을 드러내며 미소를 지었다.

지금껏 그가 화내는 모습을 다정은 한 번도 본 적이 없었다. 냉철한 듯하면서 유한 성격을 지닌 친구였다.

통화를 끝낸 선호가 말했다.

"형이 저녁때 잠깐 보자네."

"잘됐네."

"과외 끝나고 볼 건데, 그럼 너무 늦지?"

다정은 대답 대신 빙긋 미소를 지었다. 식사 시간만 투철하면 좋으련만, 그녀는 취침 시간마저도 자로 잰 듯 철저했다. 덕분에 다정은 늦은 시간의 외출은 꿈도 못 꾸었다.

"봉사 날짜나 정해지면 연락 줘."

"그래, 그럴게."

"나 이만 들어갈게, 선호야."

막스 베버의 책을 꼭 끌어안은 다정이 손을 들어올리자, 선호 역시 손을 들어올렸다. 잘 가라는 듯.

"참, 다정아!"

"어?"

"그 책 너 가져도 돼."

"……?"

"너도 소장하는 게 좋을 것 같아서 한 권 샀어."

"아!"

"간다!"

설레는 마음으로 몇 발자국을 걷던 다정은 교문 뒤에 몸을 감추고, 분주한 걸음으로 멀어져 가는 선호의 뒷모습을 한참 동안 지켜봐야 했다. 뒤로 멘 배낭이 흔들리지 않을 정도로 단정한 걸음걸이가 마치 선호의 반듯한 성격을 말해주는 것 같아 기분이 좋았다.

과외를 끝낸 선호는 서둘러 두희의 집으로 향했다.

스물일곱 살의 두희는 선호가 대학에서 들어와서 알게 된 사람들 중 가장 괜찮은 선배였다. 정신적인 지주라고까지는 말할 수 없지만, 호기심으로 왕성한 스무 살의 선호에겐 정서적 지주나 진배없었다.

단독주택 일층에 자리한 그의 집 현관문을 두드리자, 이내 두희가 문을 열어주었다.

"왔네? 안 그래도 너 올 시간 된 것 같아서 탕수육 시켜놨다."

"형, 잘 지냈어요?"

선호는 슈퍼에서 사가지고 온 맥주가 담긴 비닐봉투를 두희에게 건넸다.

"인마, 뭐 이런 걸 사 오고 그래?"

"애들 왔어요?"

현관에 있는 낯익은 신발 두 켤레가 선호에게 미리 와 있는 손님들의 정체를 알게 해주었다.

배낭을 내려놓은 선호는 게임에 푹 빠져 있는 두 친구의 뒤통수를 가볍게 때려주었다.

"사람이 왔으면 아는 척은 해야지, 인마."

"어, 왔냐?"

희돈이 자리에서 일어서자, 뒤따라 성광이 일어섰다.

"알바 갔다 오는 거야?"

"응."

"할 만하냐?"

"그런대로."

"저녁은?"

"어, 아까 다정이 만나서 대충 먹었어."

"다정이 만났냐?"

희돈의 눈자위에 드리우는 장난기를 발견한 선호가 피식 웃음을 터뜨렸다.

"눈먼다, 인마. 색안경 그만 써."

"에이, 아닌 것 같은데?"

"책 줄 게 있어서 갔다 온 거야."

"형. 선호, 다정이 만났다는데요!"

희돈이 큰 소리로 주방에 있는 두희를 부르자 그가 유리잔이 담긴 쟁반을 들고 나오며 대답했다.

"진도 나가려고?"

"형까지 왜 이래요?"

"왜 이러긴 놀려먹는 거지."

나무를 짜서 만든 커다란 작업대 위엔 석 대의 컴퓨터가 놓여 있었고, 네 사람은 작업대 아래쪽에 자리를 하고 앉았다. 두희가 오프너로 맥주의 뚜껑을 따자, 픽 하는 소리와 함께 자잘한 거품이 병 입구로 흘러내렸다. 주문한 탕수육이 도착하자 작업실은 이내 아늑한 쉼터로 변했다.

예술을 죽음만큼이나 싫어하는 아버지 때문에, 고등학교를 졸업한 이후 고학(?)을 해왔다는 두희는, 선호를 비롯한 세 친구에게 있어선 든든하기 그지없는 선배였다. 하역 잡부 일부터 농수산물 도매시장의 배달 일까지 그야말로 안 해본 일이 없다는 그는, 배울 게 너무도 많은 사람이었다.

"그래서 일하느라 일주일 동안 학교에도 안 나온 거예요?"

"인마, 안 나간 게 아니라 못 나갔다니까."

그는 말했다. 사람의 인연이라는 게 내 상황만을 내세울 수는 없는 거라고. 돈 한 푼 없이 집을 나왔을 무렵, 친형처럼 자신을 거둬준 도매시장 내 청과물 상회 사장의 곤란을 지켜볼 수만은 없어, 수업을 뒤로한 채 비지땀을 흘려야 했다고.

가끔 두희에게선 스물일곱 살 청년이 아니라 부모님 연배의 건실함이 느껴지곤 했다. 노동의 고단함을 일상으로 치부하는 넉넉한 자세가 그런 생각을 갖게 해주는 것 같았다.

"야, 참, 빅뉴스가 하나 있어."

"뉴스요?"

"우리 히나에 새로운 멤버가 하나 온다."

맥주를 한 모금 들이킨 두희가 히죽 미소를 지었다. 뭔가가 있다는 신호였다.

"형, 누군데 그래요?"

"우리 학교 실용음악과 복학생인데, 눈이 호강을 한다는 게 어떤 건지 알게 될 거야."

꿀꺽, 소리가 나게 탕수육을 삼킨 성광이 급한 목소리로 물었다.

"예뻐요?"

"감히 예쁘다는 소리만으론 표현이 안 되지. 암, 그렇고말고."

스무 살. 한참 물이 오른 나뭇가지처럼 이성에 대한 호기심으로 충만한 세 사람에게 두희의 말은 진한 설렘을 안겨주었다.

"형, 누구 닮았어요?"

"누굴 닮다니?"

"아, 왜 연예인 중에 대충 닮은 사람 있을 거 아니에요. 전도연? 최진실?"

"절대 그 두 과(科)는 아니야."

"키는요?"

"백칠십은 안 될 거야."

"와우!"

"자식, 침 흘리겠네. 예쁘장하게 생긴 공주는 아니고, 애가 굉장히 서구적이야. 딱 보면 육감적이라는 게 이런 거구나, 하는 삘(feel)이 확 꽂히는 그런 스타일이야."

"이야!"

"형, 드디어 우리 히나에 서광이 비추는 건가요?"

"낄낄. 다정이하고 예분이 들으면 거품 문다, 인마."

"에이, 걔네 둘은 열외죠. 걔들이 이름이 좋아 여자지, 여자예요?"

"인마, 걔들이 어때서?"

"절대 가슴 뛰는 타입은 아니잖아요."

성광으로부터 시작된 시선이 하나둘 선흐를 향하기 시작했다.

"왜들 이래?"

"에이, 넌 아니잖아."

"내가 뭘?"

"우리 중에서 다정이 보면서 가슴 설레는 건, 너밖에 없을걸."

놀림이 섞인 희돈의 말에 선호가 피식 웃음을 터뜨렸다. 편안하긴 해도 가슴이 설렌다거나 얼굴이 붉어지는 그런 사이는 아

니었다. 뭐랄까, 때 묻지 않은 모습이 좋았고, 뭐든 열심히 하려
는 자세가 마음에 드는 친구였다. 선호에게 있어 다정은.

"넘겨짚지 마시지?"

"얼, 아니다 이거야?"

"친구 사이에 그런 게 어디 있냐?"

더운 김을 호호 불어가며 라면을 먹던 다정을 떠올리며 선호
는 빙그레 미소를 지었다. 두희가 그런 선호의 어깨에 척하니
손을 올렸다.

"선호야!"

"예, 형?"

"모름지기 남녀란 말이다, 끌리는 타이밍을 잘 포착해야 해."

"네?"

"자기(磁氣)도 금속이 금속의 성질을 지닐 때 발생하잖아. 남
녀 사이라는 게 한없이 미묘하단 말이야. 어떤 날은 상대에게
마구마구 자기를 뿜어낼 때가 있는데, 또 어떤 날은 나무토막처
럼 덤덤해진단 말이지. 이해되냐?"

"하하, 이해 안 할래요."

"인마, 2학년씩이나 됐으면 여자 친구도 하나 만들어야지. 안
그래?"

"그게 의지대로 되는 건가요?"

"머리 좋은 놈들한테 제일 큰 함정이 뭔지 알아?"

"……?"

"논리에 기댄 신중이야."

그럴듯한 두희의 말에 성광과 희돈이 고개를 끄덕였다.

"일단 머리가 좋은 놈들은 생각의 체계가 달라. 그런 놈들은 사물을 국, 영, 수 암기하고 이해하듯 그렇게 받아들이거든. 근데 사람 사는 게 말이야, 특히 이성관계는 그런 논리가 대입이 안 돼. 물론 논리적으로 생각해야 할 대상이 있기도 하지만, 대개는 단순 무식하게 밀어붙여야 하거든. 왜냐? 여자들이란 자고로 기다림에 익숙해지지가 않는 존재야."

"그래도 무조건 들이댈 수는 없잖아요, 형. 무면허 운전도 아니고."

"낄낄, 불쌍한 것 같으니라고. 네가 그러니까 여자 친구가 없는 거야. 박희돈, 네가 지금 몇 살이냐?"

"스무 살이요."

"결혼 상대자 구하냐?"

"에?"

"낄낄, 너희들 나이 때의 연애는 도로연수 수준이야. 연수 나가는 놈이 차종 고르는 거 봤냐? 연수의 목적은 길을 파악하고, 운전법을 체득하는 데 있는 거야."

너무도 그럴듯한 두희의 말엔 선호조차 고개를 끄덕일 수밖에 없었다.

"수능은 만점이 있지만, 연애엔 만점이라는 게 없어. 향상만이 있을 뿐이지."

"와, 역시 형이에요!"

공감한다는 듯 성광이 엄지를 치켜 보였다.

"말 나온 김에, 선호 너 다정이하고 잘해볼 마음 없냐?"

"에이, 형도. 그런 거 아니라니까요."

"아, 이 샌님, 실컷 강의해 줬더니 적용을 못하네."

말은 그렇게 했지만 두희는 내심 선호와 다정이 잘되길 바라고 있었다. 그저 길을 익히는 수준의 도로 연수가 아니라, 아끼는 두 사람이 서로의 길이 되어주었으면 좋겠다는 생각을……

"참, 형, 오늘은 영상론 수업 안 해요?"

"이 자식, 이거…… 당연히 해야지!"

너스레를 떠는 두희의 말에 세 친구가 왁자하니 웃음을 쏟아냈다.

이성에 대한 호기심과 함께 성(性)에 대한 호기심 역시 피크를 이루는 나이였다. 여자 셋 이상이 모이면 수다가 절정을 이룬다지만, 스무 살의 사내 녀석 셋이 모인 자리는 이성에 대한 담론과 수려한(?) 영상의 공유가 주를 이루었다.

시각디자인을 전공하는 사람답게 두희가 엄선한 영상물들은 언제나 최고 수준이었다. 자신들이 뒤져서 찾아낸 자투리 포르노와는 감히 비교조차 할 수 없는.

물론 희귀한 영상물을 몇 편 보고 난 뒤엔, 그에 괄목할 만한 영상을 찾아오라는 숙제가 주어지긴 하지만 선호와 성광, 그리고 희돈에겐 두희의 영상론은 짜릿한 흥미 그 이상이었다.

두희가 컴퓨터로 다운 받아둔 파일을 여는 사이, 세 사람은 금녀의 구역에서 그들만이 만끽할 홍미에 취해 총명한 눈을 더욱 반짝이고 있었다.

샤워를 마친 다정은 자그마한 하숙방 침대에 반듯하게 누웠다. 학기말로 다가온 선배들의 작품 전시회를 돕느라 이런저런 잡일을 많이 한 까닭에, 온몸 구석구석 안 아픈 곳이 없었다. 그럼에도 기분은 마치 하늘 위를 날고 있는 것처럼 개운했다.

가뿐하게 몸을 뒤집은 다정은 침대 머리에 있는 일기장으로 집었다. 갈피 사이에 펜을 끼워둔 일기장을 편 그녀는, 꺼알 같은 글씨로 '그를 만났다, 꺄오!' 라고 써넣었다. 그리고 그로부터 책을 선물 받은 이야기도 써넣었다. 덧붙이듯 화이트 데이에 그가 사탕을 주었으면 좋겠다는 바람도 써넣었다.

두근세근 하는 가슴 때문에 살이 내릴 지경이긴 하지만, 누군가를 좋아한다는 건 꽤나 근사한 일임에 분명했다. 설레는 마음을 다 그려내기란 불가능하기에 짤막하게 일기를 쓴 다정은, 베개를 가슴에 받친 채 선호가 선물해 준 책을 펼쳤다.

〈봄처럼 전진하는 사람이 되자, 친구야! 1997년 3월 9일.〉

책의 첫 장에 적혀진 메모와 선호의 사인은 다정의 얼굴에 부끄러운 미소를 짓게 만들었다. 다정에게 있어 막스 베버의 책은 결코 칠천 원짜리 단행본이 아니었다. 감히 어떤 가치도 매길 수 없는 너무도 근사한 선물일 뿐이었다.

방해하듯 전화벨이 울리기 시작하자, 다정은 길게 손을 내밀어 수화기를 집어 들었다.

[다정아, 엄마야.]

귀찮던 생각도 잠시 다람쥐처럼 자리에서 일어선 다정은, 마치 눈앞에 엄마가 있는 것처럼 밝은 표정을 지었다.

"엄마!"

[우리 딸, 오늘은 잘 지냈어?]

"응, 나야 잘 지냈지. 엄마는?"

[일이 많아서 다리가 퉁퉁 부었지 뭐니.]

아버지가 비행기 사고로 돌아가신 이후, 엄마는 근 십여 년째 보험설계사 일을 하고 계셨다. 벌써 세 번이나 전국 보험왕 상을 탈 만큼 능력있는 커리어우먼이셨다. 하지만 그런 엄마가 지난 1월 언니를 결혼시키고 난 뒤론, 눈에 띄게 의기소침해지셨다.

졸업을 한 달 남짓 앞둔 언니가 서둘러 결혼을 한 건, 속도를 위반한 임신 때문이었다. 하지만 엄마가 의기소침해진 건, 달랑 둘밖에 없는 딸 가운데 하나를 결혼시킨 데 대한 허전함 때문이 아니라는 사실을 다정은 알고 있었다.

언니와 미팅에서 만난 형부는 의대 졸업반이었다. 꼬박 사 년의 연애 끝에 하는 결혼인데, 막상 택일을 하고 나자 형부 쪽 집

안 어른들은 무리한 혼수 요구를 해왔고, 엄마는 차마 거절하지 못하고 아파트 두 채를 팔아 언니의 결혼 비용으로 썼다.

아파트 두 채…….

새벽부터 늦은 밤까지 다리가 퉁퉁 붓도록 일한 엄마의 수고를 고스란히 썼지만, 그것에 만족하지 못한 형부의 어머니 되는 분은 대놓고 두 사람의 신혼집을 요구해 왔다. 아직 세상을 알지 못하는 다정이 보기에도, 이건 아니다 싶던 순간이었다.

그 무렵 얼굴에 노란 꽃이 핀 언니는 입덧을 하느라 밥은커녕 물조차 제대로 못 넘기고 있었다.

"이건 털도 안 뽑고 알로 먹겠다는 수작이지, 대체 이게 무슨 짓이야! 휴우! 의대생이기 망정이지 의사였으면 사람 명줄까지 내놓으라고 할 뻔했네."

엄마가 밤낮으로 돈을 마련하러 다니던 그때, 둘째이모는 땅이 꺼져라 한숨만 내쉬었었다.

결국 엄마는 아버지의 보상금으로 사두었던 땅을 팔아, 서울에 아파트 한 채를 마련해 주었다. 다정은 그제야 서울과 대전의 땅값이 하늘과 땅 차이라는 사실을 알 수 있었다. 그렇게 결혼을 한 지 두 달, 입덧이 가라앉은 언니는 얼굴 가득 '행복'이라는 글자를 써넣고 다녔지만, 엄마는 나날이 의기소침해져 가고 있었다. 아마도 언니의 결혼을 준비하면서 속에 화가 쌓였기 때문인 것 같았다.

"엄마, 주말에 별다른 일 없으면 내려갈게."

[아니야, 오며 가며 고생인데 뭐 하러 또 내려와?]

"엄마가 보고 싶으니까 그렇지."

[호호, 그랬어?]

"엄마, 저녁은 먹었어?"

[회사 사람들하고 먹고 들어왔어.]

지금쯤 적적한 대전 집에 엄마 혼자 있겠구나 생각하니, 가슴 한구석이 싸해왔다.

[참, 우리 딸, 일전에 말한 왕자님하고는 잘되어가고?]

"엄마, 나 오늘 선물 받았다."

[선물? 옳아, 그 친구한테 받았구나?]

"응. 책이야."

[모범생이라더니 역시 다르구나! 잘생겼니?]

"응."

다정이 망설임없이 대답하자 수화기 너머에서 밝은 웃음소리 가 전해져 왔다.

[소정이한테 얘기해서 저녁 초대 한번 하라고 할까?]

"싫어!"

좋았던 기분도 잠시, 이기적인 언니를 떠올리자 대뜸 불손한 대답이 새어나갔다.

[아니, 왜?]

"언니 싫어."

[다정아!]

"난 언니처럼 이기적인 사람이 제일 싫어."

[그런 게 아니야, 다정아······.]

"엄마가 아무리 좋게 얘기해도 언니는 틀렸어."

엄마에 대한 안쓰러움이 커져 갈수록, 언니에 대한 미움 또한 커져만 가는 다정이었다.

[다정이 너도 이 다음엔 언니 마음 이해하게 될 거야.]

"난 그렇게 안 살 거야. 아무리 사랑이 좋아도 그렇지, 어떻게 엄마한테 그렇게 해? 못됐어."

그랬다. 입덧을 하는 언니 때문에 엄마는 출근도 못하고 먹고 싶다는 것들은 다 사다 주곤 했는데, 막상 결혼식을 끝내고 난 뒤 엄마가 피로로 쓰러지고 나자, 언니는 시댁 행사가 어쩌고저쩌고 하면서 친정에 얼굴 한 번 내비치지 않았다.

정말 시댁에 중요한 행사가 있었던 것도 아니었다. 임산부 몸으로 함부로 차를 타선 안 된다는 시어머니의 말씀 때문에 그랬다는 이야기를 들었을 땐, 아무리 언니라고 해도 머리통을 한 대 쥐어박아 주고 싶었다.

[다정아, 엄마가 내일쯤 김치랑 반찬이랑 올려 보낼게, 아주머니 드려.]

"엄마, 하숙집 아줌마 반찬 잘해, 그런 걱정 안 해도 된다니까."

[알지, 그래도 딸 맡긴 엄마 마음은 그게 아니야.]

"대신 언니네 거는 보내지 마."

잔뜩 심술이 묻어난 막내딸의 말에, 수화기 너머에서 다정의
엄마가 낮은 웃음소리를 터뜨렸다.

2. 불안, 서툰 사랑의 또 다른 이름

몇 번이나 비누칠을 했지만, 엄지와 중지에 묻은 목탄은 쉽게 지워지지 않았다. 4B 연필을 썼으면 문제가 없었을 텐데, 괜한 호기심에 목탄을 집어 든 게 실수였다.

"내가 미쳤지, 미쳤어……."

스스로를 나무라며 한 번 더 비누칠을 하는데, 커다란 거울 속으로 불쑥 예분이 얼굴을 들이밀었다.

"뭐 하냐?"

"보면 몰라, 목탄 때 지우잖아."

"그렇게 드로잉 하다 말고 기름을 만지면 어떻게 해?"

"잠시 이성이 산보를 나가는 바람에…… 에구, 손톱 밑에도 까맣게 끼었네."

다정이 혼잣말을 하듯 구시렁거리자 예분이 깔깔대며 웃어대기 시작했다.

"두희 오빠 호출 왔는데, 수업 끝나고 바로 모이래."

"정말?"

대뜸 반색을 한 다정이 살가운 목소리로 예분에게 되물었다.

"어머, 얘 좀 봐, 유선호가 호출한 게 아니고, 두희 오빠가 호출한 거야."

"에잇, 그게 그거지."

벅벅 소리가 나게 손을 문지르며 다정은 콧노래를 흥얼거렸다.

"널 사랑하겠어, 지금 이 순간처럼……."

학교 앞 분식집에서 그를 본 지 벌써 이틀이나 지나 있었다. 누군가를 좋아하게 된다는 건, 시간의 흐름마저 바꿔놓고 마는 건지, 불과 이틀밖에 안 된 시간이 살아온 시간만큼이나 길게 느껴졌다.

서둘러 손을 씻고 강의실로 돌아가 소지품을 정리한 다정은 예분과 함께, 자신들의 아지트인 두희의 집으로 향했다. 출출한 저녁 시간, 물주(物主)인 두희가 어떤 메뉴의 저녁 식사를 제공해 줄지 궁금해하며.

하지만 다정을 기다리고 있는 건 따끈따끈한 된장찌개가 아니라, 연예인이 아닐까 싶을 정도로 아름다운 여자였다.

"소개할게, 이름은 소지혜. 이번 학기에 실용음악과 2학년에 복학했어."

두희가 정예 멤버 여섯 명으로 구성된 히나의 새로운 멤버를 소개했다. 다정은 들을 수 있었다. 지혜라는 여자 아이를 바라보는 세 녀석의 눈이, 도르르 소리를 내며 빠르게 굴러가는 걸.

다정 자신보다 머리 하나쯤 더 있어 보이는, 키가 아주 크고 날씬한 여자였다. 게다가 심하게 예쁜…….

"이 년 쉬고 복학했으니, 너희들보다 한 학 천 위야. 반갑다."

지혜라는 여자는 다정을 포함한 다섯 사람에게 일일이 악수를 청했다. 살짝 스친 그녀에게선 달콤한 꽃 냄새가 묻어났다.

여느 때 같았으면 떠들썩했으련만 누구 하나 입을 여는 사람이 없었다.

짧은 볼레로 청재킷에 아이보리 색 폴로. 그리고 터질 듯 꼭 맞는 가죽팬츠를 입은 그녀에게선 학생이라는 느낌은 조금도 나지 않았다. 기다란 다리를 꼬고 앉은 지혜가 구불구불한 웨이브가 들어간 머리카락을 귀 뒤로 쓸어 넘기는 순간, 다정은 자신도 모르게 선호를 바라보았다.

믿고 싶지 않지만, 그는 웃고 있었다. 지혜를 바라보며. 얼빠진 표정을 하고 있는 성광과 희돈보다는 나았지만, 어쨌거나 웃고 있었다.

"뉴 페이스 하나가 들어왔다고 집안 전체가 환해지네."

"호호, 오빠도 참."

두희의 말에 지혜가 입을 가리고 웃었다. 잘 다듬어진 긴 손톱엔 불투명한 흰색 매니큐어가 칠해져 있었다.

"성광아, 희돈이 침 닦아줘라."

"호호호……."

짙은 속눈썹을 지닌 여자가 한 번씩 웃음을 터뜨릴 때마다, 가느다랗게 반원을 그리는 눈매가 무척이나 인상적이었다.

점심을 일찍 먹은 탓에 다정의 뱃속에선 끼니를 해결해 달라는 소식이 계속 오는데, 누구 한 사람 식사에 대한 이야기를 꺼내는 이가 없었다.

"처음 보고 연예인인 줄 알았어요."

"훗, 얼굴에 연예인 지망생이라고 써 있어서 그런 건 아니고?"

수줍은 기색이 역력한 성광의 말에 흡족한 듯 지혜가 유쾌한 목소리로 물었다.

"정말 최상급 연예인 같으세요."

"호호, 최상급?"

"맞아요, 앞으로 보나 옆으로 보나 최진실보다 한 수 위세요."

지혜에게서 시선을 떼지 못한 희돈이 엄지를 들어 보였다.

"이해하세요, 희돈이 얘가 부전공이 작업이에요. 성공률이 낮아서 그렇지, 작업은 자주 들어가요."

"성광아, 내가 언제 작업을 했다고 그래?"

"문창과 최고의 작업맨이라고 소개한 사람이 누군데? 지혜 선배, 애가요, 작년 가을 엠티 때 스스로 작업맨임을 공개한 애예요."

"호호, 정말? 스스로 그런 말을 할 정도면 무척 순진한 거네."

화기애애한 분위기가 마음에 안 들었는지, 예분이 못마땅한 목소리로 말했다.

"두희 오빠, 밥 안 먹어요?"

"아, 맞다. 너희들 배고프지?"

두희의 말에 희돈과 성광이 동시에 '아니요!'를 외쳤다. 선호가 무슨 말인가를 하려는 찰나, 지혜가 말했다.

"아직 여섯 시 십 분밖에 안 됐는데, 저녁 먹기엔 조금 이르지 않나. 안 그러니, 선호야?"

"네? 아, 네."

배신의 화살이 심장을 관통하는 걸 느끼며 다정은 두 눈을 꼭 감았다. 그런 그녀의 귀에 지혜의 목소리가 들려왔다.

"초면이고 해서 오늘 저녁은 내가 쏠까 해."

"와우!"

"멋지십니다, 선배!"

"여덟 시쯤 나가서 저녁 먹고, 근사한 바에 가서 놀자."

"존경합니다, 선배!"

가관도 그런 가관이 없었다.

쓸쓸하게 밀려드는 감정은 소외감이었다. 선호는 물론 친오빠처럼 이것저것 챙겨주던 두희조차, 오늘은 지혜라는 여자에게 온 관심이 다 가 있는 것 같았다.

어디선가 흐릿한 벨소리가 들려오자 선호가 바닥에 놓아둔 배낭을 집어 들었다. 동시에 지혜 역시 앙증맞은 핸드백을 열었다. 두 사람이 동시에 똑같은 모양의 휴대폰을 꺼냈다. 선호가 멋쩍은 듯 미소를 지었고, 지혜는 플립을 연 휴대폰을 귀로 가져갔다.

"수아니? 어, 나 오늘은 약속이 있어서 밖에 나와 있어…… 오늘? 오늘은 안 될 것 같고, 내일 보자……. 어, 두희 오빠 알지? 오빠 소개로 사이비 동아리에 가입했거든……. 여기 친구들하고 얼굴도 익힐 겸 오늘은 근사하게 보낼 생각이야……. 그래, 늦게라도 전화할게."

지혜의 통화가 끝날 즈음 예분이 다정의 옆구리를 쿡쿡 찔러왔다.

엉거주춤 자리에서 일어선 다정이 예분을 따라 작은 방으로 향하는데도, 누구 한 사람 어디 가느냐고 묻는 사람이 없었다.

"지금 뭐 하자는 플레이래?"

방문을 꼭 닫은 예분이 분한 목소리로 말했다.

"휴우……."

허기진 배를 꼭 움켜쥐고 있던 다정은 바닥에 털퍼덕 주저앉아 배를 문지르기 시작했다.

"김다정, 이 상황에 배가 고프니?"

"어, 심하게 고파."

"하, 미치겠네! 다정아, 지금은 아주 심각한 상황이야."

"나도 심각해."

"선호가 저 여자 쳐다보는 눈빛 봤지?"

다정은 힘없이 고개를 끄덕였다.

"그런데도 배가 고파?"

"선호는 내가 혼자 좋아하는 거지만, 배는 책임지고 채워줘야 하잖아."

"김다정!"

분위기 파악을 못하는 건지, 또 이성이 산보를 간 건지 모를 것 같은 다정의 말투에, 예분이 버럭 소리를 질렀다. 순간 방문 밖에서 왁자한 웃음소리가 들려왔다.

"아휴, 저것들도 남자라고, 정말 아니꼬워서!"

"예분아!"

"왜?"

"이 상황에 주방에 가서 밥 먹으면 이상하겠지?"

"당연히 이상하지."

왼쪽 가슴 언저리가 쿡쿡 쑤셔오고 자꾸 눈물이 날 것 같은데, 그럼에도 불구하고 거역할 수 없는 허기를 다정은 감당하기 어려웠다.

기본적으로 먹는 일과 자는 일이 해결되지 않으면, 다른 어떤 것도 무용한 거라 생각해 왔는데, 참을 수 없는 허기의 틈바구니로 언젠가 읽었던 글귀가 파고들었다. 짝사랑은 결코 죄가 아니지만, 그로 인해 생기는 상처는 어디까지나 자신의 몫이라던.

"다정아!"

예분이 멍하니 웅크리고 앉은 친구의 어깨에 손을 얹었다. 지켜보는 자신이 이렇게 화가 나는데 당사자인 다정의 마음은 오죽할까 싶었다.

하지만 저렇듯 예쁜 여자는 예분 역시도 태어나서 처음 보는 일이었다. 팔도에 처첩을 하나씩 거느린 할아버지 때문에 청상이나 다름없는 삶을 살아낸 할머니의 말을 빌리자면, 모름지기 남자의 마음이란 갈대와도 같은 것이었다.

선호만큼은 안 그러길 바라는 마음이 굴뚝같지만 누가 봐도 한눈에 반할 만한 지혜의 외모를 생각하면, 뭐라 단언하기가 힘들었다.

"우리끼리 자장면 시켜먹으면 이상하겠……."

"이 웬수야, 이 상황에 왜 자꾸 먹는 타령이야! 시키면? 그게 입으로 넘어가겠어?"

예분이 버럭 소리를 내지르는 중에도, 순진무구한 다정의 배는 꼬르륵 하는 소리를 냈다. 더는 참을 수 없다는 듯.

그때였다, 짤막한 노크 소리와 함께 문이 열리고 선호가 안으로 들어선 건.

"왜?"

날카로운 예분의 목소리에 그가 멋쩍은 듯 머리를 긁적이며
말했다.

"다정아, 밥 먹어야지?"

"야, 너 누굴 밥순이로 아니? 까르륵, 호호, 숨이 넘어가라 좋
아할 때는 언제고…… 됐다, 됐어. 다정이 밥, 내가 챙겨 먹여.
그러니 나가서 계속 재미있게 놀아."

잔뜩 화가 난 예분이 선호의 등을 떠밀었다.

"예분아, 왜 이래?"

"왜 이러긴, 네가 더 잘 알잖아."

아무리 화가 났다지만 남자인 선호의 힘을 넘어서기란 불가
능한 일이었다. 달래듯 예분의 어깨에 손을 얹은 선호가 조심스
럽게 물었다.

"화났니?"

"됐어."

자연스레 그의 시선이 바닥에 웅크리고 앉은 다정을 향했다.
풀 죽은 아이처럼 멍하니 앉아 있는 다정을 보니, 괜스레 미안
한 마음이 들었다.

"다정아, 뭐라도 먹자."

응, 이라도 대답하려던 다정은 이내 그의 입에서 새어나온 말
에 할 말을 잃어야 했다.

"지혜 누나가 저녁 산다니까, 간단하게 빵하고 우유라도 마실
래?"

속이 상했지만, 뭐라 할 수 없을 만큼 마음이 아팠지만, 다정은 예분이 사다 준 빵을 연신 입 안으로 밀어 넣었다. 누군가 등이라도 두드려 준다면, 왈칵 눈물이 날 것만 같았다.

사랑이라고까지는 말할 수 없지만, 일 년 남짓 알아온 시간을 단번에 무력하게 만든 그가 너무 미웠다.

언제 봤다고 스스럼없이 '지혜 누나' 소리를 해대는 그가 얄밉기 그지없었다.

"야, 우유도 마셔. 체하겠다."

고개를 끄덕인 다정은 예분이 건네준 우유를 벌컥벌컥 들이마셨다. 서운한 마음 같아서는 당장 집으로 가고 싶지만, 자신이 없는 곳에서 벌어질 일을 생각하니 그럴 자신이 없었다.

문밖에선 여전히 왁자한 웃음소리가 끊임없이 들려오고 있었다.

"뒷방에서 찬밥 물에 말아먹는 언년이도 아니고⋯⋯."

연신 구시렁대는 예분의 말을 귓전으로 흘리며, 다정은 슈퍼에서 사 온 뻣뻣한 빵을 쉼없이 입 안으로 밀어 넣었다.

"친구니 뭐니 해도 남자는 그냥 남자인가 봐. 아휴, 저런 것들을 친구라고 믿었으니⋯⋯ 하긴 두희 오빠 봐, 나서서 설쳐 대는 꼴 하고는."

다정과 달리 남자에 대한 불신이 뼈에 서린 예분은, 물때를 만난 사공처럼 연신 입술을 달싹거렸다.

할아버지를 고스란히 **빼닮은** 아버지 역시 천하에 둘째가라며 서러워할 정도의 바람둥이였다. 덕분에 일찍부터 눈물 바람을 하는 어머니를 지켜보며 자라야 했었다.

한참 예민하던 사춘기 무렵엔 죽었다 깨도 결혼을 하는 일 같은 건 없을 거라며 단언을 하기도 했던 그녀였다. 그러던 것이 대학에 들어와 편안한 이성친구들을 알게 되면서, 잠정적으로 세상의 모든 남자가 한 질(質)은 아닐지도 모른다는 생각을 하게 됐었다. 하지만 오늘로서 예분의 그런 잠정적인 갈등은 명확한 답을 얻어낸 셈이었다.

'예외가 어디 있어, 다 그놈이 그놈인 게지!'

할머니에게 들었음직한 말을 웅얼거리며, 예분은 딱한 눈으로 다정을 바라보았다.

경호를 하듯 지혜의 양옆에 선 성광과 희돈과 달리 선호는 두희, 예분과 함께 다정의 곁에 서서 걷고 있었다. 열 시가 넘은 제법 늦은 시간이었다.

다정은 진동음을 내는 무선호출기를 점퍼 주머니에서 꺼냈다. 엄마였다. 늦은 귀가 때문에 걱정할 엄마를 생각하니 마음이 편치 못했다.

"다정아."

선호가 다정에게 휴대폰을 건네주었다. 잠시 망설이던 다정은 건네받은 휴대폰으로 엄마에게 전화를 걸었다.

엄마의 목소리를 길게 들으면 눈물이 날 것 같아서 학교 사람들과 함께 있다는 말만 하고, 다정은 서둘러 전화를 끊었다.

두 대의 택시를 나누어 타고 홍대 근처에 도착한 일행은, 지혜가 이끄는 대로 번화한 길을 따라 한참 동안을 걸어갔다.

화려한 외모와 달리 지혜가 일행을 데리고 간 곳을 허름하고 작은, 언뜻 보기엔 주점쯤으로 보이는 나무문 앞이었다. 하지만 지하로 내려가는 계단 끝에 이르자, 건장한 남자 둘이 정중하게 고개를 숙여 인사를 해왔다. 지혜가 핸드백에서 꺼낸 카드 한 장을 남자에게 건넸다.

"오늘 물 어때요?"

"이끼만 없으면 물이야 항상 좋죠."

구면인 듯 지혜는 남자 둘과 허물없이 이야기를 나누었다.

"이끼?"

"이번 주가 좀 심각해요."

"아! 오빠, 미성년자 없지?"

"인마, 2학년씩이나 됐는데 미성년자가 어디 있어?"

두희의 말이 끝나기 무섭게 성광이 말을 받았다.

"형, 다정이 아직 생일 안 지났는데……."

희돈이 급하게 성광의 옆구리를 찔렀지만, 이미 벌어진 일이었다. 검은색 정장을 입은 남자가 곤란한 듯 지혜에게 말했다.

"지혜 씨, 이번 주는 도저히 안 될 것 같은데, 어쩌죠?"

"아휴, 어쩌지."

졸지에 일행뿐 아니라 낯선 두 남자의 시선을 한 몸에 받게된 다정은 귓불까지 벌겋게 달아올라 있었다.

"저, 다정이랑 그냥 갈게요."

"아니야, 그건 아니지."

"오빠, 여기 아무 때나 오는 데 아니란 말이야."

"지혜야 그래도 그렇지, 오늘은 다른 데 가자."

곤란해진 두희가 양해를 구했다.

"큰맘먹고 온 건데……. 예분이라고 했지?"

"그런데요?"

"그런데요는 무슨. 상황이 이러하니, 미안하지만 오늘은……."

"뭐가 미안한데요?"

예분이 바짝 두 눈에 힘을 준 채, 지혜를 올려다보며 당돌하게 물었다. 홍당무가 된 다정의 손을 꼭 잡은 채.

"형, 제가 애들하고 같이 갈게요. 누나, 전 오늘 들어갔던 걸로 생각할게요."

"그런 게 어디 있어?"

"괜찮으니까요, 어서들 들어가세요."

"선호야, 그러지 말고 차만 태워주고 오면 안 될까? 미성년자라 어쩔 수 없는 건데……. 다정이라고 했나, 너 학교 빨리 들어갔니? 다정아, 여긴 아무 때나 문을 여는 게 아니거든. 일 년에 문 여는 때가 몇 달 안 돼. 그만큼 들어가기 어렵다는 뜻이야.

모처럼 왔는데 너 한 사람 때문에 전부가 다 못 들어가는 건 모순이잖아, 그렇지?"

어두컴컴한 곳에서 본 여자의 눈동자는 기억하고 있는 것 이상으로 크고 짙었다. 두 살이 아니라 십 년 이상 차이가 날 것만 같은 성숙한 눈빛이었다. 하지만 하는 말들은 유치원생을 연상시킬 정도로 유치했다.

연예인 뺨치는 외모를 소유했지만, 내면은 형편없는 여자라는 생각을 하며, 다정은 두희를 향해 꾸벅 인사를 했다.

"죄송해요, 오빠. 먼저 들어갈게요."

"아, 이게 아닌데……. 지혜야, 아무래도 이건…….."

"오빠아~"

두희의 팔뚝을 감싸 쥔 지혜가 상체를 흔들며 코맹맹이 소리를 내자, 예분은 뒤도 보지 않고 다정의 손목을 잡고 계단을 향해 올라섰다. 알고 있는 욕이란 욕이 다 치밀어 오를 것만 같았다.

"다정아, 예분아!"

쿵쾅거리는 소리와 함께 이내 선호가 그들을 쫓아 올라왔다. 예분의 손을 꼭 쥔 다정이 나직한 목소리로 말했다.

"예분아, 우리 뒤돌아보지 말고 그냥 가자."

난생처음 느낀 수치였다.

"그래, 그냥 가자. 성광이 저 새끼는 친구도 아니야. 하나, 둘, 셋 하면 건너편으로 뛰는 거야, 알았지?"

"다정아!"

연이어 선호의 목소리가 들려왔지만, 다정은 예분과 함께 달리듯 길을 건넜다. 갑작스레 무단횡단을 한 두 여학생으로 인해, 좁은 도로엔 찢어질 듯한 경적 소리가 들어찼다. 지갑에 달랑 천 원짜리 한 장이 남았다는 사실도 잊은 채, 택시를 멈춰 세운 예분은 다정과 함께 뒷좌석에 올라탔다.

길 건너편에서 자신들을 바라보는 선호의 모습이 보였지만, 예분은 흥 하고 콧방귀를 뀌었다. 무참함으로 인해 하얗게 질린 친구의 손을 꼭 잡은 채.

면바지 주머니에 손을 넣은 선호는 황망한 느낌으로 멀어져 가는 택시의 뒷모습을 바라보았다. 당황스러웠다. 세상에 이렇게 아름다운 여자가 있을 수도 있구나 싶은 마음에 홀리듯 정신을 놓긴 했지만, 결코 이러려던 건 아니었다.

어물쩍 넘어갈 수도 있는 상황 앞에서 굳이 다정의 나이를 거들먹거린 성광의 실언도 이해하기 힘들었고, 지혜의 도발적인 태도 역시 이해하기 어려웠다. 하얗게 질린 얼굴로 죄송하다고 고개를 숙이던 다정을 생각하자, 가슴 한구석이 무거워져 왔다.

'내가 미쳤었나 봐!'

진한 욕지기가 치밀어 오를 것 같았다. 다른 누구도 아닌 자신에게.

요란한 벨소리가 울리자 선호는 주머니에서 휴대폰을 꺼냈다.

"여보세요?"

[나야, 선호야.]

"네?"

[나, 지혜. 왜 안 오니? 여기 오늘 너무 좋다! 빨리 와. 내가 데리러 나갈까?]

"아니에요, 누나. 저 지금 집에 가고 있어요."

[어머, 왜?]

뱉은 말을 실행에 옮기듯 선호는 천천히 전철역 방향을 향해 걷기 시작했다.

"오늘은 그냥 집에 가는 게 좋을 것 같아서요."

[다정이라는 애 때문에?]

"그런 거 아니에요, 그냥 제 기분이 그래요."

[선호야 그러지 마, 응?]

이성을 혼미하게 만들 정도로 아름다운 외모를 지닌 여자의 목소리가 불쾌할 수도 있다는 사실이 생소했다.

"다음 번 모임 있을 때, 그때 봬요. 이만 끊을게요."

먼저 통화를 끝낸 선호는 이내 다정의 호출기 번호를 누르다 말고 종료 버튼을 눌렀다.

구석에 있는 작은방에서 빵과 우유로 저녁 식사를 대신하던 그녀를 보면서도, 친구들과 함께 낄낄거린 자신이 참으로 속없는 녀석처럼 느껴졌다. 아무것도 아닌 아름다움에 잠시 취한 자신이…….

울면 지는 거라는 걸 알 것 같은데, 자꾸만 눈물이 흘러내렸다. 사랑하는 사이도 아니고, 사귀는 사이는 더더욱 아닌데, 우유부단한 선호의 행동 앞에 이렇게 무너지는 자신이 다정은 무척이나 마음에 안 들었다.

짝사랑, 어떤 전제 조건도 없는 짝사랑일 뿐이었다. 그리고 오늘 있었던 일은 다정 자신을 향한 선호의 마음을 확인한 것에 불과했다.

'나는 널 사랑했던 걸까?'

친구의 경계에서 단 한 발자국도 넘어서지 않는 그의 태도 앞에 이렇듯 가슴이 아픈 건, 생각했던 것 이상으로 그를 좋아하고 있다는 뜻인지도 모를 일이었다.

엄마에게 귀가를 알리는 전화를 걸고 난 뒤 코드를 뽑아버렸는데, 시선이 자꾸만 전화기를 향해 가고 있었다. 결코 울리지 않을 전화기인데, 아니, 울릴 수 없는 전화기인데. 건전지를 뺀 무선호출기를 손에 쥔 채, 벽에 등을 기댄 다정은 한참 동안을 흐느껴 울었다.

설렘 뒤에 이렇듯 가슴 아픈 눈물을 감추고 있다는 걸 알았더라면, 선뜻 그를 좋아하지 않았을 것 같았다.

"흑흑…… 미워, 밉단 말이야…… 엉엉엉…….”

얇은 벽을 타고 울음소리가 옆방으로 전해질까 싶은 생각이 들자, 다정은 무릎 위에 얹은 베개에 고개를 묻었다.

선호가 자신을 친구 이상으로 생각하지 않는다는 절망감이, 두 번 다시를 그를 못 볼 것 같다는 자괴감이, 계속해서 마르지 않는 눈물을 자아냈다.

다음날 오후.

선호는 걱정스런 마음에 다정의 학교를 찾아갔다. 다정은 밤새 전화를 받지 않았다. 적지 않은 횟수의 호출을 했지만 끝내 연락이 오지 않았다.

걱정스럽기보다는 미안한 마음이 한결 컸다. 과 사무실에 들러 다정의 강의 시간을 물은 선호는, 건물 입구에서 수업이 끝나기를 기다렸다. 조교로 보이는 이에게 메모를 남긴 채.

웅성거리는 소리와 함께 하나둘씩 학생들이 건물 밖으로 나오자, 선호는 반사적으로 벤치에서 일어섰다.

다정이 아닌 예분이 성마른 걸음으로 걸어오며 그에게 물었다. 결코 곱지 않은 말투였다.

"다정이 왜 찾아?"

"걱정되어서 그러지."

"하, 너도 되게 웃긴다."

"다정인 어디 있니?"

"수업 다 째고 튀었다, 왜?"

"튀어?"

되묻는 선호의 눈동자에 놀람이 서렸다. 이번 학기에 장학금을 타면 엄마가 휴대폰을 사주신다고 했다며, 결강은커녕 지각조차 안 하는 아이였다.

"농…… 담이지?"

"내가 너한테 농담할 기분으로 보이니? 다정이 오늘 학교 안 왔어."

"……!"

쿵 하는 소리와 함께 가슴이 풀썩 내려앉는 것 같았다. 그때였다. 빠른 발소리와 함께 낯익은 목소리가 들려왔다.

"송예분!"

가슴 언저리에 팔짱을 낀 예분이 급하게 달려오는 두희를 꼿꼿한 눈으로 바라보았다. 정문에서부터 달려왔는지 두희의 이마엔 구슬땀이 잔뜩 매달려 있었다.

"헉헉…… 다정이 학교 안 왔다니, 이게 무슨 소리야? 헉헉…… 선호, 넌 여기 어쩐 일이야?"

"……."

"상식이한테 얘기 듣고 놀라서 달려오는 길이야, 다정이 어떻게 된 거야? 아파?"

"표두희 선배님!"

생경스럽기 그지없는 예분의 호칭에 두희가 어리둥절한 표정을 지었다.

"다정이하고 상관없이 저 선배님한테 실망했습니다."

"야, 왜 이래……."

"과 선배님이니 어쩔 수 없이 학교에선 보겠지만, 다시는 사적인 자리에서 안 봤으면 좋겠네요."

"예분아!"

두희가 건물 입구를 향해 등을 돌리는 예분의 팔목을 잡자, 그의 손을 세차게 뿌리친 그녀가 고개를 돌렸다.

"왜 그러시죠?"

"왜 이래, 갑자기……."

"후후, 왜 그러냐고요? 어제 하는 행동을 보니까 설명이 필요하긴 하겠더라고요. 전 선배가 그렇게 감정적이고 단순한 사람인 줄 몰랐어요. 신규 멤버가 들어오면 언제나 그러신가요? 일년 가까이 친동생처럼 살펴주던 애들마저 나 몰라라 할 만큼, 한 사람에게만 신경을 쓰시나요? 바보 같은 자식들 허파에 바람이나 넣어주면서?"

예분은 두희의 곁에 선 바보 같은 자식 중의 하나인 선호를 아래위로 훑어 내렸다.

"안 그래도 어제 마음이 안 좋더라."

"하! 차 떠났네요, 미안하지만."

"내가 생각이 좀 짧았어."

"옆에 서 있는 개한테나 설명하세요, 전 별로 듣고 싶지 않네요. Here&Now라고 했죠? 지금 이 순간부터 선배하고는 좋이에요!"

속사포처럼 제 할 말을 토해낸 예분은 쌩 소리가 나게 등을
돌리고, 빠른 걸음으로 건물 안으로 들어갔다.

"아휴, 미치겠네."

난감한 듯 두희가 짤막한 머리를 연신 쓸어 넘겼다.

"다정이 어떻게 된 거냐?"

"저도 잘 모르겠어요. 조금 전에 예분이한테 들은 얘기가 전
부예요."

"아, 돌겠다."

하늘을 올려다보며 자욱하게 한숨을 내쉰 두희가 풀썩 소리
를 내며 벤치에 주저앉았다. 묵묵히 그의 곁에 앉은 선호는, 두
희가 담배를 태우는 동안 물끄러미 잔디밭을 내려다보았다. 밤
사이 마음을 무겁게 만들던 다정의 하얀 얼굴이 떠올랐다. 환한
미소가 누구보다 잘 어울리는 친구인데…….

"내가 어제 분위기에 너무 취해서, 안 해야 될 실수를 했다."

"마찬가지예요, 형."

"너희들이야 내가 그러니 덩달아 그런 거지. 성광이 녀석도
어제 늦게 전화해서 다정이한테 미안해서 어쩌느냐고 걱정을
하던데. 그러나저러나 애, 어디 간 거야?"

"하숙집에 한번 가봐야겠어요."

"야, 같이 가자."

"형, 수업 없어요?"

"지금 수업이 문제냐? 보나마나 그 어린 게 무지하게 상처받았을 텐데. 일단 가보자."

선호는 불씨를 털어낸 담배꽁초를 바지 주머니에 넣은 두희와 함께, 무거운 마음으로 정문을 향해 걸음을 옮겼다.

짧은 설렘과 짧은 아픔을 남겨준 첫사랑과 이별을 고하리라 마음먹은 다정은, 아침 일찍 대전행 버스에 올라탔다. 터미널에서 산 새우버거와 콜라를 손에 들고.

밤새 서러울 정도로 울고 난 탓인지, 더 이상 눈물은 나지 않았다. 꿈을 꾼 듯 그저 멍할 뿐이었다.

엄마가 없는 대전 집은 썰렁했다. 이런 썰렁한 집에서 엄마 혼자 지낼 생각을 하니, 가슴이 짠해왔다.

문가에 수북하게 쌓인 신문들이 이즈음 부산한 엄마의 생활을 알게 해주었다. 헝클어진 신문지들을 대충 정리한 다정은 내친김에 집안 청소를 시작했다.

안방 침대 시트와 이불을 걷어내 세탁기에 넣고, 청소기로 집안 구석구석 쌓인 먼지들을 털어냈다. 마음 같아선 커튼도 떼어내서 세탁하고 싶은데, 엄두가 나지 않았다.

꿀벌은 울 사이가 없다더니, 분주하게 청소를 하는 동안은 거짓말처럼 아무런 생각도 들지 않았다. 햄버거 하나로 대충 때운 뱃속은 밥을 달라고 아우성치고, 간밤에 숙면을 취하지 못한 몸은 달콤한 잠을 잘라고 떼를 쓰고 있었다.

샤워를 하고 옷을 갈아입은 다정은 전기밥솥에서 따끈한 밥을 퍼서 맛이 든 총각김치와 함께 꿀맛 같은 점심 식사를 했다. 그리고는 소화를 시킬 사이도 없이 안방 침대에 누워 곤히 잠이 들었다. 실오라기만한 티 한 점 없이 순결한 노동이 가져다준 결과였다.

그런 그녀가 눈을 뜬 건 창 너머로 어둑한 저녁이 내려서고 난 뒤였다. 적잖은 놀람이 서린 엄마의 눈동자가 다정을 내려다보고 있었다.

"엄마!"

잠투정을 하듯 다정이 어리광을 부리자, 이내 엄마가 막내딸의 꼭 안아주었다.

"언제 온 거야?"

다정하기 그지없는 엄마의 어깨에 얼굴을 비비며 다정은 남아 있는 선잠을 털어냈다.

"아까 오전에 왔어."

"학교는 어쩌고?"

"오늘 수업 없는 날!"

거짓말을 불사한 다정은 언제 맡아도 좋은 엄마의 냄새를 원없이 들이마셨다.

"왔으면 전화라도 하지."

"엄마 일할 것 같아서 일부러 안 했어. 엄마, 우리 밥 먹자."

"그래, 얼른 밥부터 먹자. 우리 딸 배고프지?"

"응."

눈을 비비며 침대에서 몸을 일으킨 다정은 엄마의 팔짱을 꼭 끼고 안방을 빠져나왔다.

"다정아, 찬도 별로 없는데 우리 나가서 먹자."

"외식?"

"아구찜 먹을까?"

"좋지!"

모처럼 엄마와 외식을 하게 된 다정은 서둘러 외출 준비를 했다. 그래 봐야 세수를 하고 모자를 챙겨 쓴 게 전부이지만.

식사를 하는 내내 엄마는 막내딸의 실연 이야기를 따뜻한 표정으로 들어주었다. 간간이 맞장구도 쳐줘가며.

"근데 엄마, 어제는 무지하게 서럽고 슬펐는데, 생각해 보니까 별것도 아닌 것 같아."

"호호, 그래?"

"사귀던 사이라면 상처를 받아야 마땅하지만, 따지고 보면 상처받을 게 하나도 없잖아. 혼자 맨땅에 헤딩하다 혹이 났는데, 누굴 원망하겠어."

"그 친구도 누군지, 참 사람 보는 눈 없다. 어떻게 우리 공주님을 못 알아봤을까?"

"에효, 제 한계지 뭐."

귀염성있게 한숨을 내쉰 다정이 잘 익은 미더덕을 입에 넣고 잘근잘근 깨물었다. 톡 하는 소리와 함께 향긋한 향이 입 안 가득 퍼졌다.

"엄마, 대학도 전학 같은 거 됐으면 좋겠어."

"뚱딴지같이 그게 무슨 소리야?"

"그럼 대전으로 전학 와서 엄마랑 같이 살면 좋잖아."

"엄마랑 같이 살고 싶어?"

"응, 늙어 죽을 때까지."

"시집은?"

"당연히 엄마랑 같이 가야지. 몰랐어? 내 혼수는 엄마야."

"못써요."

말은 그렇게 하지만 다정의 엄마는 가슴이 훈훈해지는 것 같았다. 지어먹고 그런 건 아니겠지만, 큰딸 소정이 결혼을 하며 남기고 간 상처가 아직 아물지 않은 때문이었다.

"엄마, 엄마, 돈 있잖아! 나 오빠랑 결혼하게 해줘, 응! 엄마가 번 돈도 있고, 아빠 보상금 탄 것도 있잖아! 나, 이 결혼 못하면 죽어버릴지도 몰라!"

최상급 모피에 지참금에 게다가 신혼살림을 할 아파트까지. 계속해서 무리한 혼수를 요구하는 사돈부인의 태도도 가슴이 철렁한데, 딸까지 그렇게 나오자 그녀는 숨이 멎을 것만 같았다. 하지만 입덧 때문에 물조차 제대로 못 넘기는 딸에게 모진 소리를 할 수는 없는 일이었다.

큰딸이 중학교 1학년, 막내가 초등학교 4학년이 되던 그해에, 대기업 지방 지사의 임원으로 일하던 남편은 비행기 사고로 세상을 뜨고야 말았다. 그녀의 나이 서른여덟이었다. 순직이 인정되면서 안팎으로 적지 않은 보상금이 나왔지만, 그녀는 단 한 푼의 돈도 쓸 수 없었다. 결혼을 하고 나서도 한결같이 사랑했고 한결같이 존경했던 남편이기에.

절반의 보상금을 남편이 졸업한 대학에 장학금으로 내놓고, 나머지 절반으론 대전 주변 지역에 땅을 사두었다. 훗날 아이들에게 필요하게 될지도 모른다는 생각에서였다. 그리곤 먼저 떠난 남편을 대신해 가장의 역할을 도맡아했다. 혹시라도 두 딸이 제 아버지의 부재로 인해 그늘이 질까 두려웠다. 보험설계사 일을 시작한 것도 그 때문이었다.

처음 몇 년간은 고생이라는 말이 어떤 것인지 실감해야 했지만, 차츰 일은 그녀에게 성과라는 걸 가져다주었다.

투기와는 거리가 먼 그녀였지만 얼마간의 돈이 모이면 융자를 안고 아파트를 샀다. 남편이 어느 날 갑자기 세상을 뜬 까닭인지, 자신도 그렇게 갑작스레 세상을 뜨게 되면 아이들은 어떻게 하나 싶은 노파심 때문에. 임대하기 좋은 소형 아파트 네 채는 그녀가 보험설계사를 하고 나서 산 것들이었다.

세 채는 향후 오륙 년 안에 개발이 확실하다는 둔산 지구에 사두었었는데, 그중 두 채를, 그것도 급매로 팔아 큰딸의 혼수자금을 마련해야 했다.

대전에서 태어나 이곳에서만 살아온 그녀는 그때 처음 알았다. 서울이라는 곳의 집값이 그렇게 비싸다는 사실을. 급매로

판 아파트 두 채 가격은, 사돈부인이 지목한 강남의 아파트 전세를 얻기에도 부족했다.

게다가 의사 사위라는 명목으로 사돈부인이 요구한 지참금 액수가 일억이었다. 거기에 스물다섯 평짜리 아파트를 채울 혼수와 예단과 예물까지…….

지난 가을 겨울처럼 남편의 빈자리가 크게 느껴져 본 적이 없는 것 같았다.

턱없이 건강한 체질은 아니지만 크게 앓아본 적 없는 그녀는, 큰딸의 결혼 이후 시름시름 앓는 날이 많아졌다. 일방적인 요구에 의해 근 삼억이 되는 돈을 딸의 결혼자금으로 내어준 까닭만은 아니었다.

"엄마, 우리 그이가…….”

"엄마, 우리 어머님이…….”

"엄마, 아버님이 오늘은…….”

철저하게 한 다리 건너 사람이 된 듯한 딸로 인해 그녀는 속이 텅 비어가는 기분이었다. 게다가 연일 포도당 주사를 맞아야 할 만큼 탈진이 돼 있던 무렵엔, 큰딸은 병원에 얼굴 한 번 내비치지 않았다. 시댁에 중요한 행사가 있다는 이유로.

그런 그녀에게 엄마가 혼수라는 다정의 말은, 너무도 큰 위로가 되어주었다.

"엄마, 왜 그만 먹어? 더 먹어.”

다정이 포근해 보이는 아구 한 점을 미나리에 돌돌 말아서 엄마의 입에 넣어주었다.

"맛있지, 엄마?"

"다정이가 주니까 더 맛있네."

"당연하지. 엄마, 나도 아."

그녀는 얼른 딸의 입에 따끈한 아구를 넣어주었다.

"다정아, 엄마랑 맥주 한잔할까?"

"술?"

놀란 듯 두 눈을 동그랗게 뜨는 딸의 모습이 너무도 사랑스러웠다.

"한 병 시켜서 사이좋게 나눠 마시자."

"우와!"

엄마와 딸은 그렇게 사이좋게 한 병의 맥주를 나누어 마셨다.

"그 친구 이름이 선호라고?"

"응."

"그래도 밉다, 우리 딸 아프게 하고."

"근데 난 괜찮아."

"아이고, 대견하기도 하지. 우리 다정인 꼭 좋은 왕자님 만날 거야. 우리 다정이만 예뻐해 주고 사랑해 주는."

"정말?"

"당연하지. 엄마랑 내기할래?"

두어 잔의 맥주로 인해 양 볼이 발그레해진 다정이 새끼손가락을 내밀었다.

"자, 약속!"

"하나 더 추가, 다정인 우리 엄마도 사랑해 줄 그런 남자 만날 거야."

"호호. 그래, 그래."

스무 살, 스쳐 가는 작은 슬픔조차도 그림처럼 아름다을 나이였다. 씩씩하게 실연의 먼지를 털어내는 막내딸의 삶을 축복하며, 그녀는 남아 있는 마지막 맥주를 입 안으로 컬어 넣었다. 그리곤 딸을 위로하듯 내일 당장 휴대폰을 사주겠다는 말로, 다정을 한 번 더 놀라게 해주었다.

"엄마! 엄마밖에 없다!"

"엄마도 다정이가 최고야!"

복사꽃처럼 붉게 물든 뺨을 한 두 모녀의 눈동자가 행복이라는 빛살을 담고 출렁거렸다.

3. 사랑일까요?

선호로부터 전화가 걸려온 건 주말 저녁 무렵이었다. 엄마와 함께 시내에 나가 휴대폰을 사고 영화를 본 다정이 집에 막 들어설 즈음이었다.

[김다정 학생 집이죠?]

"그런데요?"

[예, 안녕하세요. 저는 유선호라고 합니다.]

"아, 예."

[다름이 아니라 다정이가 집에 내려갔다고 해서 전화드렸습니다. 혹 통화가 가능할까요?]

대학교 2학년의 어린 청년이라고 하기엔 사뭇 예의있는 말투었다. 손바닥으로 수화기를 가린 다정의 엄마가 딸에게 물었다.

"다정아, 선호라는데?"

"……!"

순간 굳어지는 딸의 표정은 아직 그녀가 실연을 말하기엔 이른 곳에 서 있음을 알게 했다.

"안 받을래."

"그래도 받지. 받아서 당당하게 말하면 되지. 받을 거지, 우리 딸?"

수화기를 건네받은 다정이 후우 소리가 나게 한숨을 쉬었다. 자리를 피해주는 엄마가 너무도 고맙게 느껴졌다.

"여보세요?"

[다정아! 나 선호야.]

"전화번호 어떻게 알았어?"

과연 이럴 수 있을까 싶을 정도로 냉정한 목소리에, 그만 다정 자신도 흠칫할 지경이었다.

[지난번에 네가 내 휴대폰으로 어머니랑 통화했잖아.]

"그랬구나. 어쩐 일이야?"

[어쩐 일은. 말도 안 하고 내려갔는데 당연히 걱정이 되지. 예분이가 끝내 말을 안 해줘서 한참 동안 걱정했다.]

"걱정 안 해도 돼."

[그날 일 때문에 내려간 거야?]

"그 얘기 안 하고 싶다, 유선호."

[많이 속상했지?]

"그날 일 말 안 하고 싶다니까."

[내가 생각이 너무 짧았어, 다정아. 정말 미안해. 후우, 밤새 연락도 안 되고, 다음날 학교에 갔더니 학교도 안 왔다고 그러고, 답답해서 미치는 줄 알았다.]

"⋯⋯!"

수화기를 거머쥔 다정의 손이 가볍게 떨리기 시작했다. 툴툴 털어내듯 끝을 말한 사람답지 않게, 가슴이 두근거리기 시작했다.

'밤새 전화했었니? 학교에도 갔었니? 나 때문에?'

[다정아.]

"말해."

[내가 내일 대전으로 내려가도 돼?]

"⋯⋯왜?"

[내려가서 얼굴도 보고 같이 올라오면 되잖아. 그래도 되지?]

'아우씨, 끝이라고 생각했는데, 이건 또 뭐지? 유선호, 너 나 좋아하니?'

다정은 대답 대신 애꿎은 전화기 줄만 비비 꼬아댔다.

[점심시간 맞춰서 갈게. 알바비 탄 걸로 너 좋아하는 고기 사줄게, 괜찮지?]

"너, 나한테 진짜 미안한 거야?"

[그래, 정말 많이 미안하다니까.]

다정의 입가에 미소가 걸리는가 싶더니, 두 눈에도 말간 빛이 서렸다.

"알았어, 점심때쯤 와."

'그보다 일찍 와도 되는데.'

[보고 싶은 영화 있니?]

"어? ……영화?"

[영화 보고 싶으면 영화도 보자.]

"그, 그건 내려와서 얘기해."

[내가 출발하면서 호출할게.]

다정은 얼른 그에게 새로 개통한 휴대폰 번호를 알려주었다. 영 아닌 줄로만 알았던 그가 대전에까지 내려온다는 말에, 영화도 보고 밥도 먹자는 말에, 서러웠던 감정은 봄을 만난 눈처럼 순간 녹아내리고 없었다.

수화기를 내려놓은 다정은 '아아악!' 하는 비명을 내지르며 만세를 불렀다.

속 깊은 딸인 다정은 밤새 고민한 끝에 기어코 거절하는 엄마를 졸라, 함께 약속 장소인 터미널로 향했다. 달걀색 후드 티에 면바지를 입은 선호가 번쩍 손을 들어 보였다.

"다정아!"

다정에게 미리 연락을 받은 선호는 정중하게 그녀의 엄마에게 인사를 했다.

"처음 뵙겠습니다, 유선호입니다."

"반가워요."

"말씀 낮춰요. 아직 점심 식사 안 했죠?"

"초행길이니 근사한 곳으로 안내해 주세요."

"호호, 근사한 곳?"

"예, 제가 다정이한테 실수를 해서 오늘 만회해야 하거든요."

멋쩍은 듯 머리를 긁적이는 청년을 보니, 다정의 어머니는 덩달아 기분이 좋아지는 것 같았다. 눈매며 입매는 날카로운 듯한데, 전체적으로 부드럽고 자상해 보이는 인상을 지닌 청년이었다. 게다가 마른 듯하면서도 다부진 체격은 제법 큰 키와 훌륭한 조화를 이루고 있었다. 딸이 좋아할 만한 청년이란 생각이 들었다.

"다정아, 먹고 싶은 거 있으면 얘기해. 뭐든 다 사줄게."

"음…… 장어."

화해의 순간에 분위기없이 장어 얘기를 꺼내는 딸 때문에, 다정의 엄마는 웃음을 참느라 애를 썼다. 하지만 그와 달리 선호의 얼굴은 진지하기 그지없었다.

"장어? 그래, 장어 먹으러 가자. 어머니, 장어 좋아하세요?"

"호호호, 나야 다 잘 먹으니 신경 안 써도 돼요. 그럼 대청댐 쪽으로 가면 되겠구나. 이쪽으로 와요, 차를 저 건너에 세워놨어요."

나란히 횡단보도를 건넌 세 사람은 다정의 어머니가 몰고 다니는 흰색 스텔라에 올라탔다.

다정이 조수석의 문을 열려고 하자, 운전석에 앉은 그녀의 엄마가 슬쩍 눈짓을 했다.

두 사람이 뒷좌석에 앉고 나자, 그녀는 시동을 걸었다.

"차가 좀 오래됐어요."

"저희 아버지께서도 스텔라를 타세요."

"지금껏?"

"예, 부모님이 알뜰하시거든요. 모델이 저희 집 차랑 거의 비슷한 거 같아요."

"세상에, 여태 스텔라를 타고 다니는 분이 또 있었구나. 실은 이 차는 다정이 아빠가 타던 차예요."

"아!"

"워낙에 꼼꼼한 사람이라 길을 참 잘 들여놨어요. 앞으로도 십 년은 끄떡없을 것 같아요."

다정의 아버지가 큰 사고로 일찍 돌아가신 일은, 선호도 들어서 알고 있었다. 하지만 돌아가신 분에 대해 현재형으로 말하는 다정의 엄마는 무척이나 인상적이었다.

"저, 어머니, 말씀 낮추세요. 제가 불편하네요."

"그…… 럴까, 그럼?"

선호는 생각했다. 룸미러에 비친 다정의 엄마의 미소가 딸과 참 많이 닮았다고.

식사를 하고 영화를 보고 시내 중심가를 돌아다니는 내내, 다정의 엄마는 선호라는 청년이 예의 바를 뿐 아니라, 친화력 또한 뛰어난 사람이라는 사실을 알 수 있었다.

"어머니, 잠깐 저기 좀 들어가실래요?"

선호가 다정 모녀를 데리고 간 곳은 시내 중심가에 자리한 제과점이었다. 서울 시내의 어지간한 제과점보다 한결 규모가 큰 곳이었다.

제과점 안을 두리번거리던 선호는 빨간 하트 모양의 사탕이 들어 있는 상자 하나와 알록달록한 사탕들이 들어 있는 유리병을 집어 들었다.

종업원이 포장을 하는 사이 그가 말했다.

"그저께가 화이트데이였대요."

"아!"

귓불이 빨개진 다정과 달리 그녀의 엄마가 안다는 듯 고개를 끄덕였다. 계산을 한 선호가 곱게 포장된 상자를 다정과 그녀의 엄마에게 건넸다.

"이틀 늦긴 했지만, 기쁘게 받아주세요."

"아, 이거 고마워서 어쩌지. 어머, 이 하트가 내 거였어?"

"어머니는 사랑을 아시는 분이고, 다정인 아직 더 커야 하잖아요."

"호호호."

볼수록 마음에 드는 구석이 여간 많은 청년이었다.

백화점 위층에 자리한 식당가에서 저녁 식사를 하고 난 뒤, 다정의 엄마는 두 사람에게 기념으로 비슷한 모양의 청바지 하나씩을 사주었다. 물음표 로고가 또렷하게 새겨진 게스(Guess) 청바지였다.

선호와 함께 서울로 향하는 버스에 오른 다정은 길 건너편에 서 있는 엄마가, 시야에서 완전히 사라질 때까지 손을 흔들었다. 선호는 그런 다정을 바라보며 빙그레 미소를 지었다.

고집 센 망아지 같으니라고. 끝내 동아리 모임에 참석하지 않겠다고 고집한 예분으로 인해, 목욕 봉사를 하는 내내 다정은 비지땀을 쏟아야 했다. 보통 두 명이 1조가 되어 방 하나씩을 배분받는데, 오늘처럼 적은 인원이 참석하는 날은 두 개의 방을 맡아야 했다. 적게는 일곱 명에서 많게는 아홉 명, 기저귀를 차고 누운 친구들을 안아서 욕실로 옮기고 목욕을 시키는 일은 정말이지 많은 힘을 요구했다.

더군다나 봉사활동에 처음 참가한 지혜와 한 조가 된 다정은, 허리가 욱신거릴 정도로 많은 힘을 쏟아야 했다. 대개가 혼자 일어서는 것조차 힘든 장애우 친구들이었다. 거의 모든 시간을 바닥에 누워 지내기에, 딱딱하게 마른 등을 볼 때면 절로 마음이 아파왔다.

"옆으로 조금만 비켜주실래요?"

최대한 빠른 시간 안에 목욕을 끝내야 하는 다정은, 옆에서 거추장스럽게 부산을 떠는 지혜에게 말했다. 다가오는 그녀의 눈빛이 곱지 않았지만, 어쩔 수 없는 일이었다.

깔판에 눕힌 장애우 친구의 몸에 미지근한 물을 붓고, 보송보송 거품을 낸 타월로 구석구석을 닦아주고, 다시 말간 물로 헹구어주고, 조심스레 몸을 뒤집어가며 등을 닦아주는 사이 콧등을 타고 끈적끈적한 땀이 흘러내렸다. 거품이 묻은 손으로 땀을 훔쳐 낸 다정은, 단단하게 꼬인 혜경의 손가락을 하나씩 풀어가며 비누칠을 해주었다.

"혜경아, 목욕하니까 시원하지?"

9호실에 있는 혜경은 몸집은 초등학생처럼 작지만, 스물여섯이나 된 아가씨였다. 하지만 기저귀를 떼지 못한 그녀의 정신연령은 세 살을 넘기지 못했다고 했다. 그래서 동아리 사람들은 이곳에 있는 장애우들을 아기라고 부르곤 했다.

"꺄아아……."

혜경은 온수가 몸에 닿을 때마다 자지러지게 소리를 질러댔다.

"도대체 뭐라는 거야?"

"좋대요."

"하, 좋은데 이렇게 빽빽 소리를 질러?"

모처럼 목욕을 하느라 기분이 좋아진 혜경과 눈을 맞춘 다정은, 지혜의 불손한 말을 귓전으로 흘려들었다.

한 아이를 목욕시키는 데 걸리는 시간은 대략 십 분 안팎이었다. 물론 예분처럼 척척 호흡이 맞는 파트너와 함께하는 경우엔 오 분 안에 끝낼 수도 있었다.

타월로 대충 물기를 닦아낸 다정은, 한껏 숨을 들이마시고 혜경을 번쩍 안아 들었다. 아이들을 안아 옮기는 일은 주의를 요했다. 의지와 상관없이 산만하게 움직이는 아이들 때문에, 까딱하다가는 바닥에 떨어뜨리기 일쑤였다.

6호실 아이들을 씻기는 동안, 도저히 지혜와 함께 아이들을 안아 옮길 수 없다는 사실을 다정은 인정했다. 이런 일은 처음이라느니, 이렇게 힘든 일이었다면 진즉 설명이라도 해줬어야 했다느니, 호들갑도 그런 호들갑이 없었다.

아이를 안아 든 다정이 욕실 밖으로 나서자, 먼저 목욕을 한 아이에게 기저귀를 채우고 옷을 입힌 담당 교사가 빠른 걸음으로 다가왔다.

"큰일나요, 허리 다치려고."

담당 교사와 함께 혜경이를 요 위에 눕힌 다정은, 그제야 시큰거리는 허리에 손을 얹었다. 눈앞이 캄캄할 정도로 힘들었던 것도 잠시, 목욕을 마치고 깔끔해진 아이를 보자 절로 입가에 미소가 그려졌다.

"선생님, 미주가 정말 예뻐요. 그렇죠?"

"우리 미주는 미스코리아감이라니까요."

교사의 말을 알아들었는지 아이가 고개를 가로저어 가며 힘들게 웃기 시작했다.

"우리 미주, 엄마 말 알아들었어?"

방마다 한 분씩 배정되어 있는 교사들은 스스로를 아이들의 엄마라고 불렀다. 일 년 삼백육십오 일을, 부모들이 버린 아이들과 함께하는 사람들, 그리고 아이들의 엄마가 되어주는 사람들. 복지원에서 만난 교사들은 다정에게 진정한 삶의 의미가 무엇인지를, 구체적으로 일깨워 준 이들이었다.

마지막 아이의 목욕을 끝내고 났을 즈음엔, 자신의 눈에 보일 정도로 팔다리가 후들후들 떨리고 있었다.

"다정 씨, 집에 가면 쓰러지겠어요? 이거라도 마셔요."

다정보다 일곱 살이 많다는 교사가 따끈한 우유 한 잔을 건네주었다.

"고맙습니다."

천사처럼 맑은 아이들과 눈을 맞추며 다정은 숨도 쉬지 않고 따뜻한 우유를 단숨에 들이마셨다. 마음은 너무 좋은데, 당장이라도 쓰러질 것처럼 힘이 들었다.

다정은 이러면 안 되지 하는 마음에 청소를 하려고 자리에서 일어섰다. 어느새 옷을 갈아입은 지혜가 구석진 곳에서 거울을 들여다보고 있었다.

"우유 안 드세요?"

다정이 아직 온기가 남아 있는 잔을 건네자, 콧잔등을 찌푸린 지혜가 고개를 가로저었다.

"배 안 고파요?"

서툰 짓만 거듭했다고는 하나, 그녀 역시 힘이 들기는 마찬가지였을 텐데.

"다정인, 참 비위가 좋은 것 같아."

대소변이 묻은 일회용 기저귀의 냄새보다, 다정은 지혜의 그 말에 속이 거북해졌다.

"안 드실 거예요?"

"못 마시겠어."

한껏 마음이 상한 다정은 보란 듯, 지혜 몫의 우유를 벌컥벌컥 들이마셨다.

잠시 자신을 서운하게 했던 선호와 상관없이, 좋게 보려고 해도 도저히 좋게 봐줄 수가 없는 여자란 생각이 들었다.

미운 털이란 이런 것일까.

사회복지사들이 사무실로 쓰는 일층 구석엔 자원봉사자들을 위한 공간이 있었다. 그곳에서 간단하게 오늘의 봉사 결과를 나눈 일행은, 지친 몸을 이끌고 복지원 마당을 나섰다. 객원 멤버인 다른 학교 여학생 두 명이 약속이 있다고 먼저 가고 나자, 다정이 말했다.

"어이, 표주박, 나 배고파."

표두희, 주성광, 박희돈. 다정은 그 세 사람을 묶어 표주박이라 부르곤 했다.

"오늘 여자들이 너무 적게 와서 고생 많았지?"

"기분은 너무 좋은데 다리가 후들거려서 못 걷겠어요."

"그럴 만도 하지. 방 두 군데 들어갔지?"

다정이 고개를 끄덕이자, 곁에 선 지혜가 투정부리듯 말했다.

"오빠, 나 오늘 죽는 줄 알았어."

"처음 왔는데 일이 많아서 힘들었겠다."

"힘든 정도가 아니야."

고작해야 곁에서 서성거린 게 전부이면서 고개를 설레설레 젓는 지혜의 모습에 다정은 잠시 할 말을 잃었다. 성광이 물었다.

"지혜 선배, 고생 많았죠?"

"말도 마, 죽는 줄 알았다니까. 사람 목욕시키는 게 이렇게 힘든 일인지 몰랐어. 순간 옮겨야 하고, 순간 뒤집어줘야 하고…… 근데도 마음은 너무 좋다. 행복해. 이런 게 정말 사람 사는 거 같아."

"역시 누나는 천사라니까."

멍한 눈을 한 다정의 입술 사이로 '하!' 하는 외마디 감탄사가 새어나왔다.

'네가 천사면, 나는 천사장이니?'

"성광아, 나 배고파."

어리광을 부리는 아이처럼 찰싹 성광의 팔짱을 낀 지혜가 애교 섞인 목소리로 말했다.

"형, 우리 천사님께서 배고프다는데 빨리 가죠?"

"하하. 그래, 빨리 가자. 다들 뭐 먹을래?"

"누나, 뭐 먹고 싶어요?"

"음, 해물스파게티."

고된 노동 뒤에 스파게티라니. 다정은 믿을 수 없다는 눈으로 일행을 바라보았다. 그들도 당황스럽기는 마찬가지였는지 눈에 일순 당황스런 감정이 실리는 것 같았다. 하지만 그것도 잠시 지혜와 팔짱을 낀 성광이 들뜬 목소리로 말했다.

"형, 스파게티 먹으러 가죠."

"스파게티?"

목욕봉사를 하고 난 날은 당연 김이 모락모락 나는 밥을 주된 메뉴로 삼았던 그들이었다.

"그래요, 형. 기왕이면 지혜 누나가 먹고 싶다는 걸로 먹어요."

거들듯 희돈이 나서자, 다정은 자신도 모르게 불끈 주먹을 쥐었다. 그런 그녀에게 선호가 작은 목소리로 물었다.

"스파게티 괜찮아?"

고개를 가로저으려던 다정은 쓸쓸한 표정으로 응, 이라고 대답했다. 어쩐지 싫다고 말해서는 안 될 것 같았다.

고된 노동 후에 먹는 스파게티는, 내리 사흘을 굶은 속에 라면을 집어넣은 것처럼 니글거렸다. 연신 피클을 집어먹으며 다정은 따뜻한 밥 한 그릇에 된장찌개가 있었으면 너무도 좋겠다는 생각을 했다. 잘 익은 김치와 함께.

허기가 졌었는지 허겁지겁 스파게티며 피자를 해치우는 일행의 모습에, 자신이 괜스레 유난을 떠는 건 아닐까 하는 생각이 들기도 했다.

"애들아, 우리 영화 보러 갈래?"

스파게티를 돌돌 말아 올리며 지혜가 물었다.

"영화, 좋지!"

"성광이, 너 오늘 모임 있다고 안 했냐?"

희돈의 말에 성광이 얼른 손을 저었다.

"그렇게 중요한 모임은 아니야."

선호와 성광, 그리고 희돈은 고등학교 때부터 친하게 지내온 친구 사이라고 했다. 기계공학을 전공하는 성광은 선호와 같은 학교에 다니고 있었다. 다정은 성광과 속 깊은 이야기까지 나눈 적은 없지만, 그녀가 알아온 성광은 그리 경박하지도, 경솔하지도 않은 아이였다.

하지만 지난번 홍대 근처 클럽에서 그랬듯, 지금의 성광은 나사가 하나 빠진 기계처럼 어색하고 서툴러 보였다.

곁에 앉은 선호가 작은 목소리로 다정에게 물어왔다.

"영화 볼래?"

자상함이 느껴지는 그의 배려가 다정의 입가에 따사로운 미소를 짓게 만들었다.

대전에서의 그날 이후, 다정은 그와 자신의 관계가 사뭇 달라져 있다는 걸 알 수 있었다. 명백하게 우리가 이러이러한 사이다, 라는 정의는 내려지지 않았지만, 이전과는 다른 무언가가 자신들 사이에 놓여져 있는 것 같았다.

주말의 종로는 수다한 인파로 북적대고 있었다. 그리 재미나지도, 그렇다고 해서 딱히 재미없지도 않은 영화를 보고 나온 일행은 패스트푸드점에서 간단한 간식을 먹었다. 자잘한 젤리가 흩뿌려진 아이스크림을 떠먹으며 지혜가 물었다.

"주말인데 이대로 헤어지기엔 이른 시간이잖아. 우리 나이트 갈래?"

먹고 싶은 것도, 가고 싶은 것도 한없이 많은 여자란 생각이 들었다. 지혜의 말이 나침반이라도 되는 양 누구 하나 아니라고 말하는 사람이 없었다.

패스트푸드점을 나서며 다정이 두희에게 말했다.

"오빠, 전 그냥 집으로 갈게요."

"왜? 그러지 말고 같이 가자."

"아니에요, 집에 가서 쉬고 싶어요."

"형, 전 다정이 데려다 주고 가볼 데가 있어서요."

등 뒤에서 들려온 선호의 목소리는 다정의 고개를 돌리게 만들었다.

"어머! 그럼 둘 다 안 가는 거야?"

"누나, 미안해요. 약속이 있어요, 오늘."

"선호야!"

코맹맹이 소리를 내며 지혜가 달싹 선호의 팔에 깍짱을 꼈다.

떨떠름한 다정의 시선이 그녀를 향했다.

"인마, 지난번에도 그냥 가놓고 이러는 게 어디 있나?"

두 번째 나사를 푸는 성광에게 다정은 마이너스 1점이라는 벌점을 부과했다.

"약속이 있는 걸 어떻게 해. 먼저 갈 테니까 좋은 시간 보내라. 형, 저희 먼저 갈게요."

"선호, 너 이러기야, 정말?"

"하하. 누나, 다음번 모임 때 봬요."

나란히 곁에 선호와 함께 일행에게 인사를 한 다정은, 천천히 지하철역을 향해 걸음을 옮겼다. 아군을 얻은 것처럼 가슴이 든든해져 왔다.

얼마쯤 걸었을까, 선호가 물어왔다.

"밥 먹을래?"

"어?"

"근처에 청국장 잘하는 데가 있는데, 어때?"

선호와 눈을 마주친 다정이 꿀꺽 하고 침 삼키는 소리를 냈다. 선호가 그런 그녀를 내려다보며 피식 웃음을 터뜨렸다.

"가자."

관철동 뒷골목에 자리한 청국장 집은 허름한 외관과 달리, 순서를 기다리는 사람들이 문밖에 일렬로 줄을 서고 있었다. 십여 분이 넘게 순서를 기다린 뒤에야, 다정은 열 평 남짓한 가게 안으로 들어설 수 있었다.

콩나물과 고추장을 넣어 비빈 밥과 신 김치를 넣고 자박자박하게 끓인 청국장은 다정에게 이루 말할 수 없는 흡족함을 가져다주었다. 대접에 담긴 밥을 거의 다 비울 즈음에서야 다정이 말문을 열었다.

"약속있니?"

"어?"

애매한 그의 대답이 다정의 가슴을 설레게 만들었다. 멋쩍게 미소 짓는 얼굴은 그가 말한 약속이 괜한 것일지도 모른다는 생각을 갖게 만들었다.

너도 그 여자가 무척이나 마음에 안 드는구나, 란 말을 하려던 다정은, 이내 자신의 옹졸함을 나무랐다. 뻔히 속이 들여다보이는 말보다는 뭔가 근사한 말이 필요했다.

"난, 나이트 별로 안 좋아하거든."

"나도 그래. 정신이 하나도 없어."

"여기 청국장 참 맛있다, 선호야."

"입학하고 나서 처음으로 서울 구경을 하던 날, 여기서 희돈이하고 성광이랑 밥을 먹었어."

"아, 그랬구나."

"대구 촌닭들이 구경할 게 좀 많았겠어? 처음 한두 달은 정말이지 정신없이 돌아다녔어."

"서울 시내?"

"응."

지갑을 꺼낸 선호가 계산을 하자, 다정은 '고마워'라고 말했다. 식당을 빠져나온 그가 다정에게 물었다.

"우리, 서점 갈래?"

그의 입에서 자연스레 새어나온 '우리'라는 말이 너무도 따뜻하게 들려왔다.

"잘됐다, 나도 서점 갈까 생각했는데."

이로써 선호에게 선약 같은 건 없었다는 게 증명된 셈이었다. 아마 그도 다정 자신처럼 지혜가 주선하는 모임이 마음에 안 들었던 모양이다.

인파로 북적이는 길을 지나던 선호가 순간 다정의 손목을 슬그머니 잡아당겼다. 흠칫 놀란 다정을 데리고 그가 다가선 곳은 자잘한 액세서리 따위를 파는 리어카였다.

"휴대폰 고리 하나 사자."

"······!"

다정은 알 것 같았다. 사랑한다는 고백, 사귀자는 프러포즈가 사랑의 전부를 말해주는 건 아니라는 사실을. 작은 배려, 소소한 관심, 그리고 지극히 일상적인 부분들이 사랑을 말해줄 수도 있다는 사실을.

'너, 나 좋아하는구나!'

터질 듯한 가슴을 한 채, 다정은 그와 함께 머리를 맞대고 휴대폰에 달 액세서리를 고르기 시작했다.

선호가 직접 뽀글뽀글한 파마머리를 한 인형을 다정의 휴대폰에 걸어주었다. 그리고는 다정이 손수 골라준 배가 볼록 나온 꼬마신사 인형을 자신의 휴대폰에 걸었다.

앙증스럽다 못해 깜찍한 두 인형을 들여다보며 두 사람은 한참 동안을 키득거려야 했다. 하지만 난생처음 커플 휴대폰 고리를 하게 된 다정의 마음은 몹시도 설렌다.

"선호야, 너 보고 싶은 책 있어?"

"책?"

"생각해 보니까 늘 너한테 받기만 하는 것 같아서. 생각해 둔 책 있으면 내가 한 권 사줄게."

"음……."

거절하는 말 대신 뭔가를 생각하듯 선호가 고개를 갸웃거렸다.

"원서 사달라고 하면 맞는다?"

"하하하, 바로 걸렸네."

"생각해 둔 책 없어?"

"글쎄, 시집이나 한 권 살까?"

"시집?"

"네가 가장 좋아하는 걸로 하나 사줘."

어깨를 나란히 한 두 사람은 전철역 입구에 있는 종로서적 안으로 들어섰다. 그리 멀지 않은 곳에 더 큰 서점이 있었지만, 다정은 이곳이 좋았다. 그리 넓지 않은 공간이지만 운치 같은 게 느껴지는 곳이었다. 무엇보다 장르가 다른 책을 고르기 위해선 계단을 올라가야 한다는 사실이, 괜한 여유로움을 맛보게 해주었다.

좁은 계단을 따라 두 사람은 문학관으로 올라갔다.

가장 좋아하는 시라……. 설레는 가슴을 안고 서가로 다가선 다정은 칼릴 지브란의 시집을 한 권 집어 들었다.

"보여줄 수 있는 사랑은 아주 작습니다……."

나지막하게 시집의 제목을 읊은 선호가 책장을 펼쳤다. 흡족한 듯 이내 그의 입가에 미소가 그려졌다.

"마음에 들어?"

"이 책 참 좋다."

"그렇지, 좋지?"

"간결하면서도 마음에 와 닿는 게 많네."

아직 사랑을 말하기엔 이른 시간이라는 생각이 들었지만, 다정은 자신이 평소 좋아하는 시집을 그에게 선물할 수 있다는 사실만으로도 마음이 푸근해져 오는 것 같았다. 뭔가를 찾듯 서가를 두리번거린 선호가 얄팍한 시집 한 권을 꺼내 다정에게 건넸다.

"내가 가장 좋아하는 시가 실린 책인데, 한 권 사줄게."

선호가 건네준 책은 황동규의 시집이었다.

계산을 하는 동안 선호가 말했다.

"'아름다운 편지'라고 한번 읽어봐. 마음이 참 따스해지는 시야."

'네 눈빛만으로도 이미 마음이 따스해지는걸.'

수줍게 고개를 끄덕이는 다정을 보며, 선호는 부드럽게 미소를 지었다.

불같은 끌림은 아니지만 만나면 만날수록 편안함이 무엇인지를 알게 해주는 아이였다. 굳이 노력하지 않아도, 편안해지는……

두 권의 시집을 고른 뒤 서점을 빠져나온 두 사람은, 어둑한 종로 길을 따라 인사동으로 향했다.

"참, 어머니는 건강하시지?"

"어? 어, 잘 지내."

"무척 밝은 분이신 것 같아."

"우리 엄마?"

물밀 듯 밀리는 사람들 때문에 바짝 어깨를 맞댈 수밖에 없는 두 사람은 인사동으로 접어드는 내내, 다정의 어머니에 대한 이야기를 나누었다. 성큼 다가선 첫사랑처럼, 어느덧 거리엔 저녁이 어둑하게 내려앉아 있었다.

명백하게 이야기를 나눈 건 아니지만, 다정은 알 수 있었다. 지금이 자신과 그의 첫 데이트라는 사실을. 아기자기한 휴대폰 액세서리를 하나씩 나눠 갖고, 서로가 가장 좋아하는 시집을 선물하고, 연인들로 북적이는 인사동 길을 걷고……

자꾸만 미어져 나오는 미소 때문에 다정은 아랫입술을 살짝 깨물어야 했다.

"이런!"

술에 취한 젊은 일행들이 우르르 밀려나오자, 보호하듯 선호가 조심스레 다정의 어깨 근처에 손을 가져다 댔다. 감히 행복하다는 표현으로 다 그려낼 수 없을 것만큼 행복했다.

이름 석 자를 가지고 화려한 그림을 그려주는 노(老)화가에서부터, 언젯적 것인지 모를 골동품을 내다파는 사람들까지, 모처럼 찾은 인사동은 별천지였다.

다정은 선호와 함께 수다한 볼거리들을 둘러보기도 하고, 마른들꽃을 붙여 넣은 화선지를 고르기도 하고, 달달한 솜사탕을 먹기도 하며, 느긋하게 주말 저녁의 데이트를 즐겼다.

"다정아, 모과차 좋아해?"

"응."

두 눈을 동그랗게 뜬 다정이 고개를 끄덕였다.

"그럼, 우리 귀천(歸天)에 갈까?"

"귀천?"

"아…… 천상병 시인 부인께서 운영하는 찻집인데, 차 맛이 아주 좋아."

'어쩜, 넌 공부도 잘하는 애가 모르는 게 없구나.'

감탄에 감탄을 거듭한 다정은 그와 함께 좁디좁은 골목 안에 자리한 귀천으로 들어섰다.

한지로 만든 갓을 씌운 백열등 때문인지, 아니면 깨알 같은 낙서들이 그려진 오래된 테이블 때문인지, 찻집 안에는 어떤 말로도 표현하기 힘든 여유가 묻어 있었다.

얇막하게 가로 썰기를 한 모과 살이 동동 떠 있는 차는, 선호
가 말한 대로 아주 맛이 좋았다.

"그럼 언니는 서울에 살겠구나?"

"어? 어."

"가족이 다 대구에 있어서 그런지, 서울에 누구 하나 있었으
면 좋겠다는 생각이 자주 들어."

"형도 대구에 살아?"

"형은 한국에 없어."

"아, 그렇구나. 유학 간 거야?"

"응. 가을쯤 귀국할 것 같기는 한데, 와도 아마 대구에서 살게
될 거야."

"취업 안 해?"

서울에 있는 대학에 들어오려고 고등학교 삼 년 내내 몸살
나게 공부를 했고, 무사히 서울에 있는 대학에 들어오고 난 뒤
엔, 서울에 있는 회사에 취업을 하기 위해 부단히 달려야 하는
자신의 현실이 생각나 다정은 그만 씁쓸하게 웃어버리고야 말
았다.

"아버지가 대구에서 사업을 하셔. 귀국하면 아버지 일을 돕게
될 것 같아."

"사업하셔?"

"응, 대를 물려서 해온 일이거든."

그러고 보니 선호에 대해 아는 것보다 모르는 게 훨씬 더 많다는 생각이 들었다.

대구가 고향이라는 것과 공부를 무지무지하게 잘한다는 사실과 교대 근처의 아파트에서 혼자 살고 있다는 사실……. 그 밖엔 그에 대해 딱히 아는 게 없는 것 같기도 했다.

따뜻한 온기가 느껴지는 찻잔을 그러쥔 채, 다정은 진즉부터 궁금했던 말을 선호에게 물었다.

"저기, 선호야."

"어?"

"성광이 말이야, 지혜 선배 좋아하니?"

무슨 말인가를 하려던 선호가 묵묵히 찻잔을 입술로 가져갔다.

"아직 잘 모르겠어."

"응, 난 그냥 궁금해서……."

"남자들은 그런 얘기 잘 안 하거든."

"……?"

"아무리 친해도 좋아하는 사람이 생겼다느니 하는 소리 잘 안 해."

"정말?"

"잘되면 잘되는가 보다, 하는 게 남자들이야."

"신기하네, 여자들은 그런 일이 있으면 제일 먼저 친구들한테 말하고 상의하고 그러는데."

아차 싶은 찰나, 나직한 선호의 목소리가 들려왔다.

"넌 누구랑 상의하는데?"

"어? 내, 내가 그럴 일이 있나 뭐."

괜스레 얼굴이 화끈거려 왔지만, 다정은 태연한 척 선호를 향해 미소를 지어 보였다. 해를 넘긴 외사랑에 대해 예분에게 이런저런 고민을 털어놓은 일을 그가 알게 된다면, 정말이지 고개를 들 수 없을 것만 같았다.

"너희 과는 미팅 자주 안 해?"

"어? 음, 가끔."

새내기들이 들어오긴 했지만 아직껏 미팅의 주된 멤버는 다정의 학번이었다. 일 년 사이 학습한 감(感)을 여실히 발휘하듯, 학기가 시작되자마자 친구들은 이틀이 멀다하고 미팅이니 소개팅이니 하며 야단법석을 떨어댔다.

"다정이 넌 미팅 안 해?"

"난 안 해."

"왜?"

'그야 너 때문이지.'

"새내기 때나 하는 거지."

"하하, 그런 건가."

"너희 과는 어떤데?"

"다 비슷비슷하지. 군대 가기 전에 놀아야 한다고 생각하는 애들은 열심히 미팅하러 다니고, 이제는 전공수업에 열중해야 한다고 생각하는 애들은 열심히 책이나 파고."

"참 신기하다."

"뭐가?"

"너나 희돈이나 성광이 말이야, 나하고 참 친한 것 같은데 막상 아는 게 별로 없다는 생각이 들어. 아는 건 별로 없는데 아주 잘 알고 있다는 생각이 들기도 하고."

"원래 그런 게 친구잖아."

"하긴 그래."

"참, 예분이는 요즘 뭐 하고 지내?"

"말도 마. 고집쟁이야, 고집쟁이. 오늘도 같이 오자고 그렇게 졸랐는데, 눈도 하나 꿈쩍 안 하는 거 있지."

"저런, 단단히 화가 난 모양이네."

다정은 안 그래도 남자에 대한 불신이 큰 예분이 지혜의 일로 인해 마음 문을 꼭꼭 닫아버린 것 같다는 말은 하지 않았다.

"예분이한테 좋은 남자 친구가 생겼으면 좋겠어."

사람이란 이런 것일까. 다정은 가장 친한 친구의 이름을 빌어 속내를 털어놓는 자신을 발견하곤 깜짝 놀라야 했다.

"예분이라…… 어떤 스타일이 어울릴까?"

다행인지 불행인지 선호는 고개를 갸웃거려가며 예분에게 어울릴 만한 남자를 떠올리는 눈치였다.

"착하고 이해심 많은 남자면 좋을 것 같아."

"에이, 착한 건 아니다."

"왜?"

"남자는 너무 착하면 못써."

"……?"

"적당히 착한 게 좋아."

"착하면 착한 거지, 적당히 착한 건 또 뭐니?"

"여자고 남자고 너무 착하면 매력없는 거 몰라?"

짤막한 한마디 말이 풍덩 하는 소리를 내며 다정의 가슴으로 뛰어들었다.

'무슨 뜻일까?'

다른 건 모르지만 적어도 선호가 생각하는 이상형은 있다는 소리였다.

"어떤 게 적당히 착한 건데?"

"순수하다는 것과 착한 건 달라."

"어렵다."

"순수하다는 건 흥이 안 되지만, 착하다는 말은 흥이 될 수도 있어."

여전히 이해하기 힘든 다정이 고개를 갸웃거렸다.

"이 오빠가 너무 어려운 소리를 했나?"

"웃겨, 오빠는 무슨!"

"빠른 96이면서, 우기긴."

"그래도 가나다라 같이 떼고 구구단 같이 뗐어, 왜 이러셔."

홍대 앞에서의 일이 떠오른 다정은 입술을 뾰족하게 내민 채,

오빠라는 선호의 말을 극구 부인했다.

그런 다정을 보며 선호는 생각했다.

'너처럼 적당하게 착한 애가 참 좋은 것 같아' 라고.

4. Life is blue

〈 내 그대를 생각함은

항상 그대가 앉아 있는 배경에서

해가 지고 바람이 부는 일처럼

사소한 일일 것이나

언젠가 그대가 한없이 괴로움 속을 헤매일 때에

오랫동안 전해오던 그 사소함으로 그대를 불러보리라.

　　　　　　　　　—황동규의 '즐거운 편지' 중에서.〉

　황동규의 '즐거운 편지'라는 시는 다정의 가슴을 설렘으로
가득 채워놓았다. 선호가 어떤 뜻으로 자신에게 시집을 선물했

든 상관없었다. 다만 그가 이렇듯 아름다운 시를 아끼는 사람이라는 사실만으로 충분했다.

"내 그대를 생각함은 항상 그대가 앉아 있는 배경에서……."

등 뒤에서 들려온 목소리에 화들짝 놀란 다정은 펼쳐 둔 시집을 얼른 접었다.

"그 책은 닳지도 않는다니? 훔쳐보는 내가 다 외우겠다."

작년 엠티 때 과에서 나누어 준 티셔츠를 입은 예분이 이기죽거리며, 풀썩 옆 자리에 앉았다.

"못됐어, 계집애. 만날 놀려먹기나 하고."

"낙이 없어 죽겠는데, 너라도 놀려먹으면서 살아야지."

"무슨 일 있니?"

"에효, 아무것도 아니야."

"아니긴, 한숨 소리가 예사스럽지 않은데. 왜, 무슨 일이야?"

"다정아, 사람 사는 게 뭘까?"

"응?"

"길어야 백 년이라잖아. 백 년도 못 사는 인생인데, 왜 이렇게 구질구질한 건지 모르겠어."

"집에 무슨 일 있니?"

대답 대신 예분이 후우 하고 길게 한숨을 내쉬었다.

"엄마 통장 들고 튈까 하다가 그냥 학교로 왔다."

"무슨 일이야?"

복잡한 예분의 가족사에 대해 비교적 잘 알고 있는 다정이었기에, 그녀의 쓸쓸한 미소가 더욱 걱정스러웠다.

"그 인간이 결국 한 건 쳤다."

다정은 차마 '네 아버지가?' 라고 되물을 수 없었다.

"한 건이라니?"

"넉 달 전인가, 할아버지 제사라고 잠깐 집에 들렀었거든. 그
때 엄마 인감을 슬쩍 집어갔었나 봐."

"정말?"

"염체도 좋지, 그 인감으로 볼보를 사셨단다. 작은아버지가
보증 서고."

"미쳐! 그러면 어떻게 되는 거야?"

"엄마 앞으로 밀린 할부금이 다 나왔어."

"야, 그거 사기…… 아후…….."

"사기 맞아. 그러게 진즉 이혼하라니까. 누가 그런 인간 손목
잡고 예식장에 들어가고 싶다고 했나, 툭하면 니들 때문이래,
나도 이젠 진절머리가 나."

"그럼 어떻게 되는 거야?"

"나도 모르지, 아마 우리 엄마 성격에 울고불고 한 일주일 헤
매다가 그 돈 갚아주지 싶어."

"……!"

"난 도저히 이해가 안 돼, 십 년이 넘게 밖으로만 나도는 남자
를 왜 남편이라고 믿는 건지, 자식 다 내팽거치고 나가서 사는
남자를 왜 아비 취급을 해주는 건지……."

분이 안 풀리는지 예분이 자리에서 벌떡 일어서자, 다정은 덩 달아 그녀를 따라 자리에서 일어섰다. 누구보다 친한 친구인데, 아무것도 해줄 수 없다는 사실이 너무도 미안했다.

"다정아, 우리 낮술 마실래?"

"술? 그래, 나가자."

"낄낄, 술도 잘 못 마시면서, 그래도 옆에 네가 있어서 좋다."

다정보다 한참이나 키가 큰 예분이 어깨에 손을 둘러왔다. 나란히 어깨동무를 하고 강의 동을 빠져나온 두 사람은, 막 건물 안으로 들어서던 두희와 마주쳤다.

"오랜만이다?"

"오빠, 안녕하세요!"

다정이 인사를 한 데 반해 예분은 흥 소리가 나게 고개를 돌렸다.

"인마, 잘하면 코딱지 튀어나오겠다. 고래힘줄도 아니고 사과를 그만큼 했으면 됐지, 여태 그러고 있냐? 똥고집 좀 그만 부려, 인마."

두희가 싸하게 허공을 바라보는 예분의 머리카락을 헝클었다.

"아, 일진 되게 사납네."

거칠게 두희의 손을 밀어낸 예분이 짜증스럽게 머리카락을 쓸어 올렸다. 두희가 무슨 말인가를 하려는 찰나, 다정이 눈을 찡긋해 보였다.

'오빠. 얘, 컨디션 겁나게 안 좋아요.'

'왜?'

예분이 눈치 채지 못하게 다정은 가만히 고개를 가로저었다.

"어디 가는 길이야?"

"술 한잔하려고요."

"대낮에?"

"네."

"세상 좋아졌다, 솜털도 안 마른 것들이 대낮에 술이나 마시러 다니고. 가자."

"네?"

"핏덩이 둘을 어떻게 믿고 보내? 든든한 보호자가 같이 가줘야지."

찌릿, 하는 예분의 시선에도 아랑곳 않고, 두희는 두 여자의 어깨에 손을 올렸다.

"놔요!"

"인마, 내편네편 구분 좀 하고 살아. 이건 아무 데서나 성질이야."

뿌리치는 예분의 머리를 한 대 쥐어박은 두희는, 까맣게 어린 동생 둘을 데리고 학교를 빠져나왔다.

문을 연 주점이 있다는 사실이 신기할 정도로 이른 시간이었다. 칼칼한 김치찌개에 소주 두 병을 비우고 날 때까지도 예분은 별말이 없었다. 다정이 보기에 그녀는 아버지가 아니라 어머니에게 단단히 화가 난 듯 보였다.

"술도 음식이야, 인마. 소화시켜 가면서 마셔."

연신 소주를 들이키는 예분을 만류한 두희가 파전 한 장과 녹두전 한 장을 주문했다.

"사는 게 힘드냐?"

"휴우, 열나 힘들어."

"뭐가 그렇게 널 힘들게 하는데?"

"전부."

한 손을 이마에 얹은 예분이 잔에 따라진 말간 액체를 입 안으로 털어 넣으며 말했다.

"독립할 생각 없냐?"

"독립?"

"네가 말하는 그 전부로부터 독립할 생각 없냐고?"

"글쎄, 독립이 아니라 도피겠지. 다정아, 나 확 튈까?"

"튀긴 어딜 튄다고 그래? 술 마시고 마음부터 가라앉혀."

"후후, 암만 가라앉히면 뭐 해. 여기저기서 또 뒤집어놓을 텐데. 선배는 좋겠수."

"왜?"

"혼자 사니까."

"하, 내가 처음부터 혼자 살았냐, 인마. 다 눈물 없인 말 못할 사연이 있는 법이야. 근데 너 오늘 계속 말 잘라 먹는다?"

"아, 냅둬. 이렇게 살다 죽게."

"자식이 하늘 같은 선배한테 꼬박꼬박 반말이네?"

"수컷 냄새 풍기는 것들은 하늘 아니라 하늘 의쪽이라도 맞먹을 거야."

"하! 인마, 그날 일은 내가 실수한 거라고 했잖아."

"본능이잖아, 수컷의 본능. 아니야?"

미치고 팔짝 뛰겠다는 듯 손사래를 한 두희가 자리에서 일어서는 시늉을 했다.

"예분아, 그날 일은 오빠가 사과한 거잖아. 그만 해."

"낄낄낄, 다정아 웃긴다. 그치?"

"뭐가 웃겨?"

"뻔히 또 사과할 걸 알면서, 남자들은 참 뻔뻔해. 안 그래?"

"예분아!"

"예쁘고 잘빠진 것들만 보면 저절로 헤, 하는 게 남자잖냐, 그래 놓고 그게 사과할 일이래. 낄낄, 난 그게 더 웃겨."

"송예분, 그만 하지?"

"어랏, 이젠 성질까지 내시겠다?"

"난 분명히 사과했다."

"사과하면 뭐 해, 내가 안 받아줬는데."

"넌 그런 사고방식부터 고쳐야 해. 다른 사람이 미안해서 사과를 하면 당연 받아줘야지, 그걸 내 계산대로 해석하냐? 하여간 누가 데리고 살지 걱정이다, 걱정."

"누가 소지혜를 데리고 살지 그게 걱정이 아니고? 낄낄낄……"

"인마, 그런 거 아니라고 했잖아."

불같은 성격으로 치면 단과대 전체에서 그녀를 따를 자가 없는 예분이지만, 다정은 슬그머니 걱정이 되기 시작했다. 아무리 두희가 성격이 좋기로 소문난 사람이라지만, 취기와 함께 더욱 심해지는 예분의 주사를 다 받아줄 수 있을까 싶었다. 더욱이 두희 역시 적잖이 취한 상태였다.

"아흔아홉 사람이 배신을 해도 나머지 한 사람을 믿는 마음이 있어야지, 넌 그래서 세상을 어떻게 살려고 그러냐?"

"오빠나 실컷 믿고 살아. 에이, 젠장. 병이 비었잖아. 아줌마, 여기 소주 두 병만 더 주세요!"

"그래, 실컷 마셔라. 술이 이기나 네가 이기나 한번 해봐."

오늘따라 두희의 태도가 전과 다르다는 사실이 다정의 마음을 더욱 걱정스럽게 만들었다. 여느 때의 그라면 연달아 세 병의 소주를 비워낸 예분이, 술을 더 시키는 모습을 그냥 뒀을 사람이 아니었다.

"캬야, 오늘 술 맛이 왜 이렇게 단지 몰라."

연거푸 두 잔의 소주를 들이킨 예분이 파전을 한 점 떼어 입으로 가져가는 모습을 보며, 다정은 화장실에 다녀오겠다는 말을 하고 잠시 자리를 피했다.

[아무래도 두희 오빠가 오늘 조금 이상한 것 같아…….]

막 수업을 마치고 강의실을 빠져나온 선호는, 수화기 너머에서 들려오는 다정의 목소리에 가슴이 답답해져 왔다.

"내가 그리로 갈게, 지금."

빠져서는 안 되는 수업이 남아 있었지만, 그는 수업을 포기하고 다정이 알려준 주점을 향해 걸음을 옮겼다.

사흘 전, 두희에게서 걸려온 전화가 계속해서 마음을 답답하게 만들었던 탓이다.

"후후, 선호야, 내가 인생을 헛살았나 보다. 큰 실수를 했어. 너무 큰 실수를……."

선호가 다정의 학교 근처에 있는 주점에 도착했을 때, 두 사람은 이미 취할 대로 취해 있었다. 불취도사 소리를 듣는 두 사람이 한껏 취해 있는 모습을 보자, 씁쓸한 기분이 밀려들었다.

두희에게서 차 열쇠를 건네받은 선호는 두희가 주차시켜 둔 차를 가져오기 위해 다정과 함께 그녀의 학교로 향했다.

"두 사람, 왜 저러는 거야?"

"예분이는 집에 일이 있어서 속이 상한 것 같은데, 두희 오빠는 왜 저러는지 모르겠어. 두희 오빠, 안 좋은 일 있어?"

"잘은 모르지만 그런 것 같아."

"오빠가 저렇게 취한 모습 처음 봐, 난."

걱정스럽게 이야기를 나누는 두 사람을 향해, 두 명의 여학생이 다가왔다.

"유선호, 맞지?"

빨간 니트에 체크무늬 미니스커트를 입은 여학생이 반가운 얼굴로 알은체를 해왔다. 이름을 아는 걸로 봐선 초면은 아닌 것 같은데, 아무리 생각해 봐도 누군지 기억이 나지 않았다.

"누구⋯⋯."

"작년 가을에 이대 앞에서 소개팅 했었는데, 기억 안 나니? 그날 네가 립스틱도 사줬잖아. 뽀뽀하다가 립스틱이 지워졌잖아. 기억나니?"

"아!"

얼굴이 기억난 건 아니지만, 늦가을 과 선배의 강요에 못 이겨 떠밀리듯 나갔던 2대 2 소개팅의 기억이 떠올랐다. 난데없이 기습 뽀뽀를 받아야 했던, 끔찍한 소개팅이었다.

"다시 인사해야 하는 건가. 반갑다, 유선호, 나 박인애야."

선호는 떨떠름한 얼굴로 여학생이 내민 손을 잡았다. 그날 소개팅을 하고 돌아와 선배에게 드물게 화를 냈던 일이 떠올랐다. 어물쩍 인애라는 여학생의 손을 놓은 선호는 곁에 선 다정의 눈치를 살폈다.

"동생이니?"

인애가 턱 끝으로 다정을 가리키며 물었다. 절대 여자로는 보지 않겠다는 인애의 뉘앙스는, 다정뿐 아니라 선호에게도 고스란히 전해져 왔다.

선호는 취기 때문인지 양볼이 발그레해진 다정의 어깨에 손을 얹었다.

"동생이 아니라 친구야. 얼굴 기억 못해서 미안하다. 그럼 이만 가볼게."

몇 걸음쯤 걸었을까, 등 뒤에서 두 여학생이 소곤거리는 목소리가 들려왔다.

"인애야, 쟤 S대 킹카 유선호 아니야?"

"왜 아니겠어."

"설마 같이 가는 저 애가 여자 친구는 아니겠지?"

"키스도 아니고 뽀뽀 한 번에 사람을 기절시킨 남자가, 여자가 한둘이겠니. 보아하니 싱싱한 맛에 데리고 노는 것 같네. 그냥 친구라잖아, 건수라고 생각했으면 여자 친구라고 했겠지. 가자, 은주야."

선호는 느낄 수 있었다, 손끝에 닿은 다정의 어깨가 흠칫 떨리는 걸. 변명을 해야 하는데 딱히 떠오르는 말이 없었다.

"저기, 다정아……."

당황한 선호가 생각을 가다듬는 사이 해사한 다정의 미소가 그를 향했다.

"선호, 너 킹카였어?"

"킹카는 무슨."

"이야, 영광이다야! 킹카 친구를 다 두고. 악수라도 한번 해야 하는 거야?"

과장되게 너스레를 떨었지만, 다정은 칼로 도려내는 것처럼 가슴 한 귀퉁이가 아릿해 왔다. 킹카라는 말보다 소개팅이니 뽀뽀니 하는 낯선 말이 다정의 마음을 더욱 헛헛하게 만들었다.

"선배 소개로 만난 애야. 딱 한 번 만났어."

"어."

분명 그는 박인애라는 여자의 얼굴을 기억하지 못하고 있었지만, 그럼에도 불구하고 상당히 불쾌했다.

'딱 한 번 만났는데, 그럼 처음 만난 날 뽀뽀를 했다는 거야?'

만일 그가 자신의 남자 친구였다면 하고 싶은 말이 너무도 많을 것 같았다.

하지만 미필적인 데이트를 했다고는 해도 그와 자신은 여전히 친구였다. 흥, 하고 콧방귀조차 뀔 수 없는 사이였다.

'유선호, 대체 너한텐 난 뭐니?'

술기운을 빌어 그에게 노골적으로 물어볼까 싶은 충동이 일었다. 하지만 자존심을 내려놓으면서까지 그의 마음을 확인하고 싶지는 않았다.

어딘가에 제2, 제3의 박인애가 있을지도 모른다는 생각을 하는 것만으로도, 다정은 끔찍하게 자존심이 상했다.

미술대학 뒤편에 세워둔 두희의 차에 올라탈 때까지, 자존심이 상할 대로 상한 다정과 적지 않게 당황한 선호 사이에 어색한 침묵이 감돌았다.

끌림에는 두 가지가 있다고 했다. 환한 빛처럼 한순간 사람의 마음을 잡아당기는 끌림이 있고, 가랑비처럼 조심조심 다가서는 끌림이 있다고 했다.

물론 인사동에서 함께 차를 마신 그날이 계기가 되긴 했지만, 선호에게 있어 다정은 후자의 끌림을 생각하게 만드는 친구였다.

마음이 상한 그녀를 데리러 대전으로 내려갔던 날도, 김이 모락모락 나는 청국장을 먹던 날도, 그에겐 어떤 예쁜 여자를 만나는 일 이상으로 기분이 좋았다. 이런 아이가 여자 친구였으면 좋겠다는 생각을 할 만큼.

더욱이 그녀가 선물해 준 칼릴 지브란의 시집은, 마냥 편안한 친구로만 알아온 다정에 대해 묘한 색감을 덧입혀 주었다.

교문을 빠져나올 즈음 선호가 말문을 열었다.

"칼릴 지브란이 왜 현자인지 알 것 같다."

"무슨 소리야?"

"보여줄 수 있는 것, 말할 수 있는 것들이 얼마나 왜소한지 알 것 같아서."

우회전을 시도하느라 룸미러에 시선을 둔 채, 선호가 가라앉은 목소리로 말했다. 선호는 먹은 것도 없는데 체한 것처럼 명치가 묵직하게 느껴졌다.

스무 평 남짓한 선호의 아파트는 세간이 얼마 없는 까닭인지 제법 넓게 느껴졌다. 차에 올라타자마자 널브러진 예분을 침대에 눕힌 선호는 흰색 이불을 덮어주었다. 악몽을 꾸는지 예분은 고통스럽게 미간 사이를 찡그리고 있었다.

"예분이네 집 전화번호 알지?"

"어."

"혹 예분이가 늦게 일어나면 집에 전화해. 걱정하실라."

"그래야지."

눈에 띄게 서먹서먹해진 분위기를 느끼며, 다정은 선호를 쫓아 거실로 나왔다.

"형, 물 좀 마셨어요?"

"괜찮아, 인마."

소파 등받이에 깊숙이 등을 기댄 두희가 멋쩍은 듯 웃어 보였다. 텔레비전을 정면으로 바라보는 곳에 자리한 소파는, 어지간한 어른이 누울 수 있을 만큼 폭이 길었다. 예분을 업고 오느라 기진했는지 선호가 털썩 소리를 내며 소파에 앉자, 다정은 폭신한 매트가 깔린 바닥에 앉았다.

두희의 얼굴은 처음 보는 사람의 그것처럼 몹시 불안해 보였다.

"오빠, 무슨 일 있죠?"

"어? 아무 일도 없는데."

"아니야, 뭔가가 있는 것 같아."

"있긴 뭐가 있어."

"냄새가 난단 말이에요."

"술 냄새야, 인마."

말 같지도 않은 농담을 하며 키득거리는 모습 역시 낯설기는 마찬가지였다.

"형, 작은 방에서 잠깐 쉴래요?"

"아니야, 학교에 다시 가봐야 해."

"그렇게 취해서 학교를 어떻게 가요?"

"취중수업이라고 들어는 봤냐? 또 아냐, 교수가 감격해서 무조건 에이플러스 줄지."

"네 사람 다 오늘 수업은 물 건너간 거 같으니까, 작은 방에서 한두 시간이라도 주무세요."

"선호야, 미안하지만 학교까지 태워다 줄 수 있냐?"

"그건 어렵지 않은데, 형 괜찮겠어요?"

"당연히 괜찮지."

어쩐지 두희의 눈빛이 무슨 말인가를 하고 싶어하는 것 같단 생각에, 선호는 학교로 가야 한다는 그를 더 이상 말릴 수가 없었다.

"다정아, 형 데려다 주고 올게. 여기서 쉬고 있어."

"나도 학교에 가봐야 하는데……."

하지만 그럴 수 없다는 사실은 다정 자신이 더 잘 알고 있었다. 예분이나 두희야 자타가 공인하는 불취도사들이지만, 다정은 그렇지 못했다. 적당 주량과 치사량의 선이 정해져 있는 평범한 인물일 뿐이었다. 두 사람을 쫓아 야금야금 들이킨 소주가 한 병은 족히 넘었다.

"형 데려다 주고 바로 올 거니까, 작은 방에서 자고 있어."

"죄다 재우려고 하네, 얘가. 나 별로 안 취했거든?"

"안 취했어도 일단은 쉬어."

피식 웃음을 터뜨린 선호가 두희와 함께 아파트를 빠져나가자, 다정은 바닥이 꺼져라 한숨을 내쉬고는 폭신한 소파에 누웠다. 긴장이 풀린 때문인지 살금살금 졸음이 밀려드는 것 같았다. 발치에 곱게 접힌 모포가 있는 걸 보니, 선호도 가끔 이곳에 눕곤 하는 모양이었다.

"나, 립스틱도 사줬잖아."

적요함 때문인지, 박인애라는 여자의 목소리가 선명하게 되살아나는 것 같았다.

"아우씨! 생각할수록 성질나네. 누군 해를 넘기도록 손 한 번 못 잡아봤는데……."

가슴에서 천불이 치민 다정은 벌떡 자리에서 일어나, 성큼성큼 주방을 향해 걸어갔다.

다른 사람도 아닌 선호가 소개팅에서 만난 여자와 첫날 뽀뽀를 하고 립스틱을 사줬다는 사실을, 용납할 수가 없었다. 아니, 이해할 수가 없었다.

벌컥 소리를 내며 냉장고 문을 열자, 문짝 아래쪽에 나란히 놓인 맥주 캔 세 개가 보였다. 시원한 물로 치받는 열을 가라앉히려 했던 다정은, 별다른 생각 없이 맥주 캔 하나를 집어 들었다.

선호의 예감대로 두희는 학교가 아닌 한강 둔치로 가줄 것을 부탁했다. 이천 원을 주고 빌린 돗자리에 벌렁 누운 그는, 하늘을 올려다보며 연거푸 자욱한 한숨을 내쉬었다.

"답답한 거 참으면 병 돼요, 형."

"그러게 말이다."

비스듬히 돌아누운 그가 불을 붙인 담배를 입에 물었다.

그가 있는 집 아들이란 소문은 대개가 알고 있지만, 국내 굴지의 기업인 조은 퍼니처의 회장이 두희의 아버지란 사실을 알고 있는 사람은 그다지 많지 않았다.

"예분이 녀석, 눈에 어디론가 도망가고 싶다그 써 있더라. 그 녀석을 보는데 마치 날 보는 것 같았어."

"……."

"하긴 이 나이가 되어서도 도망치고 싶은데."

"도망치고 싶어요, 형?"

"아주 멀리."

잔디 귀퉁이에 담배를 비벼 끈 두희가 자리에서 일어나 앉았다. 선호는 무슨 일인지를 묻는 대신 한참 동안 두희의 침묵을 지켜주었다. 오랜 침묵 끝에 두희가 말문을 열었다.

"최진철이라고 어려서부터 알아온 친구 놈이 하나 있어."

"네."

"초등학교 3학년 때였나, 그 친구 집이 홀딱 망했어. 담 하나를 사이에 두고 이웃에 살았었는데. 부자가 망해도 삼 년은 간다더니, 그 집은 그것도 아니더라. 멀찍이 이사를 가고 전학을 가고, 자연스럽게 멀어졌던 녀석을 고등학교에 들어가서 다시 만났어. 만난 게 아니라 내가 찾아다녔지. 삼 분 이상 걷는 일조차 해본 적 없던 녀석이 근로 장학생에, 주유소 아르바이트 일까지 하면서 고등학교에 다니고 있더라."

어쩐지 그의 입에서 듣지 말아야 할 말이 나올 것 같다는 생각이 들었다. 선호는 대답 대신 키 작은 잔디를 끊어냈다. 괜스레 밀려드는 불안 때문에.

"아버지가 다시 사업을 시작해서 어느 정도 살게 됐는데, 그 녀석 말이 어린 시절의 기억 때문에 뭐라도 해야 한다는 강박이 생겨 버렸다고 하더라. 초등학교 3학년 때의 일이 녀석에게 자수성가에 대한 강박을 심어준 셈이지. 너도 알다시피 고등학교 3학년이 되면서 아버지와 내 사이에 불화가 커졌고, 덕분에 녀석과는 거의 붙어 살다시피 했다."

"네……."

"그때 녀석에겐 여자 친구가 있었어. 죽고 못산다고 하면서 단 한 번도 소개를 시켜주지 않더라고. 나중에, 나중에, 하면서. 그러다가 난 집을 나오고, 그 녀석은 대학에 들어갔지. 후우…… 녀석이 군에 입대하기 전에 이야기를 하더라. 실은 사귀는 여자가 제가 다니던 고등학교의 국어 선생이었다고."

"네?"

무심결에 잔디를 뽑고 있던 선호의 손이 흠칫 멈춰 섰다.

"다섯 살이 많은 여자 친구를 위해 죽어라 공부를 했다고 하더라. 그 녀석, 너희 학교 선배다."

"아!"

"고등학교 내내 아르바이트까지 해가며 너희 학교에 들어간 걸 보면 독한 놈이지?"

선호가 묵묵히 고개를 끄덕였다.

"2학년 1학기를 마치고 입대를 했는데, 그 이유가 뻔하게도…… 여자 친구가 다른 남자랑 결혼을 한다고 이별을 통고해서였단다. 그날 둘이서 정신이 나가게 술을 마셨었지."

"그랬군요."

한숨을 내쉰 두희가 담배를 한 대 입에 물었다. 그제야 선호는 두희를 힘겹게 하는 감정의 정체가 궁금허졌다. 둘도 없이 아끼는 친구에게 좋지 못한 일이 생긴 건 아닐까 싶은 생각이 들었다.

"사랑도 그렇고 실연도 그렇고 결국엔 다 좆-깐이더라. 진철이 녀석은 무사히 제대를 하고 복학을 했고, 나는 나대로 학교에 입학을 해둔 채 나름대로 열심히 살았지. 사 년 전이었던 것 같다."

"······?"

"녀석이 심각하게 사랑하는 여자가 생겼다고 하더라."

계속해서 친구의 과거를 이야기하는 두희에게 조갈 같은 궁금증이 심하게 일었지만, 선호는 채근하지 않았다.

"후후, 빌어먹게도 녀석의 두 번째 사랑은 사촌동생이었다. 그것도 열일곱 살 먹은 사촌동생."

"네?"

놀라는 선호를 바라보며 두희가 씁쓸하게 웃어 보였다.

"제 입으로 이러면 안 되는데 하면서 불나방처럼 불속으로 뛰어드는데, 어떻게 해볼 길이 없더라. 후에 알았다, 녀석이 이미 사촌동생과 살림이라는 걸 하고 있다는 걸."

"네? 고등학생과요?"

연기를 뿜어내며 두희가 고개를 끄덕였다. 친구의 일을 이야기하는 사람치곤 그의 표정은 심하게 고통스러워 보였다.

"후후후······ 참 무력하더라, 사람이라는 존재가. 녀석을 위해선 목을 졸라서라도 갈라놔야 한다는 걸 알겠는데, 막상 그 사촌동생이라는 애의 처지를 알고 나니 그럴 수도 없더라고. 알코올 중독자인 아버지와 도박에 혼을 뺏긴 어머니 사이에서 오갈 데가 없는 애였어. 말이 좋아 부모지, 천애고아나 다름없더라고. 중학교 때부터 비슷한 처지의 애들하고 어울리면서, 가출도 하고 유흥업소 같은 곳에도 들락거렸나 봐."

"······!"

"사실 진철이 녀석이 말하는 사랑이라는 거, 안 믿어지더라고. 그게 연민이지 사랑이냐? 제 딴엔 품어주고 싶고 지켜주고 싶었겠지. 하지만 먼 친척도 아니고 이모 딸인데, 그게 가능하냐고? 후우!"

　"그래서 어떻게 됐어요?"

　"진철이 녀석, 학교고 뭐고 다 휴학하고 그 애 하나 위해서 살더라. 검정고시 학원에 보내면서 미술학원도 보내보고, 취미학원도 보내보고, 어떻게든 대학에 보내려고 기를 썼지. 결국 그 애 대학에 입학시키고 나서 제 입으로 이별을 말하더라."

　"아!"

　"나 그때 그 녀석 다시 봤다. 정말 사랑했던 거야. 제가 할 수 있는 한 모든 걸 해주고 싶었던 거지."

　"그 친구 분은 지금 뭐 하세요?"

　"사람들 이목 피해서 살림을 차렸던 곳이 경기도 파주야, 아직도 거기서 살아. 작은 만화가게 하면서, 짬짬이 번역하면서, 개 키우고 닭 키우면서 살아."

　선호는 무슨 말도 할 수 없었다. 비록 생면부지의 인물이지만, 엇나간 사랑이라 단언할 자신이 없었다.

　"선호야."

　"네, 형."

　"지금부터 내가 하는 말 잘 들어라. 내가 왜 너한테 이런 말을 하는지 나도 모르겠다."

"후회할 거 같으면 하지 마세요."

"후후후…… 후회라, 막막하다는 게 이런 건가 보다."

"네?"

"해도 후회할 것 같고 안 해도 후회할 것 같으니."

일말의 두려움과 일말의 궁금증이 선호를 엄습해 왔다. 선호와 눈을 맞추기가 거북한지 멀찍이 보이는 강물에 시선을 둔 채, 두희가 천천히 말문을 열었다.

"지혜, 진철이가 내게 부탁한 사촌동생이다."

"형!"

"몰랐다, 그 사촌동생이라는 거. 씨발!"

신경질적으로 한 줌의 잔디를 뽑아낸 두희가 나직하게 욕설을 내뱉었다.

아득하게 밀려드는 절망을 느낀 선호 역시 무거운 한숨을 내쉬어야 했다. 다정의 질문을 피해 가긴 했지만, 이즈음 성광은 지혜에게 푹 빠져 지내고 있었다. 듣기론 함께 바닷가에 다녀오기도 했다고 했다.

"그 자식이 며칠 전에서야 이야기를 하잖아, 지혜가 그 사촌동생이라고. 도저히 마음이 안 놓여서 찾아왔다고."

"……."

"내가 어떻게 했으면 좋겠냐?"

"솔직히 제가 형한테 묻고 싶은 말이네요."

"미칠 것 같다, 정말."

놀람도 잠시 냉정을 되찾은 선호가 조심스레 두희의 말을 받았다.

"무지에서 비롯된 일이라면 분명 해결책이 있을 거예요."

"성광이 녀석, 지혜하고 잤다는데?"

"네에?!"

설마하는 생각을 하고는 있었지만, 막상 두희의 입에서 새어 나온 이야기는 선호를 경악하게 만들었다. 만난 지 얼마나 됐다고……. 그제야 두희가 그토록 괴로워할 수밖에 없었던 이유를 깨달았다.

"심각하게 상의하더라."

"제 입으로 그러던가요?"

"지혜와 결혼까지 생각하는 모양이야. 아, 미치겠다. 모든 게 내가 잘못한 일이야."

"자책하지 말아요, 형."

고통스러운 표정으로 머리를 감싼 두희가 안간힘을 쥐어짜듯 힘겹게 말했다.

"희돈이 녀석도 잤단다."

"네……?!"

눈앞이 캄캄해진다는 게 이런 뜻이리라.

"두 녀석한테 같은 날 전화를 받았다, 그리고 다음날 진철이 녀석이 찾아왔고. 후우, 정말 어떻게 해야 할지를 모르겠다."

"형, 분명 지혜 누나 전부터 알고 지냈다고 했잖아요? 어떻게 그렇게 까맣게 모를 수가 있었어요?"

"결국 나도 속물이었던 거야."

"무슨 뜻이에요?"

"진철이 녀석이 사촌이라고 했을 때, 상상도 못했다. 지혜를 봐, 걔가 어디 알코올 중독자 아버지에 도박장이 어머니를 둔 천애고아 같은 애로 보이는지. 밥깨나 먹고 사는 집 딸인 줄 알았어, 그러니 당연 상상조차 못했지. 더욱이 진철이가 저와 살림까지 한 사촌을 내게 소개하리라곤 상상도 안 했으니까. 후후, 결국엔 더러운 내 변명이지. 내가 무슨 낯으로 너희들을 보니?"

궁지에 몰린 사람이 두희라는 사실을 아는데도 불구하고, 선호는 계속해서 화가 치밀어 올랐다.

"형은 어떻게 하실 생각이에요?"

"모르겠어……."

누구보다 절친한 친구 녀석들이 자신이 아닌 두희에게 상담을 했다는 사실이 화가 나는 건 아니었다.

선호는 자신의 휴대전화로 지혜가 여러 차례 전화를 해왔었다는 말 같은 건, 하지 않기로 했다. 선호, 네가 참 마음에 든다던 그녀의 말도.

지금으로선 이미 수렁에 발을 담근 두 친구의 일이 급선무였다.

"형이 지혜 누나를 만나서……."

"지혜, 지금 진철이랑 우리 집에 있어. 나흘째야."

어처구니가 없어 할 말이 안 나온다는 게 이런 뜻이리라. 입을 크게 벌린 선호가 멍하니 두희를 바라보았다.

"형, 두 사람 내보내요."

"그럴 수가 없어."

"아니요, 그래야 해요!"

자리에서 벌떡 일어선 선호가 냉정한 눈빛으로 두희를 내려다보았다. 다른 건 모르지만 두희가 기만당하고 있다는 사실은 알 것 같았다. 어쩌면 그는 자신에게 기만을 당하고 있는 건지도 모른다는 생각이 들었다.

"형, 친구가 어떤 마음으로 사촌동생을 품었는지는 모르지만, 그 일에 형이 관여할 수 없다고 봐요, 전."

"선호야!"

"형이 왜 그 친구를 품는지 당위를 설명할 수 있어요?"

"포기한 게 너무 많아."

"강요당한 거 아니잖아요. 스스로 포기한 건데, 그걸 왜 주변 사람들이 덩달아 감싸줘야 하죠? 근친이 됐든 그보다 더한 게 됐든, 그건 형의 일이 아니잖아요."

"거절할 수가 없다."

"친구 분이 그렇게 말하던가요, 형 집에 있게 해달라고?"

두희가 가만히 고개를 끄덕였다.

"형, 자신에게 기만당하지 말아요. 제가 보기에 형은 지금 기만당하고 있어요. 그건 연민도, 우정도 아니에요. 설령 형이 기만당해 주는 게 여러 사람을 위하는 일이라면 모르지만, 그것도 아니잖아요."

한참 나이가 어린 선호지만, 두희는 그의 힐난에 비로소 막혔던 가슴이 탁 트이는 것 같았다. 모르는 건 아니었다. 오랫동안 믿어온 친구 녀석이 결국 자신을 기만했다는 걸. 다만 인정하기가 힘들 뿐이었다.

"선호야, 우리 어디 가서 술이나 한 잔 더 할래?"

자리를 털고 일어선 그가 선호의 어깨에 팔을 걸쳐 왔다. 오늘따라 뿌연 강물을 하염없이 노려보며 선호는, 난생처음 삶이 버겁다는 생각이 들었다.

5. 빛과 그리고 그림자

두희와 함께 술을 마시는 내내, 선호는 자신이 살아온 꽉 찬 스무 해를 생각했다. 해마다 수치를 바꾸던 키는 어디쯤에선가 성장을 멈추었는데, 삶이라는 추상명제 앞에선 여전히 키 작은 아이에 불과한 것 같았다.

한 여자에게 동정(童貞)을 쏟아낸 두 친구를 떠올리는 것만으로 두려운 자신은 겉모양만 자란…… 너무도 어린아이였다.

나흘 동안 과 사무실과 친구들의 자취집에서 잤다는 두희는, 끝내 집으로 함께 가자는 선호의 청을 거절했다.

"혼자 있고 싶다, 선호야."

결국 두희를 모텔에 데려다 준 선호는 택시를 타고 집으로 향했다.

　지친 마음을 이끌고 집 안으로 들어선 선호는 소파에 누운 채 곤히 잠든 다정을 볼 수 있었다. 모포 귀퉁이를 꼭 쥔 채 새근새근 잠들어 있는 그녀의 모습이 너무도 편안해 보였다.

　털썩 바닥에 주저앉은 그는 천진하기까지 한 다정의 얼굴을 물끄러미 바라보았다. 까맣고 짙은 속눈썹과 발그레한 뺨, 그리고 앙증맞을 정도로 도톰한 입술을 담고 있는 말간 얼굴이 무척이나 예쁘다는 생각이 들었다.

　무엇보다 몸도, 마음도 한없이 지친 자신에게 다정이 가져다주는 편안함이 좋았다.

　선호는 물밀듯 수시로 엄습해 오는 왕성한 호기심과 사랑은 별개라고 생각했다. 섹스에 대한 호기심은 당연 황홀한 여체를 상상하게 만들었고, 어딘가에 있을지 모를 아름다운 여자를 상상하게 만들었다. 처음 보는 순간, '이 여자다!' 하는 느낌을 갖게 해줄.

　하지만 상상이란, 이상형이란, 현실 너머에 있는 신기루 같은 것일지도 모를 일이었다. 이런 편안함과 결코 맞바꿀 수 없는.

　곤히 잠든 얼굴을 바라보는 것만으로도 이렇게 편안해질 수 있는 상대라면, 아직 서툴긴 하지만 사랑을 말해도 되는 게 아닐까 싶었다.

　선호는 조심조심 다정의 손을 잡았다. 보드라운 살갗이 너무

도 따스했다. 마른 입술을 혀로 축인 그는 누가 볼세라 얼른 다
정의 뺨에 입을 맞추었다. 쿵쾅거리는 심장 소리가 귀에 들리는
것만 같았다.

'다정아, 이런 게 좋아하는 거 맞지?'

가쁜 숨을 참아가며 선호는 발그레한 다정의 입술에 살며시
입을 맞추었다.

꿈속에서라도 그녀와 키스하는 상상을 해본 적 없던 선호에
게, 우발적인 도둑 키스는 표현 못할 달콤함을 맛보게 해주었
다.

뒷목을 타고 더운 열기가 흐르는가 싶더니, 이내 아랫도리에
묵직한 기운이 실렸다. 살며시 고개를 내린 그가 한 번 더 다정
의 입술을 훔치려는 찰나, 주머니에 넣어둔 휴대폰이 울리기 시
작했다.

화들짝 놀란 선호는 반사적으로 자리에서 일어섰다. 다행스
럽게도 다정은 여전히 곤히 잠이 들어 있었다.

휴대폰의 플립을 연 그는 작은방 안으로 들어섰다. 혹시라도
다정이 깰까 싶어서였다.

"여보세요?"

[선호니?]

믿을 수 없게도 수화기 너머에서 들려온 목소리는 지혜의 것
이었다.

"어쩐 일이세요?"

[어쩐 일은, 보고 싶어서 전화했지.]

바짝 긴장한 선호와 달리 지혜의 목소리엔 자잘한 웃음기마저 배어 있었다.

짧은 순간이긴 하지만 처음 지혜를 보던 날, 수려하게 빠진 몸매와 눈가에 어린 색기에 잠시 홀렸던 게 사실이었다. 지혜가 웃음을 터뜨릴 때마다 물결치듯 움직이던 봉긋한 가슴은, 한시도 눈을 뗄 수 없게 만들었다. 그날 선호는 생각했다, 두터운 니트 위로 저렇듯 볼륨을 나타내는 가슴이라면 분명 B컵 이상일 거라고.

[학교니?]

"집이에요."

[일찍 들어갔네?]

"예, 좀 그렇게 됐어요."

[우리, 데이트 언제 해?]

"네?"

[호호. 눈치가 없는 거야, 아니면 없는 척하는 거야. 나, 너한테 관심있다니까.]

"농담 그만 하세요, 누나."

[호호, 내 말이 농담처럼 들려? 어쩌니, 진심인데. 여태 내 말이 농담인 줄 알았던 거야?]

귓전을 간질이는 웃음소리가 어찌나 맑은지, 뭔가에 홀린 듯한 기분이 들었다.

"어디세요, 지금?"

[나? 학교. 늦게 수업이 하나 있었거든. 저녁 안 먹었으면 같이 먹을래?]

태연하기 그지없는 지혜의 말 때문에 선호는 무척이나 혼란스러웠다. 두희에게 들었던 말들이 꿈일까 싶을 정도였다.

"친구하고 저녁 약속이 있어서요."

[어머, 그래? 친구, 누구?]

지혜가 성광과 회돈에게도 이랬을지 모른다는 생각이 들었다. 냉정을 회복한 선호가 침착한 목소리로 말했다.

"다정이요."

[다…… 정이?]

"네."

[그 애랑 친하니?]

"친해요."

[살살 기분 나빠지려고 하네.]

지혜의 목소리에서 관심을 점유하려는 감정이 느껴졌지만, 선호는 대꾸하지 않았다. 이런 식으로 삶을 꾸려 나가는 여자라면, 그에 합당한 대우를 해줘야 할 것 같았다.

"누나, 오늘은 통화 길게 못할 것 같아요."

[혹, 다정이라는 애 집에 같이 있니?]

선호는 망설임없이 그렇다고 대답했다.

[하! 니들 사귀니?]

"그렇게 될 것 같아요."

[말도 안 돼…… 장난하는 거지?]

"장난으로 사람 사귈 만큼 한가하지 않아요, 저."

[무슨 뜻이야?]

"별뜻없이 한 말인데요."

[네가 나한테 장난하는 거라고 했지, 내가 언제 장난으로 사람 사귄다고 했니? 말이 그렇잖아.]

"예민하게 듣지 마세요, 별뜻없이 한 말이니까."

[나한테는 정말 관심없니?]

"그런 생각 해본 적 없는데요."

[거짓말.]

"네?"

[내가 전화할 때마다 너도 좋아했던 걸로 아는데?]

어처구니가 없는 선호의 입에서 실소가 새어나왔다. 그녀에게 관심이 있었던 건 두희의 집에서 처음 그녀를 보던 날, 그날뿐이었다. 세상에 이렇게 아름다운 여자가 실존하는구나 하는 생각을 했을 뿐, 그 이상도 이하도 없었다. 더욱이 클럽 입구에서 그녀가 보여준 태도는, 소지혜라는 여자에 대한 이미지를 사뭇 바꾸어놓기에 충분했다.

"같은 동아리 멤버라고 생각한 것뿐이에요. 그 이상도 그 이하도 없어요."

분명하게 선을 긋는 선호에게선 스무 살의 풋풋한 청년이 아닌, 냉철한 남자의 냄새가 물씬 풍겨났다.

본능이 자아내는 섹스의 환상이 육감적이고 아름다운 여체를 꿈꾸게 했다면, 이성이 만들어낸 이상형은 참하고 생각이 깊고 다감한 여자를 꿈꾸게 했다. 더욱이 선호가 꿈꾸는 이상적인 여자는 자존심을 지킬 줄 아는 사람이었다. 지혜처럼 외모를 내세워 지분거리는 여자가 아니라.

[다정이가 정말 좋은 거야?]

"편해요."

[훗, 취향 한번 독특하네.]

불쾌했지만 선호는 내색하지 않았다. 두희에게 들었던 말들이 마음에 걸렸다. 어째서 성광과 희돈이 비슷한 시기에 지혜와 잠을 자게 됐는지, 그 이유가 궁금하고 답답할 뿐이었다. 분명 자신들 셋이 절친한 친구 사이라는 걸 알면서 동시에 작업을 하는 그녀의 저의가 궁금했다.

"누나, 이만 끊어야 할 것 같아요."

[왜, 다정이라는 애가 싫어해?]

잠시 생각을 고른 선호는 최대한 그녀가 알아들을 수 있는 대답을 선택했다. 얼마 뒤 그런 자신의 말이 자아낼 파장은 미처 생각지 못한 채.

"다정이 깨워서 저녁 먹여야 해요."

가슴은 터질 듯 차 오르고, 머릿속에선 뿌연 안개가 맴을 돌고 있었다. 갑작스런 키스였지만, 선호의 마음을 확인한 것 같아 눈물이 날 것처럼 기뻤다. 박인애라는 여자의 말도, 다른 어떤 서운함도 다 잊을 수 있을 것 같았다.

선호가 자신을 여자로 봐주고 있었다는 사실 하나만으로 충분했다.

차마 자는 척하고 있었다는 사실을 들키고 싶지 않은 다정의 귀에, 문소리와 함께 귀에 익은 목소리가 들려왔다.

"내가 미쳐!"

"어, 깼어?"

"야, 야, 여덟 시야, 여덟 시."

"근데?"

"이런 날 늦게 들어가면 밤새 잔소리 들어야 하거든. 맙소사, 김다정 쟤, 아직도 자는 거야?"

기회를 놓칠세라 다정은 부스스 자리에서 일어서는 시늉을 했다. 예분과 선호가 자신을 향해 다가서는 모습이 보였다.

"다정아, 큰일났어."

"으음…… 무슨 일인데?"

진즉 달아난 잠이건만 다정은 눈까지 비비는 내숭을 마다하지 않았다.

"우리 엄마 성격에 이런 날 늦게 들어가면, 너도 알지?"

"몇 신데?"

"여덟 시야, 여덟 시. 언제 인천까지 가냐? 아후, 미치겠네.

그놈의 술이 원수지. 선호야, 너 두희 오빠 차 갖고 있어?"

"아니, 나도 한잔해서……."

"오케이, 오케이. 일단 나는 택시 타고 날아가서 전철 타야겠다. 잘하면 오늘 굿 한 판 하겠네."

"세수라도 하고 가야지?"

"일분일초가 급해. 일단 나 먼저 간다!"

헝클어진 머리를 가다듬을 사이도 없이 예분이 부랴부랴 아파트를 빠져나갔다.

"시, 시간이 벌써 이렇게 됐나?"

다정은 차마 선호와 눈을 맞출 자신이 없었다. 콩닥거리며 뛰는 심장 소리를 그가 듣는 건 아닐까 걱정이 됐다.

"잘 잤어?"

"어? 어."

"맥주 마셨구나?"

바닥에 널브러진 캔을 본 선호가 빙긋 미소를 지으며 말했다.

"갈증이 나서 몇 모금 마셨어."

아닌 게 아니라 캔 안에는 제법 많은 양의 맥주가 남아 있었다.

"자식, 아깝게 먹을 걸 남기고 그래."

시원한 기운이 가신 지 한참 된 맥주를 들이키는 선호를 보며, 다정은 괜스레 마른침을 꼴딱꼴딱 삼켰다.

"김이 빠져서 그런지 맛없다. 다정아, 배고프지?"

"괜찮은데."

"하하, 어쩐 일이야?"

식사 때를 놓쳤건만 거짓말처럼 배가 고프지 않았다.

"나가서 먹을까, 아니면 대충 있는 거 차려서 먹을까?"

"집에 밥 있어?"

날이면 날마다 오는 기회가 아니었다. 이런 날 밖에 나가서 외식을 할 만큼 다정은 숙맥이 아니었다.

"밥이야 있지."

"그럼 그냥 있는 거 먹자."

"반찬이 있나 모르겠네. 세수하고 나올래? 반찬 좀 챙겨와 볼게."

"응!"

잰걸음으로 욕실로 들어선 다정은 거울 속에 비친 자신을 향해 양손으로 브이 자를 그려보였다.

"히히히……."

저절로 바보 같은 웃음이 새어나왔다.

미온수로 세수를 하고 입속을 헹군 다정은 한 번 더 거울에 비친 얼굴을 꼼꼼히 들여다봤다. 잡아가도 모를 정도로 곤히 자고 난 때문인지, 아니면 그의 입맞춤 때문인지, 낯익은 얼굴이 한결 생기있게 느껴지는 것 같았다.

"그러니까 너도 날 좋아했던 거지?…… 헤헤헤, 좋아라."

한참 동안을 히죽거린 다정은 이내 표정을 바꾸고는 욕실 밖으로 나왔다.

"뭐 해?"

달그닥거리는 소리가 나는 주방으로 들어가자, 도마 뒤에 김치를 올려놓은 선호가 열심히 칼질을 하고 있었다.

"찌개라도 있어야 할 것 같아서. 벌써 씻은 거야?"

"세수하는 데 얼마나 걸리나 뭐. 찌개도 할 줄 알아?"

"이래 봬도 자취생이잖아."

가스레인지 위에 올려놓은 냄비에 마른 멸치며 듬성듬성 게 썬 양파를 넣는 선호의 모습이, 다정은 무척 정겹게 느껴졌다.

'이런 것도 할 줄 아는구나.'

"참, 도희 오빠는?"

"형은…… 약속이 있다고 어디 좀 갔어."

"술 마셨니?"

"약간."

"에이, 약간이 아닌 것 같은데?"

도희와 예분이 불취도사를 자랑하는 사람들이라면, 선호는 당최 주량을 가늠할 수 없는 강적이었다. 늘 일행과 속도를 맞춰 마시는 것 같은데, 파장을 할 때까지도 단 한 잔도 안 마신 것 같은 얼굴을 하고 있었다. 선호의 말을 빌자면 집안 내력이라고 했다.

"적당하게 마셨어."

"치이! 내가 도와줄 거 없어?"

"냉장고에서 두부 좀 꺼내줄래?"

"오케이."

다정이 두부를 꺼내는 사이, 선호는 적당하게 썬 신 김치를 물에 헹궈냈다.

"어, 그거 왜 헹궈?"

"그냥 하면 텁텁하거든."

"그래?"

고운 채로 멸치와 양파를 거둬낸 선호가 냄비 안에 소금 간을 하고 된장을 풀어 넣었다.

"정말, 별걸 다 하는구나."

"아들 셋만 있는 집에 살아봐, 딸처럼 크게 돼."

"너희, 아들만 셋이야?"

"얘기 안 했나? 위로 형 둘이 있다고."

"이상하다, 난 누나도 있다고 들은 것 같은데."

"언 놈이야?"

느글거리는 선호의 농담에 다정이 그의 옆구리를 쿡 하고 찔렀다.

"언 놈 같은 소리 하고 있어."

"다정아, 우리 사귈래?"

두부의 포장지를 벗겨내던 다정이 흠칫 손을 멈추었다. 보글보글 국물이 끓는 소리가 들리고, 한 번 더 그의 목소리가 들려왔다.

"사랑이라는 게 어떤 건지 잘은 모르지만, 널 좋아하는 것 같
아. 네가 내 여자 친구였으면 좋을 것 같아."

수도 없이 준비했었다. 어느 순간 그가 사귀자는 말을 해오면
냉큼 대답하리라고. 하지만 얼어붙은 입술 사이론 아무런 말도
새어나오지 않았다.

"내 얘기가 너무 갑작스러웠……."

"그, 그게 아니고……."

"천천히 생각해 보고 대답해 줄래, 그럼?"

"저, 저기 있잖아……."

가까운 거리를 사이에 두고 마주 선 두 사람의 시선이 맞닿았
다. 귓불까지 발갛게 달아오른 다정이 껍질을 벗기다 만 두부
상자를 손에 든 채 말했다.

"사실은 나도 너 많이 좋아해."

부끄러운 듯 고개를 푹 숙이는 다정을 보며, 선호는 손등으로
입을 가린 채 새어나오는 웃음을 가까스로 참아냈다. 볼수록 정
이 가는 아이였다. 꼭 안아주고 싶을 만큼…….

"웃지 마."

"좋아서 웃는 거야, 인마."

"……."

"여자 친구 할 거지?"

발끝에 시선을 둔 채 다정이 고개를 끄덕였다. 마음 같아서는

큰 소리로 만세라도 부르고 싶은데, 화끈하게 달아오른 얼굴 때문에 고개를 들 수가 없었다.

"나, 분위기 되게 못 잡지?"

"응."

키득거리는 웃음소리가 두 사람 사이에 가로놓인 긴장을 말끔히 덜어내 주었다. 선호는 끓기 시작한 국물에 잘게 썬 김치와 두부를 넣고 양념을 했고, 다정은 그런 그를 보며 흡족한 듯 미소를 지었다.

한껏 마음이 상한 지혜는 두희의 집으로 향했다.

방문을 열자 침대에 웅크린 채 잠이 든 진철의 모습이 보였다.

'딱한 사람!'

지혜는 가만히 방문을 닫고 마루로 나왔다.

최진철. 진즉 사촌이라는 이름을 내버린 그는, 몸도 마음도 한없이 가난하기만 했던 열일곱 살의 소녀를 떠올리게 만드는 사람이었다.

벽에 등을 기대고 앉자 자신도 모르게 얕은 신음이 새어나왔다.

'나는 어쩌다 여기까지 온 걸까? 내 나이 이제 겨우 스물한 살인데.'

불우하다는 말로는 표현 못할 지난 시절의 기억이 주마등처럼 스쳐 지나갔다.

아버지라는 사람은 하루 걸러 하루씩 주사를 부리기 일쑤였고, 그때마다 열 몇 살의 지혜는 어머니와 함께 고진 매를 피하기 위해 밤길을 한없이 걸어야 했다. 요란한 소리를 내며 장대비가 퍼붓던 밤에는, 남의 집 처마 밑에서 밤새 비를 피해야 했다.

주정꾼의 딸······.

막 사춘기에 접어든 소녀는 술에 취한 아버지의 폭력보다 동네 사람들의 수군거림이 더 무서웠다. 두통 때문에 진통제 없이는 운신도 못하던 어머니가 놀음판에 발을 들이기 전까지만 해도 소녀에겐 가족이 있었다. 학교에서 돌아오면 간식을 챙겨주던 어머니가 있었다.

하지만 아버지가 술에 중독이 된 것처럼, 어머니는 이내 도박에게 혼을 내어주었고, 소녀에게 있어 집은 더 이상 아늑히 쉴 곳이 아니었다.

쌀은커녕 라면 한 봉지 찾아보기 힘든 단칸방엔, 날이면 날마다 돈을 내놓으라는 빚쟁이들의 악다구니가 들어찼고, 소녀는 막막한 절망밖에는 남은 것이 없는 집에 들어가는 게 싫어졌다.

전기가 끊어지고, 그나마 허기를 연명할 수 있지 해주던 물마저 끊어진 뒤에도 아버지의 폭력은 잦아지지 않았고, 어머니는 코빼기조차 내비치지 않았다. 소녀가 중학교 3학년이 되던 해의 일이었다.

제때에 등록금을 내지 못하는 학생을 학교에서는 그다지 좋아하지 않았다. 서무실에 불려가는 것도 하루 이틀이지, 소녀는 어느 순간 더 이상 학교에 나가는 일이 불가능하다는 사실을 깨달았다. 그리고 그즈음 비슷한 처지의 아이들을 알게 됐다.

제때에 학교에 가지 않는 아이들을 두고 세상은 싹수없는 것들이라고 손가락질을 할지 모르지만, 소녀는 그렇지 않았다. 소녀에게 있어 그들은 친구였다. 따뜻한 마음을 주고, 웃을 수 있게 해준 고마운 친구들이었다.

그녀보다 일 년 일찍 집을 나왔다는 무희라는 아이는 벌써 화양리에 작은 셋방 하나를 가지고 있었다. 갈 곳이 마땅치 않은 소녀에게 선뜻 함께 살 수 있는 배려까지 해주었다.

어려서부터 춤과 노래를 좋아하던 소녀는, 하루하루가 꿈만 같았다. 비록 가방을 들고 학교에 가는 아이들을 보면 부러운 마음이 들기는 했지만…… 공부 같은 건 나중에 해도 된다는 생각을 했다. 그 뒤 소녀가 처음 취업을 한 곳은 화양리에 있는 작은 단란주점이었다.

아버지 또래의 아저씨들에게 술을 따라주고 노래를 해주면, 하루에 몇만 원 정도는 쉽게 벌 수 있었다. 열다섯 살의 소녀는 다행히 조숙한 외모를 지니고 있었고, 누구 하나 그녀가 미성년자라는 사실을 문제 삼지 않았다.

소녀는 대개가 가출 청소년들인 친구들 사이에서 남자 친구도 사귀고, 여느 아이들이 그렇듯 남자 친구와 섹스라는 것도 하게 되었고, 하루에 이만 원씩 일수를 찍는 작은 방도 한 칸 마련했다. 가출 중이던 남자 친구가 부모에게 끌려 집으로 돌아가고 난 뒤엔, 세 살이 많은 두 번째 남자 친구를 사귀었다. 그는 소녀가 일하는 단란주점에서 서빙을 보던 남자였다.

"지혜야, 진짜로 돈을 벌려면 2차를 나가야 해."

무희의 귀엣말을 못 알아들을 만큼 소녀는 어리석지 않았다. 기왕 궤도에서 벗어난 길이라면 돈이라도 많이 벌고 싶었다. 처음엔 성질을 내며 말리던 남자 친구는, 차츰 늘어나는 수입이 흡족했는지 오히려 소녀에게 전보다 더욱 극진하게 대해주었다.

함께 밤을 보내는 손님은 대개가 사오십 대의 아저씨들이었다. 조숙한 외모와 달리 아직 거웃도 무성치 못한 소녀의 배 위에서, 술에 취한 남자들은 가릴 것 없이 그들의 정욕을 쏟아 부었다. 개중엔 감당하기 힘든 변태들도 있었다.

하지만 영악한 소녀는 알고 있었다. 짧게는 한두 시간에서 길게는 다섯 시간 정도를 참고 나면, 결코 적지 않은 액수의 돈이 자신에게 주어진다는 사실을. 눈 한번 질끈 감고 그들의 요구에 응해주고 나면, 업주와 반씩 나누지 않아도 되는 팁이 생긴다는 사실을.

단돈 십 원도 없이 집을 나온 소녀는 그렇게 월세방의 일수를 다 찍었고, 제 이름으로 된 통장까지 만들었다. 사고 싶은 화장품이며 옷 따위를 다 사면서도.

"막내야, 아무래도 넌 여기서 일하긴 아까운 것 같다. 뒷일은 엄마가 책임질 테니까, 가게 옮기자."

함께 살던 두 번째 남자 친구가 통장을 들고 튀었을 즈음이었다. 업소의 주인 여자는 소녀를 자신이 운영하는 강남의 룸살롱으로 데려갔고, 화양리와는 사뭇 질(質)이 다른 그곳에서 소녀는 최고의 대우를 받았다. 아직 풋풋하다는 이유만으로.

사장은 루이비통이니 구찌니 하는 최고급 브랜드로 소녀를 가꾸어주었고, 일취월장 단골이 늘어갈 수밖에 없던 소녀는 얼마 지나지 않아 그 빚을 다 갚을 수 있었다.

더 이상 수돗물로 허기진 배를 연명하던 소녀는 어디에도 없었다.

대한민국의 잘나가는 선수들이 산다는 논현동 선수촌에 근사한 투 룸을 얻을 수 있었고, 볼록하게 배가 나온 아저씨가 아니라 근사한 넥타이가 너무도 잘 어울리는 벤처 기업에 다니는 애인도 생겼다. 서른여덟 살의 그는 주말이면 제주도에 데려가기도 하고, 백화점에 데리고 다니면서 예쁜 옷이며 장신구 따위를 아낌없이 사주었다.

그렇게 일곱 달쯤 지났을까. 소녀는 여느 때처럼 그를 따라 청평에 있는 남자의 별장으로 향했다. 당연 그가 구좌 부장에게 긴 밤을 끊었으리라 생각하며.

너무도 자상하던 소녀의 애인은 그 밤, 친구들로 보이는 일행과 함께 그녀를 취했다. 하얗게 질린 소녀의 어깨를 다독이며 '재미있잖아' 하고 속삭여 주기도 하면서.

　그 밤, 다섯 명의 남자는 모두가 짐승이었다. 그녀의 애인까지도⋯⋯. 최고의 학부를 자랑하던 자상한 남자는 어디에도 없었다.

　굴욕과 수치심을 견디지 못한 소녀가 울음을 터뜨리자, 재미를 강조하며 내내 그녀를 달래던 애인은 성마르게 뺨을 올려붙였다.

　"노리개 주제에 값을 해야지! 어디서 기분 잡치게 찔찔 짜!"

　자상함 따위는 흔적도 없이 감춘 그는 하얀 가루약을 탄 와인을 소녀에게 억지로 먹였다. 창 너머로 부신 햇살이 떠오를 때까지, 소녀는 다섯 명의 남자와 몸을 섞었고, 최고급 성능을 자랑하는 카메라는 그런 그들의 모습을 낱낱이 눈 안에 가두었다.

　"알고 있었죠? 알면서 보낸 거잖아요!"

　길길이 날뛰는 그녀에게 구좌를 맡고 있는 부장이 말했다.

　"미친년 아니야? 야 이년아, 그럼 돈 천만 원이 애들 이름인 줄 알아! 그런 기회가 아무 때나 오는 줄 알아, 이년아! 제대로 박자 맞춰서 돈이라도 더 뜯어내야지. 아, 병신 같은 년. 굴러온 떡도 못 쳐먹네. 박 상무 그 자식 변태라는 거, 소문도 못 들었냐? 울고불고 해서 재수없었다고 지랄을 하더라."

그날 부장은 삼백을 뗀 칠백만 원을 소녀에게 던지듯 건네주었다.

소녀의 삶이 달라진 건 그때부터였다. 달랑 기백만 원이 든 통장을 들고 튄 두 번째 남자 친구부터, 자상함을 가장해 자신을 유린한 세 번째 남자 친구에 이르기까지 모두가 속물이었다. 그리고 그 속에서 기생하며 살아가는 자신 역시 속물이긴 마찬가지였다. 자신에게 돈을 벌 길을 대주는 사장까지도……

시앗 같은 주위의 눈치를 받아가면서 소녀는 악착같이 손님을 받았고, 업소의 아가씨들이 하듯이 구좌 하나를 기둥서방으로 앉히기도 했다. 그사이 습관이 됐는지, 정해놓고 섹스를 할 누군가가 필요했다.

하지만 넘치듯 돈을 벌 수 있던 시간도 그리 길지는 못했다. 기습하듯 들이닥친 수사대에 의해 미성년자라는 사실이 발각났고, 엎친 데 덮친다고 덜컥 임신을 했다는 사실까지 알게 됐다. 누구의 아이인지도 모르는 임신이었다.

의사는 말했다. 임신한 사실을 모른 상태에서 피임약을 먹었기 때문에 아이를 낳는다 해도 기형일 확률이 크다고. 아이를 낳고 싶은 마음은 손톱만큼은 없었지만, 가슴 한 귀퉁이가 칼로 도려내듯 아파왔다.

한 번 얽힌 일은 쉽게 풀려주지 않았고, 유산을 하고 난 뒤에는 일을 손에 얻기가 쉽지 않았다. 명색이 강남 물을 먹고 난 마당에 화양리 단란주점을 배회하고 싶지는 않았다. 기둥서방 노릇을 하던 구좌는 대놓고 주먹을 휘두르기 시작했고, 덜컥 겁이 난 소녀는 근 이 년 만에 집이라는 곳을 찾아갔다.

하지만 어느 사이 이사를 했는지, 살던 단칸방에 낯모르는 세 식구가 살고 있었다. 혹시라도 이모는 부모님의 연락처를 알까 싶은 마음에 연락을 했다가 사촌 오빠인 진철을 만나게 됐고, 그녀는 그래도 한 치 건너 피붙이라고 그를 붙들고 쌓아온 눈물을 토해냈다.

사촌은 그녀에게 아버지는 소식이 끊긴 지 오래됐고, 어머니는 경기도 어디 즈음의 교도소에서 실형을 살고 있다는 소식을 전해주었다. 이모네 집에서 일주일쯤 머물렀을까, 기둥서방이었던 남자가 찾아와 한바탕 소란을 피우고 갔다. 조카가 살아온 세월을 알 리 없는 이모는 그날로 동네 창피하다며 어깨를 떠밀었다. 십만 원짜리 수표 두 장과 함께.

"그 아비 어미에 그 새끼라더니 흉해라, 흉해! 당장 나가지 못해!"

소녀는 알고 있었다. 그 겨울 밤, 함께 집을 나온 사촌이 왜 자신에게 방을 구해줬는지, 왜 통장을 털어 보약을 지어줬는지, 왜 손수 밥을 지어 먹였는지를.

"다 잊어라, 지혜야. 아무 일도 없었던 거야. 다 잊고, 공부하자."

자신을 연민해 준 최초의 사람이었다. 오갈 곳 없는 자신을 위해 손수 밥을 지어준 최초의 사람이었다. 아니, 자신을 위해 많은 것을 포기한 최초의 사람이었다. 그런 그를 이용하기로 마음먹은 건, 소녀 자신이었다.

비록 어린 나이이긴 해도 사촌인 그에게, 아직 학생인 그에게 그래서는 안 된다는 생각은 있었다. 하지만 짧지 않은 업소 생활을 통해 너무도 큰 환멸을 맛본 그녀였다. 모든 것은 결과가 말해주는 것이었다. 몇 장의 지폐면 아직 거웃조차 여물지 않은 소녀의 몸을 살 수 있는 세상이었고, 염체없이 그 속에 뿌연 정액을 쏟아 부을 수 있는 세상이었다. 부모 잘 만나 그럴듯한 대학을 나오고 그럴듯한 직장에 앉아, 몇 푼의 돈을 던져 주면 채여물지 못한 여체를 유린해도 되는 곳이 소녀가 알고 있는 세상이었다.

보호자를 자청한 진철을 유혹하는 일이 그리 쉽지 않았지만, 그렇다고 해서 어렵지만도 않았다. 열여덟 살의 소녀는 남자라는 동물에 대해 너무도 잘 알고 있었다.

연인이었던 남자가 그랬듯 소녀는 사촌이 마시는 물 컵에 수면제 한 알을 탔고, 그 밤에 진철의 이불 속으로 들어갔다. 이성이 잠든 뒤에도 본능만큼은 잠들지 못하는 게 남자라는 사실을 소녀는 알고 있었다.

끔찍하게도 놓치고 싶지 않았다. 설령 이모 부부가 난리를 피운다 해도, 그를 놓고 싶지 않았다. 처참한 표정으로 눈 뜬 아침, 그는 결연한 목소리로 말했다.

"책임질게……."

결코 도망치지 않은 사람이라는 걸 알고 있었기에 친 덫이었다.

휴학을 한 그와 파주 어디쯤에 만화가게를 차리고 두 사람은 가게에 딸린 방에서 살림이라는 걸 차렸다. 물론 소녀는 천천히 검정고시 준비를 시작했다.

꼬박 이 년 동안, 검정고시를 치르고 연기 학원에 다니면서 대학 입학 준비를 했다. 더는 사촌이 아닌 진철은 서울에 있는 대학에 진학한 그녀를 위해 작은 자취방까지 하나 준비해 주었다. 서울과 파주를 오가는 일이 힘들 거라면서.

하지만 소녀는 알고 있었다, 언젠가는 그가 자신의 손을 놓을 거라는 사실을. 대학 입학과 함께 그 시간이 점점 가까워지고 있다는 사실을. 하지만 그 일은 다른 누구도 아닌 소녀 자신을 위한 일이었다.

평생 사촌의 여자로 살고 싶은 마음 따위는 소녀에게도 없었다. 기왕 꼬여 버린 삶이라면, 최고가 되고 싶었다. 자신을 유린한 이들이 그랬듯, 물질로 모든 것을 살 수 있는 그런 최고가 되고 싶었다.

다행히 소녀는 자신이 타고난 재능을 잘 알고 있었다. 초등학교에 다닐 때부터 노래 실력만큼은 하늘이 냈다는 칭찬을 들어온 소녀였다. 더욱이 한참 민감하게 성장하던 시절, 뭇 남자들의 손에서 자리 잡은 몸매는 스스로가 보기에도 환상적이었다.

동화 속에 나오는 키가 훌쩍 큰 아저씨처럼, 진철은 등록비는 물론 용돈까지 다달이 통장으로 넣어주었다. 하지만 홀로 살게 된 소녀는 자취방의 적적함을 견뎌낼 재간이 없었다.

마음만 먹으면 언제든 손에 넣을 수 있는 남자들. 대학생이란 신분은 소녀에게 그런 자유를 만끽할 수 있게 해주었다. 클럽에서 온몸이 젖도록 춤을 추고 날 즈음이면, 몇몇 남자의 끈끈한 시선이 소녀를 향하고 있었다.

인심을 쓰듯, 혹은 유희를 하듯 섹스를 하고 난 다음날이면 남자들은 대개 얼마의 돈을 머리맡에 두고 갔다. 연락처와 함께.

히나에서 가장 먼저 소녀의 눈에 들었던 사람은 성광이었다. 무엇보다 그의 학교와 전공이 마음에 들었다. 아직 여자를 모를 것 같은 고지식한 눈빛과 함께.

S대 기계공학과 출신의 남자 친구를 사귀는 것도 제법 구미가 당기는 일이었다. 하지만 예상하지 못했던 복병이 있었다. 다름이 아니라 그와의 섹스가 '더럽게' 재미없었다는 사실이었다. 견뎌줄 만한 게 아니라 정말이지 보기 드물게 재미없는 섹스였다.

소녀와 같은 학교의 문창과에 다니는 희돈은, 제가 먼저 껄떡거린 케이스였다. S대 공대생의 겁나게 재미없는 섹스에 질린 소녀는 희돈의 눈빛을 거절하지 않았다. 그럴 이유가 없었기에.

동정이라 그런지 서툴긴 해도 그는 나날이 진브하는 모습을 보여주었다. 그리고 나름 성실한 면도 지니고 있었다. 그런 희돈에게 열외 인물이었던 선호가 대구 지역에서 잘나가는 기업 사주의 아들이란 말을 들은 건 정말 우연이었다.

　성진정공, 성진케미컬, 성진운수…….

　대대로 물려온 사업의 규모가 어지간한 대기업 수준이라고 했다.

　배겟머리 송사라고 했던가. 학교 근처 모텔 침대 위에서 희돈은 말했다.

　"선호가 보긴 그래도 말이야, 벗겨놓고 보면 깜짝 놀라. 낄낄, 그 자식 물건은 우리가 보고도 놀란다니까. 아마 장가가면 여자 깨나 잡을 거야."

　그 순간 거짓말처럼 유선호는 지혜의 마음을 파고들었다.

　S대 경영학과 출신의 부유한 집안의 아들에 사내들이 놀랄 만한 체격 조건을 가진 남자는 지혜가 늘 바라온 이상형이었다. 게다가 그는 껍질도 안 벗기고 한입에 넣을 수 있는 애송이였다.

　갑작스럽게 진철이 서울로 찾아오지만 않았더라면 진즉 사단을 낼 수 있었을 것이다.

　"김다정이라……."

　지혜는 상대조차 되지 못하는 또 하나의 애송이를 떠올리며, 기다란 손톱을 자근자근 깨물었다.

톱스타가 되고 난 뒤라면 모를까, 지금으로서 선호는 그녀가 꿈꿀 수 있는 최상의 보루였다.

가창력은 인정되지만 참신성이 떨어진다는 이유로 내리 두 해, 대학가요제에서 고배를 맛본 그녀였다. 재벌 2세들이 주를 이루는 파티에 불려가 노리개 노릇을 하는 일에도 이젠 진력이 나 있었다. 돈보다 나은 무엇인가가 필요했다. 절실하게……. 그래서 언젠가는 진철의 손을 놓고 싶었다. 다른 누구도 아닌 자신의 의지로.

주머니에 넣어둔 휴대폰이 울리자, 지혜는 플립을 여는 대신 배터리를 분리했다. 열 번 남짓 더럽게 재미없는 섹스를 하고 난 뒤로, 슬슬 남자 친구인 양 구는 성광이 가소로웠다.

카디건과 스웨터를 벗은 지혜는 몸에 꽉 끼는 청바지마저 벗어냈다.

야들야들한 속옷만 걸친 채, 그녀는 진철이 잠들어 있는 방으로 향했다.

'가여운 사람…….'

덩그러니 침대 위에 웅크리고 누운 그를 보니, 괜스레 가슴 한구석이 싸해왔다. 그는 절대 모르리라, 대학에 들어오고 난 뒤 자신이 어떻게 살아가고 있는지, 또 어떻게 살아왔는지를. 소리 죽여 시트를 들춘 지혜는 진철의 곁에 누웠다.

기억조차 할 수 없을 만큼 수다한 남자들과 섹스를 했지만, 진철처럼 살갗이 따스한 사람은 본 적이 없었다. 그처럼 자신을 자상하게 품어주는 남자 또한 만나본 적이 없었다.

　지혜가 가만히 등을 끌어안자, 무의식적으로 몸을 돌린 진철이 그녀의 허리에 팔을 둘렀다. 어느 한순간도 잊어본 적 없는 따스한 체취에 지혜는 그의 가슴에 얼굴을 묻었다. 탄탄한 손이 등을 쓸어내리는가 싶더니, 이내 흠칫한 진철이 눈을 떴다. 반사적으로 일어서려는 그를 끌어안은 채, 지혜가 말했다.

　"이러고 있게 해줘."

　"지혜야……."

　"나 보고 싶어서 온 거잖아, 그래 놓고 며칠 동안 한 번도 안 안아줬어."

　겨드랑이 사이에 끼워진 지혜의 손을 빼낸 진철이 몸을 일으켰다. 탁, 하는 소리와 함께 어둡던 방이 환해졌다. 지혜의 벗은 몸을 보는 게 곤란한 진철이 벽을 향해 고개를 돌렸다.

　"옷 입어라."

　"오빠!"

　"우리, 이런 일 없기로 약속했잖아."

　"오빠는 내가 싫어?"

　"너, 아낀다, 많이. 하지만 여자로선 아니야. 그래서도 안 되고."

　"그러면서 왜 두희 오빠 집으로 온 거야? 왜 날 부른 건데?"

　진철은 차마 대답할 수 없었다. 지금쯤이면 똑바로 걸을 수 있으리라 생각했던 네가 여전히 갈지(之) 자로 휘청거리는 모습을 두고 볼 수 없어, 여전히 아픈 가슴을 안고 살아가는 너를 그냥 두고 볼 수가 없어, 모질게 취한 밤 자신도 모르게 이곳으로 향하고 말았다는 사실을.

"이제 두희 오빠까지 다 알게 됐잖아."

시트로 지혜의 어깨를 감싼 진철이 그녀와 눈을 맞추었다.

"지혜야, 오빠 말 잘 들어. 난 널 위해서 해줄 수 있는 게 많지가 않아."

"얼마나 더 잘해?"

"평생 내 옆에 널 둘 수 없다는 사실, 네가 더 잘 알잖아. 널 비참하게 살게 할 순 없어."

"교수가 된다고 행복해지지는 않아."

지혜는 알고 있었다, 자신을 향한 진철의 바람을. 그는 자신이 가수가 되는 것보다는 실용음악 교수가 되기를 바라고 있었다. 정상적인 남자를 만나 평범한 여자로 살아가는 것, 그것이 그가 바라는 일이었다.

"학교만 마쳐, 유학 보내줄게."

"오빠한테 기생하는 사람처럼 살고 싶지 않아."

"지혜야, 무슨 말을 그렇게 해? 기생이라니?"

"내가 바라는 건 오빠의 사랑이고 관심이야. 다른 건 필요없다고!"

어느 순간, 지혜는 자신의 야누스적인 이중성에 흠칫 놀랄 때가 있었다. 지금처럼.

"휴우…… 너, 왜 이러니? 나가자. 나가서 얘기하자, 우리."

"버림받는 기분, 알아?"

"그런 거 아니라고 했잖아."

"오빠 변했어. 오빠가 말하는 책임이 이런 거였어? 대학에 들어가고 나면 무조건 거리 두는 거, 달랑 학비며 생활비며 돈으로 책임지는 그런 거였어?"

두 눈에 그렁그렁 눈물을 매단 지혜는 진철의 눈동자에 깃든 갈등을 볼 수 있었다. 아침이면 나 몰라라 타인이 되어버리는 남자들과의 섹스, 이즈음 만난 애송이들과의 섹스가 아닌, 자신을 진정으로 아껴주는 그의 손길이 필요했다. 아니, 이 밤엔 진철을 갖고 싶었다.

"오빠, 마지막으로 한 번만 같이 자면 안 돼?"

진철은 욱신거리는 관자놀이를 검지로 문질렀다.

"내가 이렇게 애원해도 안 돼?"

어느새 시트를 걷어낸 지혜가 무릎을 꿇은 채 그를 보며 애절하게 물었다.

"지혜야, 나 누구보다 더 사랑한다."

"말로만 하지 마!"

"사랑해서 참는 거고, 사랑해서 보내는 거야. 모르겠니?"

"난 몰라, 그런 어려운 말. 오빠, 솔직히 말해. 내가 또 가출해서 술집에 나갈까 봐 하는 수 없이 나 거둬준 거지? 나 불쌍해서……."

진철이 덮치듯 지혜를 끌어안았다.

"그런 거 아니야. 네가 왜 불쌍해, 넌 불쌍한 애 아니야. 아무 일도 없었다니까…… 우리 지혜, 제발 오빠 말 좀 들어라."

적당하게 근육이 잡힌 진철의 어깨 위로 말간 눈물이 떨어져 내렸다.

진철에게 있어 그녀는 생인손과도 같은 존재였다. 내 것이라 말하기엔 너무도 아픈……. 도려내기엔 그 상처가 너무도 깊고 딱한…….

사냥꾼이 놓은 덫에 치인 여린 짐승의 그것과도 같던 지혜의 눈빛을, 진철은 단 한 순간도 잊은 적이 없었다. 너무 일찍이 세상의 아픔을 알아버린 그녀가 한없이 가여웠고, 어떻게 해서든 그녀의 상처를 잊게 해주고 싶었다. 술에 취해 그녀를 안아버리는 실수까지 범하고 만 자신이었다.

지식이란 삶의 질을 향상시켜 주는 것이기 이전에, 한 개인의 자존심을 세워주는 무엇이기에, 기를 쓰고 지혜가 대학에 들어갈 길을 모색했다. 언젠가 그녀가 자존심을 회복하고 나면, 스스로의 삶을 알아서 찾을 수 있을 것 같아서였다.

하지만 그런 그녀가 가수가 되기를 힘쓴다는 소식은 만화가게에 앉아 밤낮없이 게임아이템을 개발하던 그를 절망케 만들었다. 아르바이트 삼아 클럽이니 바에 줄곧 드나든다는 소문 또한 마찬가지였다.

"오빠, 나 좀 안아줘."

"안고 있잖아."

"이렇게 말고…… 자상하게 안아줘."

답답한 듯 진철의 입술 사이로 무거운 한숨이 새어나왔다. 지혜는 순간을 놓치지 않고 진철의 아킬레스건을 가격했다.

"마지막이야. 외로워도, 아무리 외로워도 절망 안 하고 공부 열심히 할게. 그래서 꼭 대학원까지 마칠게. 오빠 생각해서라도 그렇게 할게."

"정말이지?"

"응."

지혜의 눈가에 묻은 물기를 닦아준 진철이 조심스레 그녀의 이마에 입을 맞추었다. 실수라고는 하지만 처음 관계를 맺던 그날부터, 지혜는 단 한 순간도 아이인 적이 없었다. 절명할 것 같은 열정 속으로 몰아가는 화신(火神)이었고, 건장한 이십 대의 그를 쾌락의 극치로 이끄는 마녀(魔女)였다.

"정말 마지막이다?"

"응……."

"넌 정말 소중한 여자야, 알지?"

고개를 끄덕이는 지혜의 턱을 치켜든 진철이 천천히 그녀의 입술에 입을 맞추었다. 이래서는 안 된다는 양심과 버림받은 데 대한 상처가 큰 그녀에게 또 다른 상처를 줄 수는 없다는 생각이, 여전히 그의 머릿속을 어지럽혔다.

갈등도 잠시, 능숙하게 혀를 말아오는 지혜의 열기에 취한 진철은, 브래지어를 위로 올리고 풍만한 물결을 그리는 가슴을 그러쥐었다. 손 안에서 빳빳하게 일어서는 돌기가 브리프 속에 가둬진 그의 남성을 불룩하게 만들었다.

쓰러뜨리듯 지혜를 침대에 눕힌 그는 뇌쇄적인 쇄골과 선명하게 불거진 가슴을 애틋한 눈으로 내려다보았다.

"우리 지혜, 더 예뻐졌구나."

고혹적인 미소를 띤 지혜가 풍만한 가슴을 가운데로 그러모았다. 천천히 고개를 내린 진철은 그녀의 어깨를 감싸 안은 채, 폭신한 젖무덤에 입술을 가져다 댔다. 음미하듯 느릿한 신음 소리에 맞춰, 진철은 달콤한 유실을 부드럽게 빨고 핥았다.

"으음……."

"급해?"

"응."

"안 돼, 천천히 할 거야."

어느새 사랑하는 여자와의 섹스를 마음으로 받아들인 진철의 눈동자에, 사내 특유의 장난기가 차 올랐다. 지혜가 허리를 비틀어가며 채근을 할 때까지 느긋하게 가슴을 탐닉한 그는, 천천히 입술을 움직였다. 끊어질 듯 가는 허리에 혀를 가져다 대자, 자지러지는 소리를 낸 지혜가 두 다리로 그의 허리를 감싸 안았다.

가뿐하게 지혜의 다리를 풀어낸 진철은 솜털이 보송보송하게 묻어난 허리를 가볍게 자근거렸다.

"하아…… 오빠!"

지혜의 손을 등 뒤에 가둔 채, 진철은 한참 동안 그런 그녀의 자지러지는 반응을 즐겼다. 머리맡에 있던 베개를 들어 허리 밑에 넣어주자, 기다렸다는 듯 지혜가 두 다리를 벌려주었다.

살빛을 띠는 얄팍한 팬티를 벗겨낸 진철이, 촉촉하게 젖은 그곳에 혀끝을 가져다 댔다. 톡, 톡, 톡, 놀리듯 그가 혀를 가져다 댈 때마다, 지혜는 고개를 한껏 뒤로 젖힌 채 진철의 이름을 불러댔다.

"오빠…… 오빠……."

진철은 맑은 샘물을 쉼없이 흘려보내는 얄팍한 살갗을 민망한 소리가 날 정도로 빨아댔다. 거센 물결처럼 출렁이는 젖무덤을 손 안 가득 그러쥔 채.

달뜬 지혜가 두 다리로 그의 목을 감싸 안았고, 진철을 더운 열기가 묻어나는 그녀의 은밀한 곳에 혀를 집어넣었다.

"하아…… 악……."

경련을 일으키듯 떨리는 지혜의 허리를 한 손으로 고정시킨 진철이, 손가락 하나를 들이밀자 지혜가 부어 오르듯 상체를 일으켰다. 뻐근한 아랫도리의 통증을 참아내며, 진철은 지혜가 한차례 절정을 맛볼 때까지 손가락으로 그녀의 질 벽을 조심스레 애무했다.

"오빠, 지금…… 지금!"

"못 참겠어?"

놀림이 배어난 진철의 말에 지혜가 신경질적으로 그의 팔뚝을 끌어안았다. 더는 참을 수 없을 정도로 성이 난 그의 남성이 안으로 들어서자, 지혜가 가느다란 허벅지로 진철의 허리를 감싸 안았다.

마지막이라는 감정이 가져다주는 신성함 때문일까. 진철은 조급하지 않게 천천히, 아주 천천히 허리를 움직였다.

"오빠, 빨리……."

"내 마음대로 할 거야."

달뜬 그녀의 앙탈조차도 이 밤이 마지막이겠구나 싶자, 짧은 순간마저도 소중하게 느껴졌다.

"오늘은 네가 그만 하자고 해도 계속할 거야. 밤이 샐 때까지, 알았지?"

"으으응……."

눈조차 제대로 뜨지 못하는 지혜의 허리를 번쩍 들어올린 채, 진철은 포효하는 짐승처럼 거칠게 허리를 움직였다.

"행…… 복해, 오빠…… 하아…… 행복해……."

'행복해야 한다, 지혜야. 언젠가 널 사랑해 줄 수 있는 남자를 만나게 되어도, 오늘처럼, 지금 이 순간처럼 행복해야 해.'

결코 마음에서 떠나보낼 수 없는 생인손 같은 지혜에게, 온 마음을 쏟듯 진철은 앙다문 입술 사이로 지친 울부짖음이 쏟아질 때까지, 그녀에게 더운 사랑을 쏟아 부었다.

이른 아침, 모진 결심을 하고 집으로 돌아온 두희가 실오라기 하나 걸치지 않은 채 한 몸으로 엉겨 잠이 든 자신들의 모습에 경악을 하기 직전까지 그렇게…….

6. 스무 살의 사랑은 싱싱하다고?

사귀자는 말이 오갔을 뿐인데, 관계는 사뭇 달라져 갔다. 사람들이 있는 곳에서도 손을 잡을 수 있었고, 은근슬쩍 어깨에 손을 올리기까지 하는 선호를 보면서, 다정은 새삼 관계라는 것의 의미를 깨달을 수 있었다.

교제, 사랑, 그리고 결혼…….

이름을 지닌 모든 관계에는 그에 합당한 이면이 자리하고 있는 것이리라.

남자 친구가 된 선호는 생각했던 것 이상으로 자상했고 꼼꼼했다. 늦은 밤까지 전화를 걸어와 낯 뜨거운 말을 속삭여 주기도 했고, 아침이면 다정이 늦잠을 잘까 싶어 모닝콜을 해주기도 했다. 수업 중간중간에 그와 나누는 전화 통화가, 하루에도 여러 통씩 나누는 시시콜콜한 메일이, 그러면서도 하루도 빠짐없이 학교로 찾아오는 그로 인해 다정은 절로 '행복'이란 소리가 나오곤 했다.

모든 게 즐거웠고, 보이는 모든 것이 아름다웠다. 그녀 자신이 행복하기에.

그는 말했다. 처음엔 편한 모습이 좋았는데, 사귀고 난 뒤론 한 여자가 사랑스럽다는 게 어떤 건지를 알게 됐다고. 그런 말을 하는 순간의 그는, 더 이상 친구가 아니라 듬직한 남자로 느껴졌다.

캠퍼스 곳곳에 붉은 꽃다발을 손에 든 남학생들이 자주 보이는 오늘은, 성년의 날이었다. 하지만 그와 반대로 다정은 선호에게 줄 한 다발의 장미꽃을 샀다. 그에게 어울릴 법한 폴로 향수와 함께.

"다정아, 뭐니 뭐니 해도 피날레는 키스다, 키스. 알지?"

놀림인지 조언인지 모를 예분의 말이 자꾸만 귓전을 간질여 왔다.

학교가 커서 그런지 정문에서부터 한참을 올라왔는데도, 아직 그가 말한 음대 건물은 보이지 않았다. 야트막한 경사로를 따라 좌우에 자리한 울창한 나무들을 올려다보며, 다정은 열심히 음대 건물을 향해 걸었다.

"다정아!"

흰색 피켓 티셔츠에 청바지를 입은 그가 손을 흔들며 걸어오는 모습이 보였다.

'너무 잘생겼어!'

하루 만에 보는 그의 모습이 너무 싱그러워, 다정은 그만 가슴이 콩닥콩닥 뛰어대기 시작했다.

"많이 걸었지?"

"꽤 머네?"

"길이 경사가 져서 그래."

아마도 그의 등 뒤로 보이는 건물이 음대인 모양이었다.

'아, 제일 먼저 보이는 건물에서 보자고 한 거구나.'

"여, 유선호!"

네댓 명으로 보이는 남학생들이 내려오는가 싶더니, 그중 하나가 장난스레 선호의 어깨를 툭 쳤다. 자연스럽게 다정의 어깨에 손을 올린 선호가 말했다.

"인사해라, 여자 친구야."

"오올! 유선호, 여자 친구 있었냐? 안녕하세요, 같은 과 친구 민홍기라고 합니다."

"전 유상준입니다."

분홍 니트에 아이보리 색 플리츠스커트를 입은 다정의 귓불에 붉은 물이 들었다. 누군가 그녀에게 학교를 물어왔다.

"J대 시디과 96학번이에요."

"이야, 너무너무 예쁘시네요."

"인마, 장난 그만 하고 어서 갈 길 가라."

"누군 좋겠다, 예쁜 여자 친구도 있고. 성년의 날이면……."

"리포트 자료 빌려줄게, 빨리 가."

"선호가 인기는 심하게 많아도, 한 우물 팔 놈입니다! 리포트 자료 확실하게 대라!"

입이 귀에 걸린 선호가 등을 떠밀자, 그에 못지않게 환한 미소를 띤 친구들이 다정에게 인사를 하곤 정문을 향해 걸음을 옮겼다.

"친구들이 참 착해 보여."

"그렇지? 짓궂긴 해도 다 착해."

다정의 어깨에 올린 손을 내리지 않은 채, 선호가 대답했다.

사귄 지 근 한 달이 되어가고 있지만 다정은 아직도 실감이 나지 않았다. 그와 나란히 어깨를 맞대고 캠퍼스를 걷는 일도, 그의 친구들에게 여자 친구로 소개를 받는 일도 마냥 꿈만 같았다.

"차 마실까, 우리?"

"자판기?"

"하하, 조금만 올라가면 카페테리아가 있어."

"정말? 학교가 좋으니까 별게 다 있네."

"생긴 지 얼마 안 됐는데 알바하는 여학생이 예쁘다고 난리가 났었어."

"예쁘다고지?"

"응, 전해 들은 바야. 예뻐, 가 아니고, 예쁘대, 야."

얼굴을 마주친 두 사람이 기분 좋은 웃음소리를 냈다.

두 사람이 학교 중턱에 자리한 카페테리아에서 달콤한 카페라떼를 마시고 났을 즈음엔, 뉘엿뉘엿 해가 기울고 있었다.

"성년이 된 거, 축하해."

다정은 손수 포장한 꽃다발과 향수가 담긴 쇼핑백을 건넸다.

"너한테 축하 받으니까 기분이 더 좋다."

"정말이야?"

"응, 쑥스럽긴 한데, 정말 어른이 된 기분이야. 고마워, 다정아. 내년엔 내가 꼭 챙겨줄게."

내년을 기약하는 그가 고마워, 다정은 흐뭇한 미소를 지었다.

"내년에도 우리, 같이 있을까?"

"그게 무슨 소리야?"

"그냥……."

"낯 뜨거운 소리 한번 더 해?"

"응?"

피식 웃음을 터뜨린 선호가 멋쩍은 듯 바닥을 내려다보며 말했다.

"사실, 우리 집 말이야. 아버지도 그렇고 형들도 그렇고 다 처음 사귄 여자 친구랑 결혼을 했어."

다정은 괜스레 가슴이 철렁 내려앉는 것 같았다.

"아버지 말로는 그것도 집안 내력인 것 같대. 코르겠어. 사실 전에도 말했지만, 널 보면 항상 편하고 좋았거든. 그런데 사귀고 나니까 네가 그냥 편한 게 아니라 아주 편해. 내 분신 같기도 하고, 수업하다가 네 생각나서 혼자 피식피식 웃을 때도 많아. 아마, 이런 게 사랑이겠지?"

얼굴에 붉은 물이 든 다정이 혀를 날름 내밀었다 들이 밀었다.

"봐도 봐도 보고 싶고, 계속 같이 있고 싶고, 네가 나한테 그런 사람이야."

다정이 다 들어가는 소리로 말했다.

"나도 그래……."

의자를 당겨 다가앉은 선호가 다정의 손을 잡았다.

"네가 참 좋아, 다정아."

다정은 대답 대신 수줍은 미소를 지었다. 아직 그에게 주지 못한 세 번째 선물을 어떻게 줘야 할지 난감했다.

"저기…… 있잖아……."

"응?"

다정은 따스하게 포개어진 자신들의 손을 내려다보았다.

"선물 또 하나 있잖아……."

"응, 있지. 기대하고 있어."

느물거리며 웃는 선호에게선 짙은 남자의 냄새가 풍겨났다. 건장한 어깨만큼이나 듬직한.

"그, 그거……."

귀엽다는 듯 다정의 뺨을 슬쩍 쓸어내린 선호가 자리에서 일어섰다. 귓불 가득 석양이 내려앉은 다정의 손을 잡은 채.

"가자."

"어디?"

"키스하기 좋은 곳."

쿵, 하는 소리와 함께 심장이 발등 위로 내려앉는 기분이었다. 다정은 그의 손을 잡은 채 연이어지는 야트막한 경사로를 따라 한참을 걸어갔다.

두 사람이 도서관 앞쪽에 자리한 벤치에 도착했을 땐, 제법 어둑한 저녁이 내려 있었다. 차마 이곳이냐는 말을 묻기 어려운 다정은 그와 함께 벤치에 자리를 하고 앉았다.

근처에 학군단이 있는지 남자들의 우렁찬 구호 소리가 들려왔다.

"너희 학교는 도서관도 되게 크다."

"후후후……."

"왜 웃어?"

"여자들 수줍어하는 게 이렇게 예쁜지 몰랐네."

"우씨!"

눈을 흘긴 다정이 악의없이 손등을 꼬집자, 영문을 모르겠다는 듯 선호가 눈을 둥그렇게 떴다.

"왜?"

"정정해."

"왓(What)?"

"여자들이라니? 흥!"

토라진 시늉을 하는 다정의 모습에 그제야 선호가 '아하!' 하고 고개를 끄덕였다.

"정정! 토라진 다정이 모습이 이렇게 예쁜지 몰랐네요."

주위를 둘러본 그가 쪽 소리가 나게 다정의 뺨에 입을 맞추었다.

"야!"

화들짝 놀란 다정이 자리에서 일어서자, 선호가 키득거리며 그런 그녀의 손목을 잡았다.

"괜찮아, 나쁜 짓 하는 것도 아닌데 뭐."

"그래도 그렇지, 누가 보면 어쩌려고."

"이런 건 봐도 되는 거야."

다정의 곁으로 바짝 다가앉은 선호가 그녀의 어깨에 팔을 둘렀다.

"널 더 사랑하게 될 것 같아."

"……응."

"아주 많이."

다정은 고개를 끄덕였다. 차마 '나도 그럴 것 같아'라는 말을 할 자신이 없었다. 그냥 그가 알아주기를 바랄 뿐.

"다정아, 저기 봐봐."

목소리를 낮춘 선호가 손으로 가리키는 곳을 보니, 커플로 보이는 남녀가 영화의 한 장면을 방불케 할 정도로 더운 키스를 나누고 있었다.

"미…… 쳤나 봐."

"저런 애들 보면서 속이 뒤집어지던 때가 있었는데."

정말이냐는 듯 다정이 선호를 바라보았다. 닿을 듯 가까운 거리에서 바라본 그의 얼굴은 너무도 잘생겨 보였다. 유순해 보이는 듯 보이지만 힘이 실린 눈이며, 곧게 뻗은 콧날과 날려한 입술은 다정의 가슴을 설레게 만들었다.

'어쩌면 앤 평생 내 가슴을 설레게 할지도 몰라. 평생.'

"남들 눈 의식 안 하고 저럴 수 있는 건, 사랑 때문이잖아. 사랑하는 사람만 보이는 거니까."

'캬아, 명언이다!'

동의를 구하는 선호의 눈을 보며 다정은 고개를 끄덕여 주었다. 느긋하게 사랑이 담긴 눈빛을 나누던 것도 잠시, 두 사람은 열정적인 키스를 나누다 못해 아슬아슬한 지경에까지 이른 커플에게 정신을 빼앗겼다. 비록 어둑한 저녁이지만, 도서관의 불빛 때문에 두 사람이 나누는 사랑은, 그들의 뒤편에 앉은 선호와 다정의 눈에 정확하게 보여졌다.

여자의 목덜미에 입술을 얹은 남자가 블라우스의 단추를 풀어내는 모습이며, 벤치에 가려져 잘 보이지는 않지만 여자의 가슴에 손을 넣은 듯한 남자의 모습이며……. 호기심도 호기심이지만 다정은 그들의 모습에 간이 조마조마해졌다.

"저 정도 수위면 지붕 있고 벽 있는 데 가서 해야지."

선호의 말이 끝나기 무섭게 여자의 어깨를 꼭 끌어안은 남자가 자리에서 일어섰다.

"어머, 네가 하는 소리 들었나 봐."

"후후. 인마, 여기서 저기가 어디라고 내 소리가 들려? 장소 물색하러 가는 거지."

다정의 머리를 쓸어내리며 선호가 한참을 키득거렸다.

'공부만 잘하는 줄 알았더니, 그것도 아닌가 봐. 모르는 게 없잖아.'

볼거리를 제공해 주던 남녀가 자리를 뜨고 나자, 다정은 언뜻 겁이 났다. 만일 남자가 그랬던 것처럼 선호가 자신에게 그래 온다면, 어떻게 해야 할지 난감했다.

'아니야, 아닐 거야. 얜 안 그럴 거야.'

"선물, 받고 싶어. 줄 거지?"

화들짝 놀란 다정이 반사적으로 얼굴을 뒤로 내밀었다. 그런 다정을 한없이 따뜻한 눈빛으로 바라보며, 선호가 말했다.

"네 그런 모습이 정말 매력적이라는 거 알아?"

"어?"

"수줍어하고, 부끄러워하고 그런 모습이…… 뭐랄까, 날 더 남자답게 만들어주는 것 같아. 널 보면 내가 남자라는 사실이 자주 느껴져."

애먼 나이를 포함해 바른생활 이십 년을 고수해 온 다정이라지만, 선호의 말을 못 알아들을 만큼 숙맥이지는 않았다. 어쩌면 그런 선호의 말에 반응을 하는 자신이야말로, 그로 인해 여자라는 사실을 느끼고 있는 건지도 모를 일이었다.

집 앞까지 데려다 주고 나면 가벼운 포옹 정도는 해주곤 하는 그이지만, 어른들처럼 포옹다운 포옹은 아직까지 해본 적이 없었다.

"눈 감고 입술 내밀면 돼?"

어쩐지 놀림이 배어 있는 것 같은 선호의 말에, 다정은 살그머니 주먹으로 그의 가슴을 때리는 시늉을 했다.

"몰라……."

지어낸 모습이라곤 찾아볼 수 없는 다정의 반응은, 이내 선호의 입가에 흡족한 미소를 그려내게 만들었다. 어느 순간부터 다정을 볼 때면 안아보고 싶고 그보다 더한 짓도 해보고 싶어지는 건, 순전히 그녀에게서 풍겨나는 이런 매력 때문인 것 같았다.

전부를 주어도 될 것 같은 여자, 전부를 보여줘도 될 것 같은 여자. 조심스레 시작한 연애는 그에게 사랑의 실체가 무엇인지를 알게 해주었다.

"그럼 내가 대신 선물 받아와도 돼?"

부끄러운 듯 이리저리 눈동자를 굴리는 다정의 어깨를 꼭 감싸 안은 선호는, 천천히 그녀 얼굴 위로 입술을 내렸다. 깜박이던 눈이 감겨지고 짙은 속눈썹이 하얀 얼굴 위에 그늘을 드리 웠다.

"사랑해……."

준비없이 튀어나온 말이 진심이었기에, 선호는 서툰 고백 앞에 당황하지 않았다. 심장을 뚫고 튀어나온 고백처럼, 진실한 말은 다시없을 일이었다. 어쩌면 그런 진실한 고백을 하게 만들어준 여자를 만난 일만으로도 자신은 행운아인지 몰랐다.

촉촉한 입술 위에 입술을 포갠 선호는, 다정의 허리에 손을 둘렀다. 처음 만져 보는 그녀의 허리는 상상했던 것보다 훨씬 가늘었다.

본능적으로 머릿속에 다정의 나신(裸身)이 떠올랐다. 항상 넉넉한 옷을 입고 다니기에 좀체 가늠하기 어려운 굴곡과 함께…….

살며시 아랫입술을 빨아들이자, 살짝 고개를 뒤로 젖힌 다정이 얕은 숨소리를 내뱉었다. 한 손으로 다정의 고개를 받친 선호는, 슬그머니 혀를 그녀의 입 안으로 들이밀었다.

거부할 줄 알았던 다정은 서툴기는 해도 혀끝으로 그의 혀를 환대해 주었다. 무수한 영상(?) 수업을 통해 익히긴 했어도 실전이라곤 전무한 그이지만, 달콤한 다정의 입술과 숨결은 그를 노련한 남자로 만들어주었다.

무늬뿐인, 그야말로 그림의 떡에 불과한 영상 수업 따위는 더 이상 필요하지 않을 것 같았다. 가지런한 치열을 훑고, 보드라운 잇몸을 스치듯 핥은 그는, 달콤한 숨결이 묻어나는 혀에 혀를 얽었다. 서툰 호흡을 반복하던 키스가 깊어지는 사이, 어느새 두 사람은 일정한 호흡을 나누며 밀고 당기기를 하고 있었다. 입 안을 헤집던 선호의 혀가 뒤로 물러설 즈음이면, 아쉬운 듯 다정이 그의 혀를 빨아들였고, 두 사람의 호흡이 가빠질 즈음이면 보드라운 꽃잎을 연상케 만드는 입술을 조심스레 빨아들였다.

쉼없이 울어대는 풀벌레 소리도, 학군단의 우렁찬 기합 소리도 더 이상 두 사람의 귀엔 들리지 않았다. 달빛에 가려진 구름처럼 시간조차 멈춰 선 지 오래였다.

자력에 끌린 듯 저절로 허리를 감고 있던 손이 위쪽으로 올라가려 했지만, 선호는 안간힘을 다해 참고 또 참았다.

저절로 사랑한다는 고백을 하게 만든 그녀를 위해, 조금씩 다가서고 싶었다. 하지만 한 치의 틈도 없이 맞닿은 가슴은 그의 인내를 초인적인 수준으로 만들었다.

'맙소사!'

비록 두께감이 있는 니트를 입고 있다지만, 가슴께에 닿은 다정의 가슴은 그야말로 맙소사였다. 염치라는 걸 내려놓고 딱 한 번만이라는 부탁을 하고 싶었다.

하지만 본능은 그보다 앞선 곳에서 선호를 남자로 만들어줄 준비를 하고 있었다. 살며시 입술을 떼어낸 그는 가쁜 숨을 몰아쉬는 다정의 귓불을 가볍게 혀로 핥았다. 소스라치듯 어깨를 움츠린 그녀가 가슴에 고개를 묻어오는 찰나, 그는 순간적인 우연을 가장해 봉긋하게 솟아오른 가슴에 손을 얹었다.

쿵쾅쿵쾅…….

선명하게 들리는 수다한 발자국 소리가 학군단의 달음질 소리가 아니라는 사실을, 선호는 이내 알 수 있었다. 무서운 속도로 심장이 뛰어대기 시작했고, 그와 동시에 다리 사이에 묵직한 통증이 실렸다.

"사랑해, 다정아……."

오소소 어깨를 움츠리는 다정의 귓불에 대고 사랑을 속삭이며, 선호는 결국 니트 위로 도드라진 가슴을 손 안에 그러쥐었다. 화들짝 놀라는 다정의 입술에 입을 맞춘 채.

울고 싶을 만큼 그녀가 가지고 싶어졌고, 다른 어떤 말로도 표현할 수 없을 만큼 그녀가 사랑스러웠다. 본능적인 호기심을 위해 들여다보는 섹스야말로, 정말이지 하찮은 것이라는 사실을 이제야 알 것 같았다.

사랑하기 때문에 보고 싶고, 사랑하기 때문에 갖고 싶고, 사랑하기 때문에 나누고 싶은 것……. 두 번 다시 영상론에 미치는 일 같은 건 없을 거라는 생각을 하며, 선호는 사랑을 알게 해준 다정의 입술에 달콤한 키스를 선물했다. 비로소 자신을 남자로 만들어준 그녀를 위해.

시험의 힘이란 위대했다. 전공수업으로 가득 찬 과목은 자명

종 소리를 듣는 다정으로 하여금 밤샘이라는 걸 감내하게 했고, 고등학교 시절에도 그래 본 적 없던 다정은 내리 이틀을 학교에서 밤을 새워야 했다. 실기로 중간고사를 대체하는 과목이 팀플레이 형식이라 어떻게 해볼 재간이 없었다. 한 과목이면 모를까, 두 과목씩이나 그리되고 보니 눈앞이 캄캄했다.

그보다 더 위대한 건 사랑의 힘이었다. 난생처음 밤샘을 하면서도 새벽 시간을 쪼개 선호를 만났으니…….

선호 역시 다섯 명으로 구성된 팀플 형식의 과제물 때문에 연일 학교에서 밤을 샌다고 했고, 졸지에 철야 역군이 된 젊은 연인은 새벽 시간을 쪼개 데이트를 해야 했다. 학교 벤치와 편의점을 오가며…….

"천천히 먹어, 체하겠다."

선호가 잔뜩 졸음이 서린 눈으로 컵라면을 먹는 다정의 등을 토닥여 주었다. 오늘 시험이 끝난 그와 달리, 다정은 아직 한 과목을 더 남겨두고 있었다. 문제의 팀플 작품이 그것이었다.

"몇 시까지 하면 될 것 같아?"

"다엇 찌(다섯 시)……."

배가 고팠었는지 허겁지겁 면을 넘기는 그녀를 보자, 안쓰러움이 밀려들었다. 다정은 시험이라는 중노동 때문에 낮에는 코피까지 났다고 했다.

다정이 컵라면을 다 먹을 때까지 등을 토닥여 준 선호는, 따끈한 홍차를 입가심으로 먹이고는, 그녀의 작업실까지 동행해

주었다. 미대생들의 밤샘이 공대생들보다 더하면 더했지 덜하
지 않다는 말을 듣기는 했지만, 막상 사랑하는 여자 친구가 고
생하는 모습을 보니 괜스레 화가 치밀었다. 기껏 저런 식으로
작품을 내봐야 결국엔 교수들의 실적밖에는 안 되는 건데…….

"할 수 있겠어?"

"해야지 뭐."

"못 견딜 것 같으면 얘기해. 괜히 참지 말고."

며칠 새 파리한 화선지처럼 창백해진 다정이 가만히 고개를
가로저었다.

"작업실에 전화해서 필름 왔느냐고 물어봐."

"왜?"

"일단 물어봐."

주머니에서 휴대폰을 꺼낸 다정이 작업실에 있는 동기에게
전화를 걸었다.

"아직 안 왔대."

"일단 앉아봐."

강의 동(棟) 안에 있는 기다란 의자에 다정을 앉힌 선호가, 가
만히 그녀의 어깨를 주무르기 시작했다.

"해줄 수 있는 게 이것밖에 없다. 미안해."

난생처음 밤샘이라는 노동을, 그것도 이틀 걸러 이틀이나 경
험한 다정은, 그의 말에 콧잔등이 시큰해 왔다. 너무 졸려서 목
을 놓아 울고 싶은 순간이 한두 번이 아니었다. 남들은 생생하

게 밤도 잘 새는데 유난을 떠는 자신이 원망스러웠다. 첫날 졸다가 작업 지도를 맡아준 선배에게 걸려 눈물이 나게 혼이 난 일은 여전히 다정에게 서러운 기억으로 남아 있었다.

"김다정, 너만 곱게 큰 줄 알아! 다 곱게 컸어. 어디서 유난이야, 유난은. 꾸벅꾸벅 조는 게 귀엽다고 착각하는 모양인데 진즉 깨, 그런 환상! 시험을 떠나서 이건 공동 작업이야, 졸업할 때까지 계속해야 하는 커리큘럼이라고. 너 하나로 인해서 다른 멤버들이 왜 손해를 봐야 하지? 너 같은 공주병은 우리 학과 못 다녀. 알아서 시험 포기하든지 다른 사람들한테 피해 안 주든지 알아서 해! 그리고 너 명심해라, 네가 그런 식으로 공주 짓 하고 예쁜 짓 하면, 결국 네 부모님이 욕먹는 거야. 자식 개념없이 키웠다고. 알아서 잘해!'

학교도 하나의 사회라더니, 얼음보다 더 차가운 것 같았다. 단순하게 졸음을 못 견뎌서 그런 것뿐인데.

단단하게 뭉친 어깨를 주물러 주는 선호의 손길을 느끼며, 다정은 불현듯 떠오른 생각 때문에 뺨을 타고 흘러내리는 눈물을 손등으로 닦아냈다.

"울어?"

놀란 듯 선호가 다정의 발치에 한쪽 무릎을 꿇고 앉았다.

"……."

"왜 울어, 힘들어서 그래?"

서러움을 가누지 못해 입을 삐죽이던 다정이 끝내 선호의 어깨에 얼굴을 묻고 흐느끼기 시작했다.

"휴우……."

선호는 다정이 편히 울 수 있도록 그녀를 품에 안아주었다. 얼마나 울었을까, 씩씩하게 손등을 눈물을 훔쳐낸 다정이 멋쩍은 듯 웃어 보였다.

"울다가 웃으면 어떻게 되는지 알지?"

"헤…… 그래도 네가 있어서 너무 좋아. 너 아니면 울지도 못했을 텐데."

서러움이 풀린 다정이 독한 선배한테 호되게 혼이 난 이야기며, 졸다가 작품을 망칠 뻔한 실수들을 조분조분 풀어놓았다.

"너무 웃기지? 난 잘 먹고 잘 자는 게 미덕이라고 믿고 사는데, 그걸 그런 식으로 매도하고."

"그 선배가 개념이 없네. 그런 일에 부모님까지 거들먹거리다니."

"그렇지?"

"뻔하지 뭐. 교수 심부름하느라 지도는 맡았는데, 맡고 보니 저도 짜증나서 그랬을 거야."

"맞아, 애들이 다들 그래. 그 선배 괜히 독 올랐다고."

"연구 조교지?"

"응."

"그 양반도 누군지 스트레스 장난 아니겠다."

사랑의 유익을 한두 마디의 말로 요약할 수는 없겠지만, 분명한 건 하나보다는 둘이 훨씬 낫다는 사실이었다. 새삼 그런 사실을 여실히 깨달은 다정은 한결 가뿐해진 마음으로 작업실로 향할 수 있었다. 작업이 끝날 때까지 기다려 줄 남자 친구의 응원을 받으며.

다정이 작업실로 들어가는 모습을 확인한 선호는 서둘러 두희의 집으로 향했다.

제법 오랜 시간이 지났지만 그도 자신도 지혜의 일에 대해선 침묵으로 일관하고 있었다.

"안 자고 있었어요, 형?"

"내가 이 시간에 자는 거 봤냐? 그보다 어쩐 일이야?"

"다정이 시험 끝날 때까지 기다리려고요."

선호가 다정과 사귀기로 했다는 말을 했을 때, 두희는 한숨을 내쉬었다. 축하한다는 말보다 안도의 한숨이 먼저 나간 때문이었다.

"오늘만 새면 끝이라지?"

"네."

"다음 달 말에 전시가 있어서 눈코 뜰 새 없을 텐데."

"전시요?"

"어, 몇 군데 대학끼리 참여 차원에서 전시회를 하거든. 다정이가 말 안 해?"

"처음 듣는 소리예요."

"낄낄, 아마 그 자식 전시가 있다는 사실을 모르고 있을 수도 있을 거다."

"……?"

"교수들끼리 내가 잘났네 네가 못났네 하는 수준의 전시회라 1, 2학년은 그다지 필요로 하지 않아. 따까리 시키느라고 선배들이 불러대는 거지."

"하! 시디과도 그런단 말이에요?"

"위엣것들이 아랫것들 부려먹는데 전공이 무슨 소용이야? 어딜 가나 다 똑같은 거지."

"그럼 계속 밤새고 그래야 하는 거예요?"

"아마도."

느긋한 두희의 대답에 선호가 후, 소리가 나게 한숨을 쉬었다.

"성광이하고는 잘 지내?"

선호를 바라보는 두희의 얼굴에 멋쩍은 미소가 들어찼다. 그날 이후, 그러니까 두희가 지혜에 대해 말문을 연 그날 이후 두 남자는 암묵적인 약속이라도 나눈 양, 그녀의 등장과 함께 빚어진 일들에 대해선 일절 함구했다.

"시험 기간이라 그런지, 얼굴 보기가 어렵네요."

애매하게 피해가는 선호의 대꾸에 두희가 피식 웃음을 터뜨렸다.

"어렵다."

어쩌면 이 밤 그를 찾은 자신처럼, 두희도 지금껏 함구해 온 일들에 대해 말문을 열고 싶어하는지 모른다는 생각이 들었다.

하지만 선호는 말할 수 없었다. 아니, 그럴 자신이 없었다. 성광이 주변사람들에게, J대 실용음악과에 다니는 소지혜라는 여학생과 사귀고 있다는 말을 쉴 새 없이 떠들고 다닌다는 사실을. 단과대 수석으로 입학한 그가 연일 결강과 지각을 거듭하고 있다는 사실을.

"희돈이는 대놓고 말하더라, 약속을 한 건 아니지만 실질적으로 사귀고 있는 사이라고."

그조차 이미 희돈에게 직접 들은 터라, 선호는 크게 놀라지 않았다.

"이해가 안 돼요."

"누군들 이해할 수 있겠냐."

두 남자는 그들의 묵약이 그랬듯, 한 여자의 이름을 결코 입술에 올리지 않았다.

"기왕 탄로날 것이라면 되도록 빨리 모습을 드러내는 게 좋은 것 같아요."

선호의 말속에는 두희에 대한 일말의 원망이 묻어 있었다. 탄산음료가 들어 있는 유리컵을 만지작거리며 두희가 말했다.

"열다섯 살 적엔 스무 살이 되면 모든 걸 알아서 판단할 수 있을 것 같았고, 스무 살엔 스물일곱이 되면 어느 정도 어른이 되겠지 했는데, 막상 스물일곱이 되고 나니 서른댓 살은 돼야 뭔가가 보일 것 같다."

"그래도 형은 어른이잖아요."

"후후, 어른이라…… 하긴 나잇살이 들어서도 비겁한 사람은 얼마든지 있으니까."

"형, 그런 식으로 오해하지 마세요."

"오해가 아니라 사실이야. 어떻게 보면 네 말이 맞아. 개중 가장 연장자인 내가 나서서 뭘 해도 해야 하는데 이렇게 방관만 하고 있으니."

서른댓 살이라는 말이 아직 멀기만 한 선호는 스물일곱 살쯤 되면 어른이 될 줄 알았다는 두희의 말에 공감이 되었다. 선호는 용기를 내어 그에게 하고 싶은 말을 털어놓았다.

"형이 결단을 내리면 안 될까요?"

"어디서부터 어떻게 풀어야 할지 자신이 없다. 차라리 그 애가 나한테 그러는 거라면 편하겠어."

"……"

"네 말대로 언젠가 탄로날 일이라면 되도록 빨리 깨는 게 낫지. 하지만 성광이 녀석이나 희돈이 녀석이, 내가 나서서 하는 소리를 믿어줄까? 이것도 안 되고 저것도 안 되고, 애먼 후배 녀석을 둘이나 잃을까 걱정스럽기도 해."

"지혜 누나한테는 말이 안 통할까요?"

"내가 솔직히 말할까? ……사실을 알고 난 뒤부터 지혜 얼굴을 보는 게 두려워졌다. 그 애 입에서 무슨 소리가 나올까 봐 무섭고, 더한 일이 생길까 봐 걱정스럽고 그래. 사내가 참 추접스럽기도 하지. 나서서 한 마디도 못하면서 알음알음 뒷조사나 하고 다니니."

"……!"

"지혜, 같은 과(科) 안에만 즐기듯 만나는 남자가 네댓 명은 되는 것 같더라."

"어떻게 그럴 수가 있어요?"

"무슨 개념으로 그러는 건지 알 수가 없었어. 아마 결핍이겠지."

"이유가 어찌 됐든 그런 걸 방패로 삼을 순 없다고 봐요, 전. 누구에게나 결핍은 있어요. 하지만 모든 사람이 자신의 결핍을 무기 삼아 남에게 휘두르지는 않아요. 저라도 지혜 누나를 만나봐야겠어요."

"만나서 무슨 소릴 하게?"

"……."

"다 알고 있으니 그만 해라? 해봤자 그런 소리밖에 없잖아. 잘 들어봐, 선호야. 그 애가 원래 안 그러던 애라면 모르지만, 지금껏 그러고 살아온 애라면 얘기가 달라져."

갈증이 인 선호는 컵에 따른 탄산음료를 단숨에 들이켰다. 설령 가족일지라도 어느 한 사람의 히스토리(History)를 모두 알 수는 없지만, 그래도 기준이라는 건 있었다. 보편타당이라고 부르는…….

두희의 말처럼 지혜는 결코 보편적인 잣대로 이해할 수 있는 사람은 아니었다. 하지만 그렇다고 해서 아끼는 두 친구가, 보편적이지 않은 폭풍에 휘말리게 놔둘 수는 없었다.

"그렇다고 해서 가만히 있어선 안 될 것 같아요. 지금대로라면 성광이 학사경고는 따놓은 당상이에요."

"휴우, 답답하다."

"진철이라는 친구 분하고는 얘기해 보셨어요?"

두희가 고개를 가로저었다.

팔은 안으로 굽는 법이라고 했던가. 진철에 대한 원망보다는 지혜에 대한 야속함과 원망이 한결 큰 두희였다.

"이건 무슨 아이스크림 골라먹기도 아니고……."

"차라리 희돈이를 만나봐야겠어요, 그럼."

"제가 빠진 곳이 늪이 아니라고 우기면 어쩌려고?"

"인정을 하든 안 하든 사실은 알아야죠."

정말 걱정되는 사람은 성광이지만, 선호는 그에게 사실을 말할 용기가 나지 않았다. 희돈과 달리 외골수적인 그의 성격 때문이었다.

"히나, 당분간 활동 접을까 한다."

무거운 두희의 목소리에 선호는 대답하지 않았다. 이미 불거진 일 앞에서 그가 그런 결정을 내릴 수밖에 없다는 사실이 이해되었다.

자신보다 한참이나 크게 보이던 스물일곱 살의 두희 역시, 답을 알지 못하는 일 앞에선 주춤할 수밖에 없는 유한한 존재라는 사실만이 선호의 가슴을 답답하게 만들었다.

7. 꿀잠

해냈다!

해내고야 말았다!

어찌나 고된 일정이던지, 시험이 끝남과 동시에 절로 만세 소리가 튀어나올 지경이었다. 마음은 하늘을 날 것 같은데, 긴장이 풀린 두 다리는 중심을 잃고 후들거리고 있었다.

"시험을 본 건지, 잡일을 한 건지 모르겠네!"

마뜩찮은 예분의 투정을 들으며 다정은 피식 웃음을 터뜨렸다.

"이렇게 부려먹고 비 플러스 밑으로 주는 일은 없겠지?"

"비 플러스 아래로 주면 학교에 불 질러 버릴 거야. 꼬질꼬질,

이게 뭐야. 누가 우릴 학생으로 보겠어. 영락없이 여자 노숙자야, 노숙자."

예분뿐 아니라 학과의 모든 사람들이 노숙자 비슷한 몰골을 하고 있었다.

"수면과 휴식이 무지하게 중요하다는 사실을 깨달았어."

"미 투!"

"아울러 체력도."

"맞아, 노가다 체력을 갖추지 않고선 졸업 못한다에 백만 원 걸 수 있어."

주거니 받거니 예분과 함께 풀린 긴장을 추스르며 건물을 빠져나온 다정은, 낯익은 차 앞에 서 있는 선호를 발견했다.

"지극정성이다, 유선호?"

"마무리 잘했어?"

다정의 곁으로 다가선 선호가 자상한 목소리로 예분에게 물었다.

"끔찍했어."

"고생했다."

"아쭈, 이러니까 오라버니 같은데?"

"몰랐냐?"

"오밤중에 에스코트 해주는 든든한 오라비도 있고, 누구는 좋겠다!"

예분을 향해 밉지 않게 눈을 흘긴 다정이 나직한 목소리로 물었다.

"오빠한테 차 빌렸어?"

"예분이도 데려다 줄 겸 겸사겸사."

"오호, 유선호, 그랬단 말이지? 데이트도 할 겸 겸사겸사 날 데려다 주는 건 아니지?"

"인마, 넌 그러니까 먹고 싶은 게 많은 거야."

"내가 좀 아는 게 많긴 해."

기분이 좋은 듯 낄낄거린 예분이 뒷좌석에 올라타면서 말했다.

"다정아, 조수석에 타. 난 길게 다리 뻗고 쉴래."

뻔히 속이 들여다보이는 예분의 말에 다정은 괜스레 기분이 좋아졌다. 그의 여자 친구로 인정받는 일은 매순간 다정의 마음을 흡족하게 만들어주었다.

"예분아, 인천 어디쯤이야?"

"주안."

"오케이, 알았어."

다정은 안전벨트를 맨 선호가 시동을 거는 모습을 따스한 시선으로 바라보았다.

그저 좋다는 말로는 다 할 수 없을 만큼 행복했다. 누군가 자신을 사랑해 주는 사람이 있다는 사실이, 가까운 거리에서 자상하게 챙겨주는 사람이 있다는 사실이 너무도 행복했다.

"안 피곤해?"

"난 괜찮아. 그보다…… 피곤하지?"

"약간."

다정과 눈을 마주친 선호가 뒷좌석에 앉은 예분에게 물었다.

"예분아, 내일 뭐 할 거니?"

"내일? 글쎄, 집에서 뒹굴뒹굴 할 거 같은데, 갑자기 그건 왜?"

"별다른 약속 없으면 같이 영화나 볼까 해서."

"영화?"

"시험도 끝났는데 기분 전환 한번 해야지."

"나까지 챙겨주는 거야?"

"하하, 네 말이 더 웃긴 거 알지?"

"말은 고마운데, 영화 둘이 봐."

"예분아 그러지 말고 셋이 같이 보자. 나도 너랑 같이 영화 보고 싶어."

"눈치없이 데이트 하는데 끼기 싫어. 내가 무슨 고춧가루도 아니고."

"계집애, 그런 게 어디 있어. 다 같은 친구끼리. 그러지 말고 영화 보자?"

"마음은 원인데, 막상 주말이 되면 푹 쉬고 싶을 거 같아서 그래."

"노인네도 아니고 웃겨."

"2학년이 되도록 싱글을 고수해 봐, 마음이 푹푹 늙는 소리가 들려."

"참, 선호야, 네 친구 중에 괜찮은 애 없어?"

"어?"

뒤차를 살피기 위해 룸미러에 시선을 두었던 선호가 의아한 듯 다정을 바라보았다.

"예분이 소개시켜 줄 만한 애 없을까?"

"아! 예분아, 소개팅 할래?"

"썩 괜찮은 비주얼이야?"

"하하, 너 정도 되면 되는 거지?"

"음…… 적어도 시간이 아깝다는 생각이 안 들 정도면 돼."

"오케이, 조만간 하나 물색해 볼게."

"예분아, 진짜 소개팅 할 거지?"

남자에 대해 완고한 불신을 지닌 친구가 스개팅을 한다는 말에 적잖이 놀란 다정이, 상기된 목소리로 되물었다.

"멍석 깔아주는 분위기 아니야?"

"맞아, 대형 멍석으로 쫙악 깔고 있어. 그러니까 진짜 하는 거다?"

진지한 다정의 말에 예분이 눈웃음으로 화답했다.

차 안엔 선호가 틀어둔 CD 플레이어에서 동물원의 '거리에서'가 흘러나오고 있었다. 느긋한 표정으로 시트에 등을 기댄 다정은, 귀에 익은 노래를 흥얼거렸다.

"다정아!"

깜박 잠이 든 모양이었다. 이름을 부르는 부드러운 목소리에 다정은 감았던 눈을 퍼뜩 떴다. 닿을 듯 가까운 거리에서 선호가 자신을 바라보고 있었다.

비어져 나오는 하품을 손바닥으로 가린 다정은 천천히 고개를 들었다.

"많이 피곤하지?"

"어…… 예분인?"

한 번 더 하품을 한 다정은 뒷좌석에 있어야 할 예분이 보이지 않자, 얼른 선호에게 물었다.

"진즉 내렸지."

화들짝 놀란 다정은 차창을 내리고 밖을 둘러보았다. 외등 아래 보이는 곳은 분명 자신이 살고 있는 하숙집이었다. 깜박 졸았다고 생각했는데…….

"나, 계속 잔 거야?"

"피곤할 만도 하잖아."

조심스레 다정의 손을 잡은 선호가 다른 한 손으로 그녀의 뺨을 부드럽게 쓸어내렸다. 수줍게 속눈썹을 내리까는 다정의 모습이 무척이나 아름답게 보였다. 쉬게 해야 한다는 사실을 알지만, 하숙집에 들여보내고 싶지 않을 만큼.

언젠가는 이런 그녀에게 어깨를 내어주고, 함께 아침을 맞이

할 수 있을지도 모른다는 설렘이 선호를 찾아들었다.

"우리, 내일 바다 보러 갈까?"

"바다?"

생각지 못한 선호의 말에 놀란 다정이 자세를 고쳐 앉았다. 그 바람에 뺨에 닿아 있던 그의 손이 입술 근처로 내려앉았다. 따스한 검지가 입술을 스치고 지나가자, 다정은 자신도 모르게 말간 눈으로 그를 올려다보았다.

"갈 거지?"

고개를 끄덕이는 다정의 입술 위로 천천히 선호의 입술이 내려앉았다.

남자 친구인 선호는 키스를 아주 좋아하는 사람이었다. 아니, 달콤한 키스를 자주 선물해 주는 그런 사람이었다.

밤과 아침 사이에 가로놓인 어둑한 새벽은 어린 두 연인에게, 오래도록 달콤한 키스를 나눌 수 있는 고즈넉함을 허락해 주었다.

따스하고 고른 숨결에 호흡을 맞추며 다정은 본능적으로 선호의 등에 팔을 둘렀다. 영화 속에 등장하는 혹은 사진첩에 등장하는 키스신을 보며, 남몰래 환상을 꿈꾸던 소녀는 더 이상 존재하지 않았다. 막연하게나마 사랑이라는 감정을 꿈꾸던 소녀도……

실재(實在)하는 것들은 사람으로 하여금 저절로 성숙하게 하는 것 같았다. 그것이 사랑이 됐든 사소한 행동이 됐든 간에.

가쁜 숨결이 입술에 닿는가 싶더니 이내 가라앉은 선호의 목소리가 들려왔다.

"같이 있고 싶어."

그의 말뜻을 모를 리 없는 다정은 반사적으로 선호의 목에 팔을 둘렀다. 이러면 안 된다는 생각이 들었지만, 그녀 역시 선호와 함께 있고 싶었다.

멈춰 선 것 같은 시간 위에서 오래도록 키스를 나눈 두 사람은, 선호가 살고 있는 아파트로 향했다. 절반의 설렘과 절반의 두려움을 간직한 채.

자그마한 소형차가 아파트 단지로 들어서는 순간, 설렘은 일말의 긴장에게 자리를 내어주었다.

비록 아침을 얼마 앞둔 새벽이긴 하지만, 남자와 여자가 함께 같은 공간에 머문다는 사실을 모를 만큼 다정은 순진하지 않았다. 금단의 영역 안으로 들어선 데 대한 두려움과 만일 엄마가 이런 사실을 알게 된다면 어쩌나 싶은 염려가 마음을 무겁게 만들었다. 하지만 돌아가겠다는 말을 할 자신은 없었다.

집 안으로 들어선 선호는 다정에게 소파를 내어주었다. 그리고는 눈에 보이는 창문이란 창문은 모조리 열어놓았다. 의아하게 바라보는 다정에게 쑥스러운 듯 그가 말했다.

"이렇게 해놓지 않으면, 너한테 엉큼한 짓을 할 것 같아서."

선호가 밀려드는 부끄러움을 귓불에 담은 채 뺨을 붉힌 다정에게 다가섰다.

"남자는 원래 그래."

"피이……."

말을 해놓고도 어색한지 선호가 나직한 웃음소리를 흘렸고,
화답하듯 다정 역시 쑥스러운 미소를 지었다.

그의 입에서 새어나온 남자라는 말이 낯설기도 하고, 한편으
로는 반갑기도 했다.

'내 남자…….'

스무 살의 다정은 마음속으로 가만히 선호의 이름을 불러보
았다. 자연스레 어깨에 팔을 두르는 그에게서 엷은 향(香)이 느
껴졌다. 사람들이 많은 쓰는 향수인지, 학교를 오가며 자주 맡
아본 향기였다.

"향수 써?"

"향수?"

"응, 너한테서 좋은 냄새가 나."

"향수 안 쓰는데."

선호의 가슴에 얼굴을 묻은 다정은 냄새를 맡는 시늉을 했다.
자신을 안고 있는 탄탄한 가슴이 무척이나 든든하게 느껴졌다.
따뜻한 손길이 머리에 닿는가 싶더니, 이내 그가 머리카락을 쓸
어내려 주었다.

"시험 보느라 고생했어. 힘들었지?"

"헤, 네가 그렇게 말해주니까 마치 대단한 일이라도 한 것 같

잖아."

사랑이란 이런 것일까. 그와 함께 있다는 사실만으로 가슴이
터질 것 같은. 밀려드는 두려움조차 마음 한구석으로 밀어낼 수
있을 만큼 행복한 그런 것일까.

"같이 있으니까 너무 좋다."

느긋하게 소파에 등을 기대는 선호를 바라보며 다정은 행복
한 듯 미소를 지었다.

주방에 딸린 창문은 복도 쪽으로 나 있어서 커튼이 쳐져 있긴
해도 환한 불빛 때문에 지나가는 사람들의 시선을 잡아끌기 십
상이었다. 하지만 다정은 용기를 내어 선호의 뺨을 조심스레 어
루만졌다. 따뜻하면서도 탄탄한 살갗과 손끝에 느껴지는 까슬
한 수염 자국이 기분 좋은 웃음을 자아냈다.

그런 다정의 입술을 검지로 톡톡 두드리며 선호가 말했다.

"우유 한 잔 데워줄까?"

"어?"

우유라니, 분위기에 걸맞지 않는 생뚱맞은 말이었다. 선호가
조심스레 맞닿아 있는 다정의 몸을 떼어냈다.

"우유 데워올게, 세수하고 와."

뭔가를 바란 건(?) 아니지만 난데없는 선호의 태도는 다정
을 서운하게 만들었다. 괜스레 자존심이 상하는 것 같기도 했
다.

주방을 향해 걸어가는 그의 뒷모습을 보며 다정은 머쓱한 표

정으로 소파에서 일어섰다.

"수건 욕실에 있지?"

물으나 마나 한 이야기를 웅얼거리며 욕실 안으로 들어선 다정은, 닫힌 문을 바라보며 흥 소리가 나게 콧방귀를 뀌었다. 까닭을 알 수 없는 심술이 뿌연 비누거품처럼 이는 것 같았다.

"날 추운데 괜히 창문은 열고 난리야."

심술궂은 혼잣말을 웅얼거리며 다정은 세면기에 달린 수도꼭지를 돌렸다.

"휴우!"

다정이 욕실 안으로 들어선 뒤에야 선호는 두거운 한숨을 내쉬었다.

사랑한다는 감정만으로 만족해야 하는데, 더한 것을 바라고 기대하게 되는 자신이 속물처럼 느껴졌다.

안고 싶고 만지고 싶고 더한 것을 꿈꾸게 되고……. 다정이 이렇듯 시커먼 자신의 속내를 알게 된다면 어떤 표정을 지을까 걱정되었다.

애처가인 아버지는 세 아들을 나란히 앉혀놓고 자주 말씀하시곤 했다. 아끼고 사랑하는 사람일수록 소중하게 지켜줘야 한다고. 사랑을 키워낼 줄 아는 사람만이 그 사랑을 얻을 자격이 있는 거라고.

혹시라도 타지에 나가 있는 아들들이 사고라도 칠까 싶어 미연에 방지하고자 하신 말씀이겠지만, 오늘따라 아버지의 목소리가 선연하게 귀에 들리는 것만 같았다.

한 번 더 한숨을 내쉰 선호는 냉장고에서 꺼낸 우유를 컵에 따랐다. 전자레인지의 입구를 여는 그의 얼굴에 수심이 묻어났다.

'왜 그랬을까?'

유치하게도 다정을 데려온 데 대한 후회가 밀려들었다. 선호는 작은 창에 드리워진 커튼을 들췄다. 알싸한 새벽바람이 엉기기 시작한 생각을 맑게 만들어주는 것 같았다.

엉큼한 자신을 떠올리자 피식 웃음이 나왔다.

그가 적당하게 데워진 우유를 꺼낼 즈음 욕실 문이 열리고 다정이 모습을 드러냈다.

"갈아입을 옷 줄까?"

"어, 그럴까?"

"우유 마시고 있어. 옷 찾아올게."

옷을 나눠 입을 수 있다는 사실이, 깊은 새벽 같은 공간에 머물 수 있다는 사실이 행복했다. 내밀한 것들에 대한 본능을 멀찌감치 밀어내며 선호는 서둘러 자신의 방으로 향했다.

평소 선호가 즐겨 입는 흰색 면 티에 트레이닝복 바지를 입은 다정은 멋쩍은 듯 연신 손등을 덮는 소매를 내려다보며 키득거렸다.

"되게 크다, 그렇지?"

"나름대로 잘 어울려."

"선호, 너 키가 몇이야?"

"백팔십이던가, 삼이던가."

"와우, 그렇게 커?"

"뭐야, 남자 친구 키도 몰랐다는 거야?"

"생각했던 것보다 커서……."

세수를 하고 난 뒤라 그런지 다정의 얼굴은 여느 때보다 한결 맑게 느껴졌다. 동그란 축에 속하는 얼굴과 선명한 눈동자를 바라보며, 선호는 슬며시 자신의 허벅지를 꼬집었다. 생각했던 것보다 크다는 그녀의 말이 끄집어낸 엉뚱한 상상 때문이었다. 누가 시킨 것도 아닌데 엉큼하지 그지없는 상상을 하고 말았다.

"다정이 너는 백육십오?"

"피이, 자기도 내 키 모르면서."

밉지 않게 눈을 흘기는 다정의 모습이 선호로 하여금 더운 숨을 들이마시게 만들었다.

"세상의 모든 여자는 색기를 타고나는 법이지. 아무리 박색이라고 해도, 아무리 순수하다고 해도, 그 나름의 색기를 지니고 있거든. 그래서 필연적으로 남자는 여자에게 끌릴 수밖에 없다는 거지."

입담 좋기로 소문난 교수의 말에 전적으로 동의할 수 있을 것 같았다.

"내 키는 말이야, 음…… 백육십이야."

뜸을 들이는 모습조차 숨 막히게 예뻐 보이는 걸 보면, 그녀에게 푹 빠진 모양이었다.

"그래?"

"보기보다 작지?"

"보기 좋아."

"에이, 그건 아니다."

무릎을 곧추세우고 앉은 다정이 컵에 남아 있는 우유를 마시며 말했다. 시험이 끝나면 꼬박 하루 정도는 시체놀이를 할 수 있을 것 같았는데, 어찌 된 일인지 점점 피곤이 계워지고 있었다.

헐렁한 면 티셔츠를 입은 선호의 눈빛은, 일찍이 하늘나라로 가신 아버지를 떠올리게 만들었다. 사랑을 담은 자상한 눈빛이었다.

"왜 그렇게 쳐다봐?"

"네가 우리 아빠를 닮은 것 같아서."

"아!"

"아빠도 너처럼 자상했거든."

"살아 계셨으면 인사도 드리고 했을 텐데."

"그러게, 막내딸이 남자 친구가 생긴 걸 알면 무척 좋아하셨을 거야."

"언니랑 둘이라고 했지?"

"응."

"형부가 어머니한테 정말 잘해야겠다."

"얄짤없어."

"어?"

다정은 부끄러운 마음 없이 언니 부부에 대한 불만을 선호에게 털어놓았다.

"언니도 언니지만 형부도 마음에 안 들어. 똑득하면 뭐 해, 이기적인 걸."

"신혼이니까 미처 생각이 못 미쳐서 그러는 걸 거야."

"하나를 보면 둘을 안다잖아. 서울에서 대전이 얼마나 멀다고, 한 달에 한 번도 안 내려가. 엄마가 말은 안 하지만 언니 부부 때문에 정말 많이 서운해할 거야. 대학이 고등학교처럼 전학이 되면 내가 내려가 있고 싶은 심정이야."

"다정이 효녀구나?"

"효녀는 무슨. 텅 빈집에 엄마 혼자 있으니까 마음이 안 좋아서 그러지. 동생이라도 하나 있으면 좋을 것 같아. 아니면 오빠가 있어서 올케 언니가 있든지."

마뜩찮은 표정으로 언니 부부에 대한 불만을 토로하는 다정에게선 진한 효심이 느껴졌다. 보면 볼수록 생각이 깊고 반듯한 아이였다.

"다정이 네가 날 부끄럽게 만드는 거 알아?"

"……?"

"남자라 그런지 난 그런 거 잘 모르고 지냈거든. 전화도 거의 어머니가 걸어오시는 편이야."

"너희는 형제가 많잖아. 아버지도 계시고."

"형들은 다 타지에 있어."

"타지?"

"큰형은 유학 중이고 작은형은 포항에서 학교에 다니고 있어. 집엔 부모님만 계시지."

"아!"

"지나가는 말로 어머니께서 자주 그러셔. 딸이라도 하나 있었으면 좋겠다고."

"우리 엄마도 내색은 안 하는데, 아들이 하나 있었으면 하시는 것 같아. 아마 언니가 결혼하고 나니까 서운해서 그러시는 거 같아."

"형부가 아들 노릇을 해주면 좋을 텐데."

"누가 아니래. 형은 결혼 안 했어?"

"사귀는 누나랑 같이 유학 가 있어."

"아, 그렇구나."

"가을쯤 결혼할 것 같아."

"첫사랑이라고 했지?"

"응, 형이 교회를 다니는데, 중학교 때부터 친하게 지내던 누나야."

"와우, 중학교?"

"그때부터 사귄 건 아니고 친구처럼 지내다가 대학을 졸업할 무렵부터 사귀었거든. 말했나? 어머니도 아버지 첫사랑이었다고."

"들은 것 같아."

"집안을 통 털어 중매결혼을 한 사람이 없어. 더 재미있는 건 그런데도 불구하고 연애를 두 번 이상 해본 사람이 없다는 사실이야."

"어머, 정말?"

"아버지는 우리 집안 남자들이 순애보적 경향이 큰 탓이라는데, 작은형 말로는 개성이 없는 거래."

"호호, 재미있다."

깊어가는 새벽을 그와 함께 보내고 있다는 사실은 다정에게 이전에는 맛보지 못한 친밀감을 가져다주었다. 푹신한 소파에 웅크리고 앉아 두런두런 그와 이야기를 나누고 있다는 사실이, 다정은 무척이나 마음에 들었다.

"보나마나 내일 늦잠 잘 것 같은데, 바다는 오후에 보러 갈까?"

"오후에 갔다가 올라올 수 있어?"

"가까운 데 가면 되지. 월미도 가봤지?"

"아니, 아직……."

인천 어디 즈음에 있다는 월미도를 다정은 아직 가본 적이 없었다.

"바다라고 하기엔 조악한데 그런대로 운치는 있어."

"공부만 하는 줄 알았는데, 안 가본 데가 없구나?"

문득 그를 두고 킹카라고 말하던 여자의 목소리가 떠올랐다. 하지만 다정에게 선호는 여전히 수더분한 남자 친구일 뿐이었다.

"가본 데보다 안 가본 곳이 더 많아. 앞으론 자주 다녀야지, 너랑 같이."

"정말?"

"여자 친구가 생기면 같이 하고 싶은 일이 참 많았거든."

"어떤 거?"

다정이 눈을 반짝이며 고개를 치켜들었다.

"영화도 자주 보고 싶고, 먼 데가 아니더라도 자주 여행도 가고 싶고 그래. 이번 달엔 과외비를 받으면 카메라를 하나 살까 해."

"카메라?"

"네 사진을 많이 찍어주고 싶어."

"내가 그렇게 좋아?"

대답 대신 피식 웃음을 터뜨린 선호가 검지로 다정의 뺨을 장난스럽게 쿡 찔렀다.

"사귈수록 더 좋아진다, 인마. 됐어?"

"헤헤헤……."

해맑은 웃음을 터뜨리며 다정이 가만히 그의 어깨를 고개를 기댔다.

"안 피곤해?"

"약간 피곤하긴 한데, 거짓말처럼 잠이 안 오는 거 있지?"

"이렇게 같이 있으니까 너무 좋다."

가만히 어깨를 감싸 안는 선호의 품에서 다정은 생각했다. 그와의 사랑이 영원히 계속되어졌으면 좋겠다고. 다툼이니 헤어짐이니 하는 것들과는 상관없이 영원히 사랑을 속삭일 수 있었으면 좋겠다고.

"참, 요즘 성광인 어떻게 지내? 통 안 보이더라."

"어? 어, 나름대로 바쁜가 봐."

"과가 다르니까 자주 보긴 힘들지?"

"우연히 학교 안에서 보면 보는 거고, 아니견 마는 거고 그래."

"남자랑 여자는 많이 다른 것 같아. 예분이랑 난 매일 보는데도, 밤이면 꼭 통화를 하거든. 남자애들은 그렇지 않은가 봐."

"용건이 없으면 전화도 잘 안 하는 게 남자들이야."

"하긴 같은 학교에 있는 희돈이 얼굴 본 지도 한참이네."

선호는 혹시라도 다정이 희돈이나 성광의 일에 대해 눈치 차린 건 아닐까 싶어 가슴이 철렁했다.

생각하면 할수록 지혜가 원망스러웠다. 아무리 한 학번이 위라고는 하지만 그녀 역시 스물한 살에 불과한 어린 나이였다. 함부로 섹스라는 걸 하기엔 더없이 조심스러운. 사람에겐 저마다 다른 개념과 상식이 존재한다지만 아끼는 두 친구와 잠자리를 같이했다는 그녀를 생각하면 불쾌함과 동시에 원망이 치솟곤 했다.

"참, 다정아. 너한테 보여줄 게 있어."

천천히 자리에서 일어선 선호가 다정의 손을 잡고 자신의 방으로 향했다. 아이보리 빛깔의 커튼 아래 정갈하게 꾸며진 책상이 놓여 있고, 반대편에 일인용 침대가 놓인 자그마한 방이었다. 옷장 대신 놓인 행거에는 옷가지들이 선호만큼이나 깔끔하게 걸려 있었다.

드르륵 소리를 내며 창문을 연 선호가 책상 서랍에서 공책 하나를 꺼냈다.

"어머, 그건?"

"마음에 들지?"

언젠가 들렀던 인사동 찻집에서 보았던 한지 문양의 노트였다. 찻집 방명록으로 쓰이는 노트가 마음에 들어, 혹시라도 살 수 있는 곳이 있을까 싶어 늦도록 인사동 어귀를 서성여서 발견해 낸 노트였다.

다정이 앉아 있는 침대 귀퉁이에 자리를 하고 앉은 선호가 노트의 페이지를 넘겼다. 까칠한 표면의 한지는 들여다보는 이의 마음을 편안하게 만들어주는 것 같았다.

"매일은 아니지만, 우리 여기에다 편지를 쓰자."

"우와!"

다정은 따스한 선호의 마음이 너무도 마음에 들었다. 사실 다정도 전자 메일이라는 걸 쓰게 된 뒤로는 쪽지 한 장 제대로 써 본 기억이 없었다.

　"여자 친구가 생기면 자주 편지를 쓰려고 했어. 근데 막상 쓰려니까 무척 쑥스럽더라."

　"쑥스럽긴, 너무 좋은걸."

　"생각이 구식인지 나는 아날로그가 더 좋더라. 메일보다는 편지가 더 좋고, 어떨 땐 휴대폰도 좀 부담스러울 때가 있어."

　"나도! 꼭 개줄 같지?"

　"맞아, 바로 그거야. 삐삐를 쓸 땐 꼭 벽에 대고 혼잣말 하는 것 같아서 기분이 아주 그랬어."

　"수업 시간에 들었는데 향후 십 년 안에 휴대폰 발신번호 서비스나 위치 추적 서비스가 가능할 거래."

　"솔직히 너무 끔찍하지 않니?"

　"맞아, 느리게 살아도 사람 사는 맛이 있어야 좋은 거야."

　"난 고속철도가 수입돼도 안 탈 생각이야. 여행이라는 건 스쳐 가는 풍경 하나 하나를 눈여겨보는 데 의미가 있는 건데, 휙 휙 지나가면 무슨 소용이야."

　"절대 공감이다, 그 말. 갈수록 세상이 너무 빨라져, 그렇지?"

　서로 다른 외모 속에, 각기 달리 살아온 세월 속에, 닮은 코드를 발견해 낸 두 사람은 두 눈을 반짝여 가며 한참 동안 문명의 이기가 앗아가는 여유에 대해 수다를 떨었다.

어느 순간 선호가 다정에게 물었다.

"다정이 넌 결혼하면 시부모님을 모시고 살 생각이야?"

"갑자기 그건 왜?"

"그냥 궁금해서."

"음…… 할 수만 있다면 모시는 게 옳지 않나?"

"역시 그럴 것 같았어."

"대신 엄마랑 가까이에 살 거야."

"아, 맞다. 그래야겠다."

"생각 같아서는 데릴사위가 딱인데……."

"하하하, 주말마다 내려가서 땔감 패드리고 올까?"

"네가?"

"이 정도면 데릴사윗감으로 충분하지 않나?"

콩닥거리는 소리를 내며 가슴이 뛰기 시작했다. 교제와 동시에 결혼을 생각하는 남자 친구의 듬직한 속내가 다정은 너무도 마음에 들었다. 적어도 이런 남자 친구라면 사소한 걱정거리를 안겨주는 일 같은 건 없을 것 같았다.

"머리를 길러야지."

"어, 머리?"

"데릴사위 하면 떠꺼머리가 생각나잖아."

"하하, 좋았어. 오늘부터 머리 길러야지. 그런데 자세가 나와
줄까?"

따뜻한 눈으로 선호를 올려다보며 다정이 고개를 끄덕였다. 객관적이라는 말이 내포하는 객관이 어디까지인지는 모르지만, 객관적으로 보기에도 썩 잘생긴 얼굴이었다. 엄마는 선호의 얼굴 중에선 코와 하관이 가장 마음에 든다고 했다.

"어리긴 해도 인물이 범상치가 않더라, 그 친구. 옛말에 선호처럼 코가 반듯하고 하관이 깔끔한 사람이 속이 넓다더라. 언뜻 봐도 귀공자 냄새가 나잖니."

"다정아, 우리 조만간 대전에 내려갈까?"

"어? ……나야 좋지."

"너희 어머니 말이야, 한 번밖에 안 뵀지만 정이 가는 분 같아."

'선호야, 나 지금 무슨 생각하느냐면, 내가 스물일곱 살쯤 됐으면 좋겠다는 생각을 하고 있어. 네가 남자 친구가 아니라 남편이라면 좋을 것 같다는 생각이 들어. 우리 엄마한테 너무너무 잘하는 그런 남편일 것만 같아서. 너무 고마워.'

"얼마 안 있으면 엄마 생일인데 그때 갈까, 그럼?"

"그래? 당연히 가야지, 그럼. 찾아뵙고 정식으로 인사도 드려야지."

"인사?"

"너랑 사귄다고 인사드려야지."

"아!"

"부모님께서 서울에 올라오시면 그때 정식으로 소개할게."

죽었다 깨어나도 짤막한 연애 같은 건 절대 못할 사람이란 생각이 들었다. 표현할 수 없을 만큼 든든한 마음과 함께 동시에 두 어깨에 책임감이라는 것이 실리는 기분이었다. 그에게, 그와의 관계에 대해 최선을 다하고 싶다는.

멀찌감치 달아나 있던 졸음이 찾아드는지 눈언저리가 나른해오자, 다정은 손등으로 눈가를 문질렀다.

"졸려?"

"약간."

"자자."

긴장이 풀린 선호의 입에서 새어나온 말은, 이내 다정의 귓불을 복사꽃 빛깔로 물들여 놓았다.

너무도 듬직한 남자 친구가 자신에게 무리한 일 같은 건 요구해 오지 않을 거라는 확신이 들었다. 하지만 그와 함께 보내는 첫날밤은 두고두고 설렌 기억으로 남을 것만 같았다.

"경상도 사람들을 두고 하는 농담이 하나 있는데……."

"……?"

"신혼인 경상도 남자가 퇴근해서 집에 들어오면 그런대. 밥 묵자, 불 꺼라, 자자."

"호호호."

선호의 말투에 배어난 자연스런 사투리 억양 때문에 그의 말은 한결 재미나게 들려왔다.

"경제적이지 않냐? 세 마디에 모든 신혼생활이 함축돼 있잖아."

"그럼 그 동네 사람들은 신부한테 사랑한다는 고백 같은 거
안 해?"

"안 하긴, 당연히 하지."

"어떻게?"

다정의 어깨를 부드럽게 감싸 안은 선호가 눈을 맞추며 나직
한 목소리로 말했다.

"니 내 맘 알제?"

간지럽게 웃음을 터뜨리는 다정의 이마에 짤막하게 입을 맞
춘 선호는 그녀가 누울 수 있도록 시트를 걷어주었다.

아직은 여린 이파리에 불과한 자신들의 사랑이 조금 더 성장
할 때까지, 기쁜 마음으로 참을 수 있을 것 같았다. 비록 손만
잡고 자는 이 밤이 고통스러울지라도 그조차 기쁨으로 받아들
일 수 있을 것 같았다.

다정과 함께 나란히 침대에 누운 선호는 가만히 그녀의 목 뒤
에 팔을 받쳐 주었다.

"다정아."

"어?"

"자다가 내가 이상한 짓 하려고 하면 뒤도 보지 말고 뛰어, 알
았지?"

순간 긴장하는 다정의 입술에 입을 맞춘 선호가 자상한 목소
리로 말했다.

"남자는 여자랑 달라서 사랑하면 만지고 싶고 더한 짓도 하고 싶고 그래. 이러면 안 되는 걸 알면서도 통제가 잘 안 되거든."

"나, 나 너 믿어."

"나는 믿어도 되는데 내 안에 사는 짐승은 믿으면 안 돼. 그런 일 없겠지만 만약에라도 그런 일이 생기면 곧바로 나가 버려. 알았지?"

목 뒤까지 벌겋게 달아오른 다정이 고개를 끄덕였다.

다정 역시 알고 있었다. 사랑한다는 약속 앞에서도 결코 넘지 말아야 할, 선이 있다는 사실을. 그럼에도 불구하고 자꾸만 금단의 성역 안으로 발을 넣고 싶은 게 솔직한 심정이었다. 그와 모든 것을 나눌 수 있다면, 그래서 더 깊은 우리가 될 수 있다면 그래도 되지 않나 싶은 자기변명마저 들었다.

"소중하게 아껴주고 싶어."

"고마워."

"알제?"

이제는 알아들을 수 있는 그의 농담에 키득거리며 다정은 가만히 그의 가슴에 얼굴을 묻었다. 기억조차 아득해져 버린 아버지의 품이 떠오르는 것 같았다.

'선호야, 나 있잖아, 널 더 많이 사랑하게 될 것 같아. 네가 너무 든든해서 기대게 될 것 같고, 널 아주 많이 믿어버리게 될 것만 같아.'

수줍은 고백을 마음을 속삭이며 다정은 천천히 달콤한 잠 속으로 빠져들었다. 손을 꼭 잡은 어린 연인들의 꽃잠을 축복하듯 창밖에선 여린 빗줄기 소리가 들려오기 시작했다.

8. 비밀이 생기다

'**첫**날밤'이라는 말이 가지고 있는 숨은 뜻을 모르는 건
아니지만, 다정은 선호와 함께 보낸 첫날밤을 평생 잊을 수 없
을 것만 같았다. 그의 팔을 벤 채 손을 꼭 잡고 늦은 오후가 지
난 뒤에야 잠에서 깬 탓에 바다엔 가지 못했지만.

잠에서 막 깨어난 얼굴로 사랑하는 사람의 얼굴을 바라보는
일은 어색하기도 했고 나름 행복하기도 했다. 단내가 묻어나는
입술을 나누는 일 또한 그리 민망하지 않았다.

무엇보다 그와 자신 사이에 다른 사람들과는 나눌 수 없는 내
밀한 비밀이 생겨났다는 사실이 뿌듯했다.

나란히 욕실 거울 앞에 서서 양치를 하고, 아파트 단지 안에

자리한 마트에서 간단하게 장을 보고, 선호가 정성껏 차려낸 음식들로 식사를 하고……. 무엇 하나 선물 같지 않은 것이 없는 하루였다. 무위(無爲)를 즐기듯 그와 함께 보낸 하루가 너무도 행복할 따름이었다.

달콤한 하루를 보낸 두 사람은 빌린 차를 돌려줄 겸 두희의 집으로 향했다.

"어라, 같이 왔네?"

"오빠, 오랜만!"

"오랜만은, 엊그제 학교에서 봐놓고."

"헤헤, 그런가."

"저녁은 먹었냐?"

"아, 오빠랑 같이 먹으려고 그냥 왔어요. 아직 식사 안 했죠?"

"라면이나 하나 끓여 먹을까 하고 있었다."

"에이, 라면은……. 밥을 드셔야죠."

"잠깐만."

정이 듬뿍 담긴 눈으로 두 사람을 바라보던 두희가 울리는 전화기를 향해 다가섰다.

"여보세요? ……어쩐 일이시죠?"

처음 듣는 두희의 목소리에 놀란 다정의 시선이 그를 향했다. 전화기를 향해 등을 돌리선 그는 처음 보는 타인처럼 낯설게 느껴졌다. 푼수 소리를 들을 정도로 정이 많은 그에게 저런 모습이 있을까 싶을 정도로 두희의 목소리엔 냉기마저 묻어나 있었다.

"제가 알아서 합니다…… 아니요, 가지 않을 겁니다. 기다리지 마십시오. 먼저 끊겠습니다."

수화기를 내려놓은 두희가 무거운 한숨을 내쉬는 모습을 다정은 선호와 함께 먹먹한 시선으로 바라보았다.

어색한 분위기를 무마하려는 듯 선호가 말문을 열었다.

"형, 나가죠?"

"그럴까?"

"오랜만에 순대볶음 어때요?"

"좋지!"

그들이 알아온 두희답게 그의 눈가엔 미소가 머물었지만, 입가엔 아직도 경직된 표정이 걸려 있었다.

일요일인데도 신림동 먹자골목 안에 자리한 순댓집은 많은 손님들로 북적거렸다. 철판 순대볶음에 음료수를 주문했을 즈음, 두희는 평소의 표정을 회복하고 있었다.

"나이 먹는 게 무서워서라도 얼른 졸업을 해야겠어."

"형이 그런 소릴 하니 이상하네요."

"집에서 장가가라고 성화를 해."

"벌써요?"

"오빠, 벌써 장가가래요?"

"겸사겸사 집 안으로 들어앉히려는 속셈인 것 같은데 어림없지."

자조적인 실소를 머금은 두희가 사이다를 채운 잔을 다정에게 건네주었다.

지극히 정상적인 두 후배가 나란히 앉아 있는 모습은 지켜보는 그의 마음을 흐뭇하게 만들어주었다. 전부터 두 사람이 잘되길 바란 건 아마도 그런 이유 때문인 것 같았다.

"오빠가 결혼한다니까 너무 어색해요."

"자식아, 내가 언제 결혼을 한다고 그랬어? 집에서 그런다고 했지."

"오빠는 평생 혼자 살 사람처럼 보여요."

"예끼! 멀쩡한 총각 앞길을 막아도 유분수지. 다정이 너보다 훨씬 예쁘고 어린 여자 만나서 결혼할 거야, 난."

"커헉! 날강도!"

"하하, 형, 다정이보다 어리면 미성년자예요."

"인마, 두고두고 잘 키워서 슬쩍 할 거야."

"집에서 선을 보라고 하는 거죠?"

"그러게, 내가 벌써 나이가 그렇게 됐나 싶어서 서럽다. 그보다 오늘 만나서 데이트한 거냐?"

"예? 아, 네."

"뭘 그렇게 놀라?"

"놀라긴 누가 놀랐다고 그래요, 형."

"허, 이것들 수상한데? 킁킁……."

두희가 과장되게 냄새를 맡는 시늉을 하자, 괜스레 발이 저린 다정은 아직 덥혀지지도 않은 순대를 뒤집기 시작했다.

"아쭈, 오버모션까지! 셋 셀 동안 이실직고할래, 아니면 함구할래?"

할 말을 찾지 못한 다정을 대신해 선호가 대답했다.

"후자가 마음에 드는데요."

"낄낄, 다 컸다?"

"십 년쯤 뒷면 같이 나이 들어갈걸요, 아마."

"인마, 무슨 소리를 그렇게 섭하게 해? 지금도 같이 나이 들어가고 있으면서."

"하하, 역시 형입니다!"

"너희 둘처럼 잘 어울리는 커플도 드물지 싶다."

"정말이죠?"

"남녀 사이에 사랑이라는 게 잇속을 따지는 건 아니지만 너희 두 사람을 보고 있으면 황금비율이라는 생각이 들어."

"에이, 그건 아니다, 오빠. 솔직히 선호가 저보다 더 잘생겼고 공부도 더 잘하잖아요."

"낄낄낄, 다정아, 너는 그 소탈한 성격이 매력이야. 선호가 못 가진 걸 네가 가졌거든."

"네?"

"말했잖아, 남녀 사이의 사랑이 잇속을 따지는 게 아니라고. 뭐랄까, 너희 둘을 보면 감정에 있어서 서로 공평한 거 같아. 이게 맞는 표현인가. 요즘 애들답지 않게 사귀는 모습 자체가 진중해 보여. 보통 너희 나이 때 연애를 하면 붕붕 떠다니기 십상인데, 안정된 모습이 애 어른을 보는 것 같아. 그만큼 믿어진다는 소리겠지."

될 성싶은 나무는 그 떡잎부터 알아본다고 했던가. 두희가 아는 선호는 스무 살이라는 나이가 무색할 정도로 사려가 깊은 후배였다. 옛날로 치면 거상(巨商) 집안의 아들에다 국내 최고를 자랑하는 대학에 다니는 엘리트였다. 하지만 그에게선 배경을 빌미로 한 거들먹거림 따위는 찾아보기 힘들었다. 게다가 녀석은 외모마저도 출중했다. 기름독에 빠졌다 나온 것처럼 곱실한 외모는 아니지만, 꾸준한 운동으로 다져진 듯 보이는 탄탄한 근육질의 몸매와 선이 굵고 뚜렷한 이목구비는 연소한 나이에도 불구하고 자주 사람들의 시선을 잡아끌곤 했다. 작년이던가, 예분은 선호를 두고 그런 말을 했었다.

"선호는 말이에요. 뭐랄까, 딱 한눈에 들어오는 미소년 타입은 결코 아닌데, 볼수록 잘생겼다는 생각이 드는 거 있죠? 첫눈에 확 하고 들어오는 스타일은 대개 비주얼이 입체적이잖아요. 턱이 뾰족하다거나 얼굴형이 특출하다거나. 근데 선호는 말 그대로 보면 볼수록 잘생긴 얼굴인 거 있죠? 여자애들이 은근히 그런 스타일을 선호하거든요. 아, 그래서 걔 이름이 선호인가? 호호호, 근데 제 스타일은 아니에요. 전 마르고 키가 큰 남자가 좋거든요."

그에 반해 다정은 평범한 환경만큼이나 평범한 외모를 지니고 있었다. 신입생들이 들어올 때마다 끼니를 마다하고 일일이 수질검사를 하는 친구 녀석들의 말을 빌리자면, 다정 같은 스타일이 이십대 중반을 넘기고 나면 제대로 물건이 되는 거라지만 두희는 그다지 인정하고 싶지 않았다.

유난히 희고 고운 피부와 배꽃 잎을 닮은 동그란 얼굴이며 웃을 때 반원을 그리는 눈매가 무척이나 귀여운 아이였다. 소탈하기로는 선호의 경지를 넘어선 아이이기도 했다. 게다가 단순한 성격은 그녀 자신은 모르겠지만, 보기 드문 매력을 풍기곤 했다. 그렇다고 해서 물에 물 탄 듯 싱거운 성격은 결코 아니었다. 단순한 듯 보이면서도 맺고 끊음이 분명하고 우직한 것 같으면서도 놀라운 순발력을 지닌 그런 아이였다.

그런 후배들이다 보니 내심 그 둘이 잘되기를 바란 건 당연한 것인지도 모를 일이었다. 화려한 외모와는 거리가 먼, 자신들의 가치를 지닌 꽃 같은 후배들이었다.

지혜의 일 때문에 정신이 나가 두 사람이 사귀게 된 일을 제대로 축하해 주지 못한 일은 여전히 두희에게 미안함으로 남아 있었다.

"둘이 사귄 지 얼마나 됐지?"

"두 달이요."

"두 달이요."

약속이나 한 듯 같은 대답이 나오자 두희가 웃음을 터뜨렸다.

"요즘은 날짜 수로 얘기한다는데, 역시나 너흰들답다."

"함께할 날이 얼마나 많은데 그걸 일일이 세고 있어요."

"맞는 말이다. 늙어 꼬부라질 때까지 그 마음 변치 말고 서로 아껴줘."

"그럴 생각이에요."

"이야, 다정이 좋겠네?"

"헤헤……."

내민 혀로 아랫입술을 훑으며 다정이 기분 좋은 웃음소리를 냈다.

"내가 덜게."

다정의 손에서 자그마한 주걱을 받아 든 선호가 일인용 접시에 순대볶음을 덜어내기 시작했다. 때마침 주머니에 넣어둔 휴대폰이 울리기 시작하자, 다정은 얼른 플립을 열었다.

"여보세요?"

[다정아, 엄마야.]

"엄마!"

[밖이니?]

"응, 선호랑 두희 오빠랑 순대볶음 먹고 있어."

[그랬구나. 시험 보느라 고생 많았지?]

선호가 다정에게 입모양으로 자기를 바꿔달라고 말했다.

"고생은 무슨. 엄마, 저녁은?"

[먹었어.]

　"일요일이라 혼자 집에서 밥 먹었겠네?"

　[그렇지 뭐. 용돈이랑 하숙비 통장으로 넣었으니까 확인해
봐.]

　"벌써 그렇게 됐나."

　[시간이 어쩜 이렇게 빠른지 모르겠다. 자고 나니 봄이고, 조
금 있으면 여름일 테고. 나이가 들면 시간만 바짝바짝 간다더
니…….]

　"엄마가 무슨 나이가 많다고 그래? 참, 엄마, 어제 시험이 새
벽에 끝났거든."

　[말했잖아.]

　"아, 그랬나. 헤헤헤."

　[어제 하루 종일 잔다고 전화기도 꺼놔놓고선.]

　"아, 맞다!"

　[호호, 이제 우리 막내딸도 깜박깜박하는 모양이네?]

　"그런가 봐."

　[그런데 가끔 그렇게 새벽에 끝나니?]

　"응, 앞으론 자주 그럴 것 같아."

　[아이고, 서울은 밤길도 위험하다는데 괜찮겠어?]

　"선호 있잖아."

　[선호 학생이 새벽마다 데리러 와?]

　"그저께는 두희 오빠 차 빌려서 데리러 왔어."

[어머, 너무 고맙네.]

"엄마, 선호가 엄마랑 통화하고 싶다는데 바꿔즐게."

자연스럽게 타이밍을 잡은 다정은 선호에게 휴대폰을 건네주었다. 그런 두 사람을 두희가 따뜻한 눈으로 바라보았다.

"안녕하셨어요?"

[호호, 반가워요.]

"말씀 놓으세요, 어머니."

[맞아, 우리 그러기로 했지. 시험 보느라 애썼지?]

"애는요, 좋아서 하는 공부인걸요."

[어쩜 말하는 게 그렇게 어른스러워?]

"사주신 청바지 정말 잘 입고 있습니다. 볼 대마다 어머니 생각해요."

[호호, 그렇게 말해주니 내가 더 고맙네.]

"제가 먼저 전화를 드렸어야 했는데, 늦어서 죄송합니다."

[아니야, 괜찮아.]

"저, 다정이랑 교제하고 있습니다. 들으셨죠? 전화로라도 허락을 구했어야 하는데. 죄송합니다, 어머니."

[아니, 선호 학생은 어째 그리 매사가 어른스러워?]

"아직 나이가 어리다 보니 부족한 게 너무나 많습니다. 이해해 주세요."

[호호, 선호 군 부모님은 든든하시겠어.]

"걱정이 많으신걸요."

[에이, 설마.]

"참 어머니, 조만간 한번 찾아뵙겠습니다."

[대전에 오려고?]

"찾아뵙고 정식으로 인사드려야죠."

[가까운 길도 아닌데 부러 그러지는 마. 내가 서울에 한번 올라갈게.]

"아닙니다, 찾아뵙고 같이 식사도 하고 전처럼 영화도 보고 싶어요."

[호호, 정말 올 테야?]

"이번 달 중에 찾아뵈려고요."

[그럼 내가 맛있는 음식 많이 해놓을게.]

"기대하겠습니다."

[내가 다 든든하네 그래. 그래, 선호 군도 집에다 말씀드렸어?]

"말씀드렸어요."

[정말 요즘 청년 같지가 않아.]

"어머니께서 무척 궁금해하세요, 다정이에 대해서. 아마 한번쯤 서울에 오실 것 같아요."

[우리 다정이가 막내라 여러모로 부족한 게 많은데 어쩌나.]

"아니에요, 다정인 정말이지 속이 깊어요. 아마 부모님께서 보시면 무척 마음에 드셔할 거예요."

정중하게 예의를 갖추는 선호와 그런 그를 바라보며 빙긋 미소를 짓는 다정의 모습은 독불장군 같은 아버지로 인해 잠시 어둑했던 두희의 마음을 말갛게 게워내 주었다.

'너희 두 사람 참 보기 좋다. 아주 오랜 시간이 지난 뒤에도 지금처럼 좋은 모습이었으면 좋겠구나.'

톡 쏘는 사이다를 들이키며 두희는 두 후배를 향한 축원을 아낌없이 쏟아 부었다.

마음이 기준이 되고 나면 물리적인 수치는 뒤로 물러선다고 했던가. 집 앞에서 짧은 키스를 나눈 다정은 그와 함께 보낸 하루가 아쉬워 연신 뒤를 돌아다보았다. 꼬박 하루를 함께 있었는데 아주 짧은 찰나인 양 아쉬운 마음이 들었다. 어서 들어가라는 듯 손을 들어 보이는 선호에게 손을 흔들어준 다정은, 서둘러 하숙집 안으로 들어섰다.

씻을 사이도 없이 방으로 들어온 다정은 선호가 건네준 노트를 펼쳤다. 곤히 잠든 자신을 바라보며 쓴 편지라고 했다.

〈사랑하는 다정이에게.

아직까지 사랑이 어떤 건지 잘은 모르지만 널 보면 저절로 사랑이라는 말이 생각나곤 해. 오래도록 함께 있고 싶고, 더 많이 알고 싶고, 할 수 있는 한 아껴주고 싶은 이런 마음이 사랑일 거야. 그렇지? 곤히 잠든 네 모습이 정말이지 깨물어주고 싶을 만큼 귀엽다. 오랜만에 쓰는 편지라 그런지 길게 쓰기가 어렵네. 다음번엔 길게 쓸게.〉

짤막한 행간 사이에 숨어 있는 그의 마음이 다정을 미소 짓게 만들었다. 누군가 세상에서 가장 행복한 순간에 대해 묻는다면 대답할 수 있을 것 같았다. 그건 사랑받고 있다는 사실을 깨닫는 순간이라고.

그에게 문자를 보내고 싶은 충동을 꾹 누른 채, 다정은 책상 의자에 자리를 하고 앉았다. 화답하듯 온통 설레는 가슴을 담은 편지를 쓰기 위해.

"어쩐 일이세요?"

전철역 입구를 향해 다가서던 선호는 경직된 목소리로 휴대폰 너머에 있는 이에게 물었다.

[어쩐 일은, 보고 싶기도 하고 궁금하기도 해서 해봤지. 잘 지내지?]

태연하다 못해 천연덕스러운 목소리였다.

"잘 지내요."

[나한테 화난 거 있니?]

"왜 그렇게 생각하죠?"

[안부를 물었으면 당연 되물어야 하는 거잖아. 어디니?]

"밖이에요."

[너 다정이랑 정말 사귄다며? 성광이가 그러대.]

"······!"

지혜의 입에서 너무나도 자연스럽게 흘러나온 친구의 이름이 안 그래도 상해 있던 선호의 마음을 울컥하게 만들었다.

　[의외야, 너 같은 애가 그런 평범한 애를 사귀다니.]

　"제 사생활이에요."

　[호호, 너 오늘 무척 까칠한 거 아니? 여자 친구랑 다퉜니?]

　선호는 지끈거리는 관자놀이를 검지로 문질렀다. 정액권을 넣고 개찰을 해야 한다는 사실마저 잊은 채, 역사 안을 배회하고 있는 자신이 딱하기까지 했다.

　여전히 성광과 희돈이 지혜와 몸을 섞었다는 사실을 인정하기 힘든 까닭이었다. 어쩌면 태어나서 처음으로 맞닥뜨린 정서적 혼란인 것 같기도 했다. 깊은 심호흡으로 마음을 가라앉힌 선호는 단도직입적으로 지혜에게 물었다.

　"누나, 지금 시간 돼요?"

　별걸 다 묻는다는 듯 스트로를 입에 문 지혜가 빤히 선호를 바라보며 눈웃음을 쳤다. 당황할 줄 알았던 그녀의 태연자약함은 오히려 맞은편에 앉은 선호를 당황케 만들었다.

　토마토주스가 담긴 컵에 꽂힌 스트로를 천천히 뱉어낸 지혜가, 태연한 목소리로 물었다.

　"뭐가 궁금한데?"

　"누나가 더 잘 알 거라고 생각해요."

　"글쎄, 난 잘 모르겠는데."

지혜가 어깨를 으쓱 들었다 내렸다.

"즉흥적으로 누나 만난 거 아니에요."

"그러니까 네 말은 그거잖아, 진즉 나한테 묻고 싶었다. 맞지?"

"누나가 그러는 이유를 모르겠어요."

"하, 너 진짜 재미있다? 내가 뭘 어쨌다는 건데? 성광이가 그러던?"

"……."

"좌우지간 남자들 입 가벼운 건 알아줘야 해. 제 입으로 떠들고 다니던, 나랑 사귄다고?"

"없는 얘기 지어낼 애 아니에요."

언젠가는 썩 괜찮은 조건을 지닌 선호와 연을 맺으리라 생각한 지혜이지만, 상황이 이쯤 되고 나니 그에 대한 미련을 버릴 수밖에 없었다. 하긴 잘나가는 가수가 되기만 한다면, 선호 따위와는 비교조차 할 수 없는 괜찮은 남자는 얼마든지 만날 수 있었다.

"내가 물을게, 내가 성광이랑 만나는 게 너한테 불쾌한 일이니?"

"네, 아주 많이요."

"이유는?"

"진중하지 못한 거 질색이에요."

"호호, 너 말 정말 재미나게 한다? 진중하지 못해?"

알고 있는 모든 사실을 털어놓을 수 없는 선호는 차가운 생수로 답답한 마음을 가라앉혔다.

"선호, 네가 재미있는 거니, 아니면 성광이가 웃긴 거니? 지금이 어떤 세상인데 그런 식으로 진부한 생각을 해? 좋으면 좋은 거고 싫으면 싫은 거야. 거기에 무슨 조건이 필요해?"

"모든 사람이 그렇게 가벼운 사고방식으로 살진 않아요."

"날 가르치는 거니?"

"좋아하지도 않으면서 어떤 한 사람을 만나는 건 죄라고 알고 있어요."

"넌, 내가 좋아서 날 만나고 있니?"

"전 용건이 있어서 누나를 만나고 있는 것뿐이에요."

가슴 언저리에 팔짱을 낀 지혜가 사뭇 화가 난 표정으로 선호를 바라보며 말했다.

"성광이한테 무슨 소리를 들었는지 모르지만, 어디까지나 나와 성광이 사이의 문제야. 아니니? 제삼자인 네가 나서서 이래라저래라 할 일이 아니라고."

"성광이 사랑하나요?"

"하!"

어처구니가 없다는 듯 입을 쩍 벌린 지혜가 이내 고개를 뒤로 젖히고 웃어대기 시작했다. 어느 순간 자리에서 일어선 그녀가 테이블을 지나 옆으로 다가오자, 선호의 얼굴에 난감한 표정이 드러났다.

"왜 이러세요?"

"호호, 네 옆에 앉아서 조용하게 얘기 좀 해보려고."

한순간 사람의 마음을 잡아끌 만한 미모를 지닌 여자의 웃음이, 소름이 끼치도록 경박할 수 있다는 사실을 선호는 인정해야 했다.

바짝 긴장한 선호의 어깨에 손을 올린 지혜가 그가 마시다 만 커피 잔을 입술로 가져갔다.

"사랑을 아니?"

"……."

"난 다른 건 몰라도 사랑 하나만큼은 알거든."

대뜸 선호의 손을 잡아끈 지혜가 봉긋하게 솟은 가슴 언저리에 잡은 손을 가져다 댔다. 당황한 듯 가쁜 호흡을 토해내는 선호의 모습을 보자, 이대로 포기하기엔 더없이 아깝다는 생각이 들었다.

"적어도 누군가를 좋아한다는 건 이런 거야. 심각할 정도로 뛰잖아. 하지만 이 이상 뛰는 건 사랑이 아니야, 감정이지."

"불쾌해요."

지혜의 손을 밀쳐 낸 선호가 자리에서 일어섰다.

"성광이한테 무슨 소릴 들었는지 모르지만, 나 그 애 사랑하지 않아. 물론 후배로서, 친구로서 좋아는 해."

하얗게 질린 선호의 시선이 지혜를 향했다. 그런 선호에게 시선조차 주지 않은 채 지혜가 물었다.

"어디까지 알고 있니?"

두희의 말처럼 그녀를 만나는 게 아니었다는 진한 후회가 밀려들었다. 칼 한 자루 손에 들지 않고 맨몸으로 전쟁터에 나선 경솔한 병사가 된 듯, 가슴 한구석이 헛헛해 왔다. 하지만 일을 벌인 사람도 자신이고, 수습해야 할 사람도 자신이었다.

답답한 가슴에 손을 얹은 선호는 천천히 자리에 앉았다. 생각했던 것 이상으로 세찬 바람이 불어올 것만 같은 밤이었다.

"맥주 한 잔 할래?"

"나가죠."

어쩌면 지혜와 끝 간 데 없는 이야기를 나누게 될지도 모른다는 생각을 하며, 선호는 그녀와 함께 카페를 빠져나왔다.

두어 잔의 맥주가 들어가고 나자 지혜는 순순히 그녀 자신에 대한 이야기를 풀어놓았다. 그중엔 선호가 미처 듣지 못한 끔찍했던 과거까지 포함되어 있었다.

"탈선이라는 말 들어봤지?"

"네."

"되게 웃긴 소리 하나 해줄까? 끔찍하게 힘들던 그 시절에 사람들은 나를 가리켜 탈선한 소녀라고 하더라. 한데 뭐가 있어야 탈선이잖아."

"……?"

"기차는 철로를 따라 달리고 비행기는 궤도를 따라 달린다며? 가야 할 길을 벗어나는 게 탈선인데, 나 같은 애들한테는 누가 그어준 선 같은 게 없었거든. 그런데 어떻게 그게 탈선이야? 어쩔 수 없는 자구책이지. 안 그래? 나라고 생각이 없는 건 아니야. 그렇게 사는 내가 난들 좋았겠니, 끔찍하게 싫었지."

인정하기 싫었지만 선호는 순간 지혜에게 인간적인 연민을 느꼈다. 원치 않는 삶을 살 수밖에 없었던 열 몇 살 소녀의 마음이 고스란히 느껴진 까닭이었다.

누군가 어린 시절의 지혜에게 고마운 손을 내밀어주었다면 그녀가 이렇게까지 되진 않았을 것 같았다.

"살면서 지금처럼 행복한 순간이 없었어. 그럼에도 불구하고 여전히 내 속엔 지난 시간의 흔적이 남아 있지만 말이야."

"의지라는 게 있잖아요."

"습관이 얼마나 무서운지 아니? 끊어야지 끊어야지 하면서 담배 못 끊는 사람하고 똑같아. 게다가 아무리 험하게 살았어도 나 역시 여자거든. 남들이 보면 내가 생각없이 인생이나 즐기는 삼류처럼 보이겠지만, 적어도 나한테는 그런 게 아니야. 누군가에게 정상적인 대우를 받고 싶어서 몸부림치는 거야."

"누나 지극히 정상이에요."

"후후, 그러길 바라는 거겠지…… 성광이 나한테 아무것도 아니야. 그 애뿐 아니라 누구라도 똑같아. 그저 아는 사람이고, 내가 그 애들과 잠을 잔 건 내 습관일 뿐이야. 그조차 나한텐 아무것도 아니니까."

솔직한 것 이상의 달변(達辯)은 없다고 했던가. 진심 이상으로 사람의 마음을 움직이게 만드는 것 또한 없다고 했던가.

일찍이 존재의 소중함을 상실한 지혜의 솔직한 고백은 단단하게 굳어 있던 선호의 마음을 움직이게 만들었다. 그녀의 말처럼 처음부터 잘못된 사고를 지닌 사람이라면, 화를 내는 것조차 무의미한 일이란 생각이 들었다. 누군가 그녀에게 무엇이 옳고 그른지를 알려주는 것만이 필요할 뿐.

"선호야."

적당하게 취기가 오른 목소리가 선호의 이름을 불렀다.

"말씀하세요."

"나 사실 희돈이랑도 잤다."

"……."

"후후, 알고 있었구나, 안 놀라는 걸 보니."

"옳지 않다는 걸 알면 그만둬야죠."

"희돈인 성광이랑 달라."

"……?"

"오히려 성광이랑 있을 때보다 희돈이랑 있을 때가 더 편해. 뭐랄까, 희돈인 내 가치를 아는 애 같아."

이해할 수 없는 지혜의 말에 맥주 잔을 거머쥔 선호가 의아한 눈으로 그녀를 바라보았다.

"대놓고 날 부담없어하더라."

"네?"

"여자만 육감이 있는 게 아닌가 봐."

지혜의 얼굴에 서글픈 미소가 떠올랐다. 아무리 변죽 좋기로 소문난 희돈이라지만 선호는 선뜻 그녀의 말을 믿을 수가 없었다.

"사실대로 말할게, 성광인 아주 부담스러운 애야. 내가 제 전부라고 생각하거든. 쉼없이 눈치를 보고 떠받들듯 잘해주고 내 말 한마디에 우왕좌왕하고…… 아마도 그 앤 내가 살인을 해도 내 편을 들어줄 거야."

성광이의 성격이라면 당연 그럴 수 있는 일이었다.

"그렇다고 해서 성광이가 날 아끼거나 사랑하는 건 아니야. 제가 생각하고 싶은 대로 날 생각하는 것뿐이지. 그런 스타일 많이 봐왔거든. 아마도 그 앤 내 과거를 알게 되거나 내 현재를 알게 되면 날 죽이려고 할지도 몰라."

생각이라고는 전혀 없을 것 같던 지혜의 머릿속에 그토록 많은 생각들이 자리하고 있다는 사실이 낯설었다.

"희돈이는 뭐랄까, 본능적으로 아는 애 같아. 아, 이 여자는 부담없이 즐겨도 되는구나 하는 사실을 말이야. 그 애랑 있으면 마치 손님을 받고 있는 기분이 들곤 해. 그래서 더 편안한 건지도 모르겠어. 스무 살이 됐든 마흔 살이 됐든 남자란 다 똑같은 것 같아. 후후후……."

답답한 덩어리 하나가 명치끝을 자근자근 눌러대는 것 같았다. 선호는 거푸 두 잔의 맥주를 입 안으로 털어 넣었다.

겁없이 판도라의 상자를 연 데 대한 죗값일까. 이 밤엔 아무리 마셔도 취할 수 없을 것만 같은 두려움이 들었다.

불알친구에 가까운 두 친구의 다름을 탓하고 싶은 마음 같은 건 없었다. 아무리 친한 사이라고 해도 서로의 다름이란 얼마든 존재하는 법이었다. 설령 성광과 희돈에게 자신이 미처 알지 못한 성격이 자리하고 있을지라도 그건 어디까지나 그들의 개성이었다.

침울한 침묵을 사이에 두고 테이블 위엔 어느덧 수다한 빈병이 늘어갔다. 침묵을 깨고 메시지가 도착했다는 사실을 알리는 수신음이 들려왔다.

〈잘 자, 그리고 내 꿈 꿔!〉

자그마한 액정 위에 떠오른 다정의 메시지에 선호는 답하지 않았다. 아니, 답할 수가 없었다.

휴대폰의 플립을 닫으며 선호가 무거운 목소리로 말했다.

"아닌 걸 알면 돌이키는 게 옳아요. 아무리 걸어온 길이 길지라도 돌이킬 수 있잖아요."

"대학에 들어오고 나서 당위라는 말을 배웠어. 그래야 될 당위를 모르겠어."

"누나는 자신이 아깝지 않아요?"

"내가?"

전혀 공감하지 못하겠다는 듯 두 눈을 둥그렇게 뜨는 지혜의 모습은, 아픈 화살처럼 선호의 가슴을 파고들었다.

스스로를 즉흥적인 것과는 먼 사람이라고 생각해 온 선호는 종업원에게 소주 두 병을 주문했다. 도저히 맨정신으로는 지혜에게 하고 싶은 얘기를 쏟아낼 수 없을 것 같았다.

9. 연민, 그리고 미혹

색채학 수업 때문에 겨우 세수만 하고 학교에 왔던 다정은 마지막 과목인 공예와 문화 수업이 끝나자마자 화장실로 달려가 간단하게 화장을 했다. 화장이라고 해봐야 고형으로 된 베이비파우더에 립글로스가 전부였지만.

두 개의 색조 화장품은 대학에 입학하자마자 엄마가 사준 선물이었다. 그날 엄마는 그렇게 말했다.

"화장이란 여자한테 있어서는 예의이기도 하고 자랑스러움이기도 해. 누구에게 보이기 위한 게 아니라 내 자신을 위한 치장이거든."

그래서일까. 다정은 거의 매일 간단한 화장 정도는 거르지 않고 하고 다녔다. 옅은 핑크 빛깔의 립글로스를 정성껏 바른 다정은 화장실을 빠져나왔다.

두툼한 책을 앞가슴에 끌어안은 예분이 벽에 등을 기댄 채 그녀를 기다리고 있었다.

"정성이야, 정성."

"넌 화장 안 해?"

"세수하는 것도 귀찮아. 이야, 그래도 그거 조금 발랐다고 얼굴이 확 달라 보이네?"

"당연하지. 너도 바를래?"

"귀찮아."

"좌우지간 너처럼 게으른 애는 처음 봐."

"놔둬, 이렇게 살다가 죽게. 안 늦었지?"

"여유있어. 그것도 아주 많이."

두 사람은 느긋한 걸음으로 교문 쪽을 향해 걸음을 옮겼다.

"어이, 송예분!"

등 뒤에서 들려온 목소리에 고개를 돌리니 가방을 어슷하게 둘러맨 희돈이 서 있었다.

"오랜만이네?"

"진짜 백 년만이다. 어라, 다정이도 있었네?"

"난 눈에도 안 보여?"

"워낙 자그마해서 말이지, 하하하. 참, 선호랑 사귄다며? 축하, 축하!"

새침한 표정을 한 다정은 희돈이 내민 손을 조심스레 잡았다.

"희돈이 넌 뭐 하고 사느라 코빼기도 안 보이니?"

"사는 게 바쁘다."

"아쭈, 누가 보면 비즈니스라도 하는 줄 알겠네?"

"나름 바쁘다 이 말이지, 밥 먹으러 가냐?"

"아, 선호네 학교 축제잖아, 거기 가는 길이야."

"아, 맞다, 그랬지! 자식 여자 친구라고 초대했나 보네?"

"같이 갈래?"

"수업도 없는데 그럴까? 몇 시까지 가기로 했는데?"

"일곱 시."

"아직 시간 많이 남았네. 너희들 저녁 아직 안 먹었지?"

전에 없이 씩씩해 보이는 희돈이 선뜻 저녁을 사겠다고 하자, 두 사람은 군말 않고 그와 함께 학교 근처의 식당으로 향했다.

빨간 케첩이 뿌려진 오므라이스를 포크로 헝클리며 예분이 물었다.

"좋은 일 있냐?"

"글쎄."

"냄새가 진하게 나는데 글쎄는 무슨 글쎄야. 불어봐."

"애들은 밥이나 먹지?"

"아쭈! 연애한다 이거지?"

"난 그런 말 한 적 없는데."

"희돈이 너 연애해?"

두 사람 사이에 오가는 싱거운 농담을 듣고 있던 다정이 조심스럽게 물었다.

"비슷한 거."

"어머! 정말?"

"밥 사준다고 할 때부터 알아봤다, 내가. 낄낄, 그래서 상대는 누구냐?"

피식 웃음을 터뜨린 희돈이 돈가스를 썰며 말했다.

"너희들도 아는 사람."

의구심이 인 다정이 예분과 눈을 마주쳤다. 아무리 생각을 해봐도 선뜻 떠오르는 얼굴이 없었다.

"우리 과야?"

"아니."

"다정아, 너 문창과에 아는 애 있니?"

"없는데."

"알고 싶은 게 많으면 먹고 싶은 것도 많다더라, 어서 밥이나 먹어."

뭐가 그렇게 좋은지 희돈은 연신 싱글거리며 잘라낸 돈가스를 입 안으로 밀어 넣었다.

"박희돈, 내가 은근히 학구파거든."

"궁금한 게 있으면 식욕이 떨어진다고."

"푸하하······."

말도 안 된다는 듯 파안을 한 희돈이 서둘러 물을 들이켰다.

"누구랑 사귀는 거야?"

"궁금하냐?"

"심하게."

입가에 묻은 물기를 닦아낸 희돈이 태연한 목소리로 말했다.

"소지혜."

다정이 자신도 모르게 포크를 내려놓은 순간, 예분이 크다 싶은 목소리로 되물었다.

"뭐?"

"반응이 왜들 이래?"

"장난하지 말고 사실대로 말하시지?"

"사실이야, 나 지혜랑 사귀고 있어."

누나라는 호칭을 생략한 그의 말은 사실처럼 들렸다. 하지만 다정은 믿을 수가 없었다. 아니, 믿고 싶지 않은 것 같기도 했다. 그런 다정의 귀에 다소 냉소적인 예분의 목소리가 들려왔다.

"희돈이 너 스타일 한번 독특하다?"

"하하, 지혜가 어때서?"

"그런 스타일 좋아하니?"

"지혜 같은 스타일 싫어하는 남자가 있을까?"

행복해 죽겠다는 표정을 한 희돈이 문득 다정에게 말했다.

"다정아, 휴대폰 좀 빌려줘 봐."

"어……?"

여전히 멍한 다정은 얼떨결에 희돈에게 휴대폰을 건네주었다. 얼마 지나지 않아 그가 통화를 하는 목소리가 들려왔다.

"어, 나야…… 어디긴 학교지. 학교 앞에서 가엾은 중생들 밥 사 먹이고 있다. 어허, 다다익선이라 했거늘…… 그러는 지혜 넌 지금 어딘데? 어쩐지 과사무실에 들렀더니 학교 안 온 것 같다고 하더라. 툭하면 땡땡이지? 배 아픈 건 좀 어때? ……그래? 이따가 약 한 번 더 지어 먹을래? 그래, 그럼 쉬고 있어. 이따가 저녁때 다시 전화할게."

더할 것도 덜할 것도 없이 희돈의 말은 사실인 모양이었다. 제법 가까운 친구에게 여자 친구가 생겼다는데 선뜻 축하해 주지 못하는 자신이 다정은 어색하기만 했다. 그렇다고 해서 마음에도 없는 축하를 해주고 싶지는 않았다.

"잘된 건지 아닌 건지 모르겠네."

"하하, 그건 또 무슨 소리야?"

"미안한 말이지만 난 개인적으로 그런 스타일 질색이거든."

"네 취향에 맞춰 여자 친구를 사귈 순 없잖아."

단번에 예분의 말을 잘라낸 희돈은 아무렇지 않은 표정으로 돈가스를 입으로 가져갔다.

인정과 용납…….

버스를 타고 선호의 학교로 향하는 내내 세 사람 사이에 가로놓인 침묵은, 그 둘의 차이가 무엇인지를 알게 했다. 어쩔 수 없이 지혜가 희돈의 여자 친구라는 사실을 인정할 수밖에 없지만 굳이 용납하고 싶지 않은 마음 때문이었다.

천천히 내려앉는 석양을 바라보며 정문 앞으로 걸어가자 미리 나와 있던 선호가 번쩍 손을 치켜들었다.

헐렁한 간격의 스트라이프 무늬가 들어간 니트에 베이지색 바지를 입은 그를 보자 다정은 새삼 가슴이 설레기 시작했다. 일 년이 넘게 보아온 얼굴인데 근래의 그는 볼 때마다 새로운 설렘을 맛보게 해주곤 했다.

"어라, 희돈이도 왔네?"

"인마, 반가운 시늉이라도 좀 해라."

아닌 게 아니라 희돈을 발견한 선호의 얼굴엔 언뜻 당혹감마저 묻어나는 것 같았다.

"선호야, 다정이 덕분에 나까지 불러줘서 고마워."

"고맙기는. 저녁은 먹었니?"

선호의 곁에 선 다정이 고개를 끄덕였다.

"너는?"

"구내식당에서 먹었어. 올라가자."

"인마, 그래도 명색이 여자 친구인데 손 정도는 잡아야지?"

희돈이 장난스럽게 농담을 던졌지만, 선호는 피식 웃음을 터뜨릴 뿐 다정의 손을 잡지 않았다.

"애들은 구석기 시대 연애를 선호하거든. 안 그래, 선호야?"

대놓고 손을 잡는다거나 낯 뜨거운 행동을 하는 일 없는 두 사람을 너무도 잘 알고 있는 예분이 거들듯 말했다.

"참, 예분아, 지난번에 말한 소개팅 말이야. 우리 과에 정말 괜찮은 형이 하나 있는데 만나볼래?"

"어……?"

"그래, 다정아. 어제 선호한테 얘기 들었는데 성격도 좋고 아주 괜찮대. 꼭 한번 만나봐."

"소, 소개팅은 무슨."

예분은 손사래를 저었다. 일가친척은 물론 동네 사람들까지도 아버지를 천하의 난봉꾼이라고 부르곤 했다. 바꾸어 말하면 예분 자신은 천하의 난봉꾼의 딸인 셈이었다. 아버지로 인해 남자에 대해 뿌리 깊은 불신이 생겨났고, 그 아버지로 인해 자신이 남들과 다를 수밖에 없다는 사실을 인정할 수밖에 없었다.

지극히 정상적인 다정이 그녀만큼이나 정상적인 선호를 만나 보편적인 연애를 하는 모습을 보며, 예분은 다시금 깨달을 수 있었다. 보편적이지 않은 환경이 훗날 자신에게 커다란 상처를 주게 될 거라는 사실을. 만일 누군가를 사랑하게 된다면 더욱 그럴 것 같았다. 사랑하는 사람에게 '사실 내 아버지는 난봉꾼이에요'라는 고백을 할 자신도 없었고, 그럴 만한 상황을 만들고 싶지도 않았다. 무엇보다 할머니와 어머니를 거친 내력이 자신에게까지 이어지는 일을 보고 싶지 않았다.

"너 남자 결벽증 있냐?"

"그렇다면?"

"아서라, 그런 게 멋이라고 생각하는 애들이 꽤 되는 것 같은데, 정상적으로 사는 게 제일 좋은 거야."

"너나 잘해, 박희돈."

"예분아, 그러지 말고 한번 만나나 보자."

제 일인 양 좋아하는 다정을 보자 예분은 괜스레 우울한 기분이 들었다. 일찍 아버지를 여의었다고는 하지만 어그러지고 그른 것과는 거리가 멀게 살아온 다정이, 자신을 온전히 이해할 수 있을 것 같지 않았다.

"나중에, 지금은 별로 생각이 없어."

"그러지 말고 한번 만나나 보지?"

"별로 안 당겨."

씁쓸한 예분의 미소가 더는 소개팅을 해보라는 말을 못하게 만드는 것 같았다.

왁자한 웃음소리와 멀찍한 곳에서 들려오는 풍물패 소리가 늦봄 축제의 운치를 더해주고 있었다.

"어, 왔어요?"

언젠가 얼굴을 익힌 선호의 친구 몇몇이 다가와 다정에게 반갑게 인사를 건넸다.

"안녕하세요?"

다정은 그의 친구들에게 예분과 희돈을 소개했다. 그사이 휴대폰의 플립을 여는 선호의 모습이 보였다. 무슨 일이 있나 싶게 어둑한 얼굴이었다. 함께 있는 사람들만 아니라면 무슨 일이 있느냐고 묻고 싶었다.

"잠깐만 내려갔다 올게."

막 교문 안으로 들어섰다는 지혜의 전화를 받은 선호는 무거운 마음으로 걸음을 옮겼다. 복병처럼 등장한 희돈이 여전히 당황스럽기만 했다.

루스한 긴 남방에 쫙 달라붙는 청바지를 입은 지혜는 멀리서 보기에도 한눈에 띄었다.

"하아 하아, 내가 좀 늦었지?"

"맞게 왔어요. 뛰어왔어요?"

"어, 기다릴까 봐."

오해의 근본은 사람에 대한 무지라는 사실을 알게 해준 사람이었다.

"저기, 누나……."

"왜?"

선호에게 있어 지혜의 눈은 더 이상 짙은 세속에 물들어 있는 것처럼 보이지 않았다. 일찍이 보호가 필요했던, 누군가의 따스한 돌봄과 나눔이 필요했던 그런 눈빛일 뿐이었다.

"희돈이가 와 있어요."

"……!"

밤새 술을 매개 삼아 속내를 털어 보이던 그날, 지혜는 말했다. 할 수만 있다면 자욱한 과거를 털어내고 싶다고. 몇 번이고 죽고 싶다는 생각을 꺼낸 그 용기로 다시 시작하고 싶다고. 성광과 희돈으로 이어진 과거의 잔재를 잊고 새롭게 출발하고 싶다고. 그리고 그 밤 선호는 약속했다, 그런 그녀의 다짐을 돕는 든든한 아군이 되어주겠노라고.

잠시 생각을 고르는 것 같던 지혜가 말했다.

"그래도 올라갈래."

사랑이란 동등한 대상과의 교감이고, 연민이란 지켜줘야 할 대상을 향한 품음이었다. 적어도 선호가 생각하는 그 둘의 차이는 그랬다. 그런 그였기에 지혜에게 노골적으로 정색을 하는 다정과 예분의 표정은, 의아함보다는 반감을 자아내게 만들었다. 예분은 그렇다고 쳐도 다정의 행동은 쉽게 이해가 되지 않았다.

적잖이 놀라하는 희돈과 긴장한 표정을 감추지 않는 다정을 바라보며, 선호는 지혜의 안색을 살폈다. 그 두 사람이 지혜가 살아낸 과거를 알 리란 생각은 들지 않았지만, 괜스레 그녀가 안쓰럽게 느껴졌다. 한갓 축제에 초대받은 것뿐인데 오지 말아야 할 자리에 온 사람 취급을 받는 그녀가 딱하기까지 했다.

말문을 연 사람은 희돈이었다.

"어떻게 온 거야?"

"어, 선호가 초대해 줘서."

마뜩찮은 눈으로 선호를 올려다본 희돈이 지혜의 어깨에 손을 얹었다. 마치 소유권을 주장하듯.

'희돈이는 날 인격체로 생각하지 않아. 그저 가지고 놀기 좋은 노리개일 뿐이야. 그래서 더 편했던 거야.'

선호는 문득 지혜의 목소리가 귀에 들리는 것 같았다. 그런 그의 귓전에 빈정거림 섞인 예분의 목소리가 들려왔다.

"선호야, 오늘 들었는데 희돈이랑 지혜 선배 사귄대."

치밀 것 같은 더운 숨을 가까스로 삼킨 선호가 예분에게 말했다.

"송예분, 사람을 봤으면 인사 정도는 해야 하는 거 아니야?"

"뭐?"

"다정이 너도 그래. 지혜 누나가 왔으면 아는 척은 해야지. 둘 다 사과해."

벌레 씹은 얼굴을 한 예분과 달리 다정의 뺨에서 순간 핏기가 말갛게 가시기 시작했다.

"선호야, 그러지 마. 다들 의외라 그랬을 거야."

전에 없이 사근사근한 지혜의 목소리에 예분은 울컥 구역질이 치밀 것 같았다.

"하긴 나도 놀랐는데 뭐."

거듭 희돈이 말했지만 선호의 상한 마음은 수그러들지 않았다. 지혜를 데리러 내려갈 때까지만 해도 미처 다정에게 말하지 못한 사실이 마음에 걸렸던 게 사실이었다. 뜻하지 않게 희돈이 동행하지만 않았다면 다정에게 사정 이야기를 하려고 했었다.

"좋은 날 서로 얼굴 붉히지 말자, 그것도 나 때문에."

속죄라도 하듯 분위기를 아우른 지혜가 희돈의 팔짱을 꼈다. 그리곤 작은 목소리로 희돈과 이야기를 나누기 시작했다.

하지만 서먹함과 긴장으로 들어찬 그들에게 축제를 만끽할 여유 따위는 존재하지 않았다. 건성으로 이곳저곳을 돌아다니며 각자의 생각에 빠졌을 뿐.

"다정아, 가서 마실 거 사 오자."

넌지시 일행을 빠져나온 선호는 한적한 숲 근처를 향해 걸음을 옮겼다.

"설명해 줄래, 어떻게 된 일인지?"

"미리 양해를 구하지 않은 건 미안해."

선호를 바라보는 다정의 눈빛은 그리 곱지 않았다. 무안함이 만든 거리감은 이전엔 맛보지 못한 먹먹함을 자아냈다.

"무슨 양해?"

"지혜 누나를 초대한 일. 희돈이가 올 거란 생각을 미처 못했어."

"그 둘이 무슨 상관이지?"

"널 보면 바로 이야기할 생각이었어. 그런데 생각지 않게 희돈이가 같이 와서 잠깐 당황했던 거야."

"당황? 정말 당황스러운 사람은 나야."

"이야기할 생각이었다고 말했잖아."

"지금 나한테 화내는 거니?"

"화내는 게 아니라 내 입장을 설명하고 있는 거야."

"하!"

"그런 식으로 받아들이지 마."

"한 가지만 묻자, 초대받은 사람이 지혜 선배 하나니? 어떻게 사람을 그렇게 대놓고 무안을 줄 수가 있어?"

"내가 실수한 건 인정해, 하지만 너나 예분이도 실수한 건 마찬가지야."

"실수?"

선호를 올려다보는 다정의 목소리가 파르르 떨렸다. 무안도 무안이지만 시종일관 지혜에게서 시선을 떼지 못하는 그의 태도를 다정은 이해하기 힘들었다. 아니, 굳이 이해하고 싶지 않았다.

"적어도 사람을 봤으면 인사 정도는 해야지, 대놓고 불쾌한 내색을 하면 어떻게 해?"

"그러니까 네 말은 지혜 선배를 무안하게 했으니까, 당연 우리 둘도 무안을 당해야 한다 그거니?"

나는 네 여자 친구라는 말이 목구멍 밖으로 튀어나올 것만 같았다. 하지만 이미 생겨 버린 거리는 그런 말조차 참게 만들었다.

"그런 게 아니야."

"그만 돌아갈게."

"다정아!"

"이런 기분으로 너랑 같이 있고 싶지 않아."

"왜 이렇게 편협하게 받아들이는 거야?"

"편협?"

"자초지종 들어볼 생각은 하지 않고 화부터 내는 게 편협해."

"너그러운 너는 네가 초대한 손님들하고 좋은 시간 보내, 편협한 나는 내 친구 데리고 돌아갈 테니까."

더는 선호와 어떤 말도 하고 싶지 않다는 생각이 든 다정은 잔뜩 화가 난 가슴을 안고 걸음을 옮겼다.

"다정아!"

뒤따라온 선호가 팔목을 잡았지만 다정은 냉정하게 뿌리치고 일행이 있는 곳으로 향했다. 눈물이 쏟아질 것만 같아 입술을 꼭 깨문 채.

마치 무엇인가에 홀린 듯 미아(迷兒)가 된 기분이었다. 하얗게 질린 다정을 붙잡지 못하는 자신이, 더 이상 지혜에게 집중할 수 없는 자신이, 미로 속에서 헤매는 사람처럼 느껴졌다.

앞뒤 사정을 전혀 알지 못하는 다정에게 너무 일방적이었다는 후회도 들었다. 하지만 그렇다고 해서 희돈과 지혜를 남겨두고 그녀를 쫓아갈 수는 없었다. 아무리 캠퍼스가 넓다고는 하나 성광과 맞닥뜨리지 말란 법이 없었다.

자연스럽게 다정과 지혜 사이의 가교 역할을 하고 싶었던 바람을 상실한 선호는, 두 사람과 함께 학교를 빠져나왔다.

"다정이 화 많이 났니?"

"아니에요, 누나. 괜찮을 거예요."

"아휴, 내가 괜히 왔나 봐."

"지혜야, 그런 생각 하지 마. 다정이랑 예분이가 속이 좁아서 그런 거야."

꼬박꼬박 지혜의 이름을 부르는 희돈의 태도 역시 선호는 마음에 들지 않았다.

세 사람이 막 교문을 빠져나올 즈음이었다. 노란빛이 도는 점퍼를 입고 교문 안으로 들어서던 성광이 놀란 표정으로 걸음을 멈추었다.

"자식, 되게 오랜만이네!"

낯이 점퍼 빛깔로 변한 성광과 달리 희돈의 얼굴엔 간만에 친구를 만난 반가움이 서렸다. 장대비를 흩뿌릴 것만 같은 먹장구름이 밀려드는 걸 느끼며 선호는 두 눈을 질끈 감았다 떴다. 차마 지혜의 표정을 살필 자신이 없었다.

"어, 어쩐 일이야?"

"어쩐 일은, 축제 보러 왔다가 술 한잔하러 가는 길이지. 이제 오는 길이냐?"

"으…… 응."

짧은 순간 선호의 머릿속에 많은 생각들이 스쳐 지나갔다. 성광과 희돈이 친구가 아니라 아득한 타인이라면, 이 순간 어떤 반응을 보일까 싶었다. 아마도 지혜의 편에 서서 그 두 사람을 철저하게 갈라놓았을 것 같았다.

"참, 성광아, 미리 말 못했다. 나 지혜랑 사귄다."

시커먼 먹장구름이 온 시야를 가리는 순간이었다.

"사귀긴 언제 사귀었다고 그래?"

앙칼진 지혜의 목소리가 들려왔다.

"이게 사귀는 거지 다른 게 사귀는 거야?"

"박희돈, 너 오늘 상당히 오버하는 거 알아? 적어도 난……."

"지혜 네가 날 사랑하고 내가 널 사랑하면 됐지, 아니야? 사귀자는 말 따위가 필요해서 그러는 거야?"

갑자기 그러는 이유를 모르겠다는 듯 희돈이 의아한 얼굴로 물었다.

달게 지혜의 편이 되어주겠노라고 약속을 하긴 했지만, 선호는 겁이 났다. 연유야 어찌 됐든 저마다 지혜와 배타적인 관계를 맺은 친구들이었다. 그 둘 앞에서 지혜의 편이 되어야 하는 일이 두렵기까지 했다.

'유선호, 비겁하게 왜 이래? 열세 살 소녀로 돌아가고 싶다던 지혜 누나의 눈물을 잊으면 안 돼.'

달아나고 싶은 마음을 추스른 선호는 조심스럽게 지혜에게 말을 건넸다.

"누나, 넷이서 같이 얘기할까요?"

"소지혜가 선호한테 꼼수를 쓴 게 틀림없어. 그렇지 않고서야 그럴 수가 없어. 밉다 밉다 아주 점입가경에 설상가상이야."

다정이 아끼는 쿠션을 꼭 끌어안은 예분이 벽에 등을 기댄 채 지혜에 대한 울분을 토해냈다.

어찌나 화가 나던지 벽이 얇은 하숙집만 아니라면 고래고래 소리라도 지르고 싶었다. 그런 예분과 달리 다정은 입술조차 떼지 않은 채 방바닥만을 주시하고 있었다.

"김다정, 뭐라고 말이라도 해봐."

"휴우, 무슨 말을 해."

"소지혜가 꼼수를 쓴 거라니까."

"꼼수를 쓴 사람 따위는 중요하지 않아. 넘어간 사람이 중요하지."

"……!"

평소의 그녀답지 않은 다정의 말은 예분을 놀라게 만들었다.

밀랍인형 같은 얼굴로 뚫어져라 방바닥을 노려보던 다정이 별안간 휴대폰의 플립을 열었다.

[뚜루루루…….]

긴 통화 연결음이 울렸지만 끝내 선호의 목소리는 들려오지 않았다. 두번세번 연거푸 전화를 걸었지만 고객이 전화를 받을 수 없다는 낯선 성우의 목소리만이 들려올 뿐이었다.

"안 받아?"

"…….."

"헐, 진짜 할 말이 없네."

예분이 꾹 참고 있던 선호에 대한 서운함을 토로하려는 찰나, 다정의 휴대폰이 뚜뚜 하고 울렸다.

〈전화했었니? 지금 이야기하는 중이야, 나중에 통화하자.〉

짧막한 선호의 문자는 한 번 더 다정을 절망 속으로 밀어 넣었다. 복잡한 주변 때문에 벨소리를 못 들었을 거라, 나름 그를 위한 변명을 하고 있던 참이었다. 하지만 버젓이 벨이 울리는 소리를 들으면서도 부러 전화를 받지 않은 그의 태도는, 다정의 마음을 싸하게 만들었다.

"뭐래, 다정아?"

"휴우!"

다정은 대답 대신 가빠오기 시작한 가슴 위에 손을 얹었다.

"뭐라는데?"

"나중에 얘기하재."

"하아! 선호, 걔 왜 그러니! 지금 뭐 하자는 거야? 네가 잔뜩 화가 나서 왔는데 전화 한 통 안 하고 있다가 이젠 네가 하는 전화도 못 받겠대?"

"아니, 안 받는 거야."

"아휴, 진짜! 왜 그러는 거야!"

순간 다정의 공간이 여러 사람이 함께 생활하는 하숙집이라는 사실을 망각한 예분이 버럭 소리를 질렀다.

얼마 지나지 않아 노크 소리가 들려오고 마뜩찮은 낯빛을 한 하숙집 주인 여자가 얼굴을 들이밀었다.

"다정이 학생, 처음에 들어올 때부터 얘기했잖아. 되도록 손님은 안 된다고."

"죄송해요, 아주머니."

"옆방 학생이 공부하다가 기겁을 했다잖아, 좀 조심해 줘."

마음에 가시가 돋아서일까. 여느 때 같으면 당연 죄송한 마음이 들었겠지만 다정은 괜스레 하숙집 아주머니에게 화를 내고 싶은 충동을 느꼈다. 가까스로 마음에 없는 사과를 한 다정은 잔뜩 미안해하는 예분을 데리고 하숙집을 빠져나왔다.

봉천역 근처에 자리한 주점 안에선 낡은 가게만큼이나 오래된 노래가 흘러나오고 있었다.

——솟아라, 태양아. 어둠을 헤치고 찬란한 고독을 노래하라······.

테이블 위에는 500cc 잔에 담긴 맥주와 마른안주가 놓여 있었지만, 누구 하나 손을 대는 사람이 없었다.

"나, 새로 시작하고 싶어."

떨림이 배어난 지혜의 목소리만이 세 사람의 귓전에 감돌 뿐이었다.

"지금 무슨 얘기를 하는 거야?"

"말 그대로 새로 시작하고 싶다고."

"다 좋은데 그 얘길 왜 여기서 하는 건데?"

마치 제 소유물을 주장하듯 빈정대는 희돈의 목을 조르고 싶었지만, 지혜는 그러는 대신 슬픔이 배어난 눈을 살며시 내리깔았다. 끝이라는 생각을 한 찰나 제 발로 걸어온 선호를 결코 놓치고 싶지 않았다. 희돈이나 성광 따위와는 감히 비교할 수 없는 그를 놓칠 수 없었다.

곱게 자랐음을 자랑하듯 단번에 연민을 베푼 그는 다 잡은 고기나 다름없었다. 제대로 요리하는 일만 남겨둔…….

"난 희돈이 너랑 사귄다고 생각한 적 없어. 단 한 번도."

"뭐?"

"그리고…….'

"누나, 뭔가 오해가 있나 본데 저 누나 좋아한 적 없어요."

생각지 못한 성광의 말은 지혜뿐 아니라 선호마저도 놀라게 만들었다.

"이건 또 무슨 소리야?"

뇌까리듯 성마른 소리를 내뱉은 희돈이 부서뜨릴 것처럼 거세게 맥주 잔을 거머쥐며 물었다.

"별일 아니야, 일전에 내가 누나를 좋아하는 것 같다고 말한 적이 있는데, 나중에 생각해 보니까 그게 아니더라. 그게 다야."

"하아, 미치겠네."

누군가에 대해 잘 안다고 말하는 것이 결코 전부가 될 수 없다는 사실을 선호는 이제야 알 수 있었다. 너무도 잘 안다고 생각해 온 두 친구의 낯선 모습이 그러한 사실을 알게 해주었다. 넉넉한 기풍이 장점이라고 생각해 온 희돈은 그가 알아온 것 이상으로 거칠었고, 섬세함이 장점이라고 생각해 온 성광은 선호가 알아온 것 이상으로 자존심이 강한 친구였다.

문제를 일으킬 거라 생각한 성광이 침묵을 고수하는데 반해, 오히려 희돈이 길길이 날뛰기 시작했다.

"소지혜, 너 지금 뭐 하자는 거야?"

"그런 식으로 말하지 마."

"왜 내 친구들이 지켜보는 앞에서 그따위 얘기를 꺼냈는지 설명해."

"네가 뭔데 나한테 그런 식으로 말하는 건데?"

"소지혜!"

"웃기는 짓 그만 해. 네가 얼마나 유치한 줄 아니?"

어린 나이에도 불구하고 일찍이 남자의 감정을 조절하는 법을 체득한 지혜였다. 성난 남자를 달래는 일보다는 막 화가 난 남자를 북돋우는 일이 한결 쉬웠다.

"다시 말해봐."

"네가 뭔데 나한테 그런 식으로 말을 하는 건데?"

희돈이 자리에서 일어서는가 싶더니 이내 찰싹 하는 소리가 들려왔다. 동시에 튀어오르듯 자리에서 일어선 두 사람의 눈에 한쪽 뺨을 손바닥으로 감싼 지혜의 모습이 보였다.

"박희돈, 너 왜 이래!"

"야, 너 따라 나와!"

"야! 희돈아, 놔!"

우악스럽게 지혜의 손목을 잡아채는 희돈을 선호가 말렸다.

"네가 친구들 보는 앞에서 대대적으로 날 망신 주려고 작정을 했나 본데, 내가 그렇게 호락호락해 보여? 너 일어나!"

가까스로 지혜의 손목을 잡은 손을 떼어내기는 했지만, 지혜를 죽일 듯 노려보는 희돈의 눈엔 무섭다 싶은 분노가 서려 있었다.

"성광이 너, 얘랑 잤어, 안 잤어?"

"뭐?"

"대답해. 잤어, 안 잤어?"

"그런 일 없다."

"선호 너는?"

"하!"

대답을 대신한 선호의 신음이 채 가시기도 전에 희돈이 한 번 더 지혜의 뺨을 후려쳤다. 와당탕하는 소리와 함께 맥주 잔 몇 개가 바닥으로 굴러 떨어졌다.

"이 자식이 미쳤나!"

분개한 선호가 희돈의 멱살을 움켜쥐었다.

"이거 놔."

"너 왜 이래? 왜 여자를 때려?"

"나한테나 여자지 니들한텐 여자 아니야!"

"여자한테 손찌검하는 놈은 친구라도 용서 못해."

퍼억 하는 소리와 함께 선호의 주먹이 희돈의 입가로 날아들었다. 비릿한 냄새와 함께 입 안으로 밀려든 핏물을 뱉어낸 희돈이, 얼얼한 입가를 어루만졌다.

"쟤가 너한테 부탁하던?"

"박희돈!"

"성광아, 미안하지만 전화해서 두희 형 좀 불러줘."

"부르지 마."

"부탁한다, 성광아. 아니면 오늘 내 손으로 소지혜 저걸 어떻게 할지도 모르겠다."

슬금슬금 카운터를 향해 걸음을 옮기는 성광을 보며 선호는 두 눈을 꼭 감았다. 남자다움을 가장한 희돈의 이기심과 패악에 구역질이 치밀 것만 같았다. 끝을 내도 내가 낸다는 녀석의 속내가 고스란히 느껴지는 까닭이었다. 그렇지 않을 바에는 철저하게 망신이라도 주겠다는 속내가. 그런 희돈을 둘도 없는 친구라 여겨온 자신이 한심하게 느껴졌다.

마침 선호의 학교에 놀러와 있었다던 두희가 이내 주점으로 달려왔고, 그사이 선호는 눈 밖에 난 애완동물을 타박하듯 수시로 지혜의 머리를 쥐어박는 희돈과 몸싸움을 벌여야 했다.

"뭣들 하는 거야!"

멱살다짐을 하는 선호와 희돈을 발견한 두희가 성난 목소리로 말했다. 두 사람 사이를 떼어놓은 두희의 얼굴은 잔뜩 굳어 있었다.

"니들 미쳤냐? 싸움 말리라고 부른 거야, 지금!"

"형, 그게 아니에요."

"성광이 네가 설명해."

"그게, 저……."

"제가 불러달라고 했어요, 형."

"자식아, 불러달라고 해놓고 싸움질이야!"

전후사정을 모른다면 모를까, 지혜로 인해 빚어진 일을 모두 다 알고 있는 두희로선 지금의 상황이 어떤 일을 의미하는지 영 모르는 바는 아니었다. 더욱이 구석진 의자에 앉아 있는 지혜의 뺨엔 울긋불긋한 손자국이 보였다.

"다들 앉아, 앉아서 얘기해. 아줌마, 여기 소주 두 병만 주세요."

패악을 떨던 희돈은 두희의 등장과 함께 잠잠해지는 것처럼 보였다. 서너 배의 소주잔이 오가는 사이 자초지종을 전해 들은 두희가 말문을 열었다.

"지혜, 네가 말해봐. 어떻게 하고 싶은 건지."

"다시 시작하고 싶어요."

"다시 뭘 시작하겠다는 건데?"

"제 자신이요……."

"여러 사람 앉혀놓고 그런 다짐 공표 안 해도 돼. 정달 하고 싶은 얘기를 해. 너도 봐서 알겠지만 너 하나로 인해서 희돈이

하고 선호가 다퉜어. 그것도 주먹다짐까지 해가면서 말이야. 냉정하게 들리겠지만 너보다는 애들이 나한텐 더 가까운 후배고 아끼는 동생들이야."

"……."

"어떻게 하다가 일이 이렇게 됐는지 설명해."

"누나가 그런 게 아니라 제가……."

"선호, 네가 새로운 인생을 살고 싶은 거냐? 수습하지 못할 일은 만들지 말라고 했을 텐데? 제 앞가림도 못하는 네가 누굴 돕겠다는 거지? 지혜가 어떤 다짐을 했든 간에 네가 나서서 일을 이렇게 만들 이유가 있냐? 선호, 너 그 정도로 판단이 없는 애야?"

"오빠, 선호한테 뭐라고 하지 마세요. 다 제가 자초한 일이에요."

"시끄러워! 너희 넷 다 똑같아. 부족한 건 용서받아도 솔직하지 못한 건 용서받지 못해."

"오빠, 그게 무슨……."

"니들은 이제 갓 스물을 넘긴 애들이 아니고 때가 묻을 대로 묻은 능구렁이들이야. 제 계산, 제 이익, 그런 것에 눈이 먼 속물들이라고! 애면 애답게 굴어! 아니면 소란 피우지 말고 스스로 알아서들 처신하든지! 희돈이 너 따라 나와."

성마르게 거푸 소주를 들이킨 두희가 희돈을 데리고 나가자, 테이블 주변엔 싸한 정적이 감돌았다.

감당 못할 일을 벌인 건 사실이지만 선호는 솔직하지 못하다
는 두희의 말에 공감할 수 없었다.

"미안해, 나 때문에."

"누나 때문에 생긴 일 아니니까 그렇게 생각하지 말아요."

"난 이만 일어날게. 내가 있을 자리가 아닌 것 같다."

시종일관 침묵을 고수하던 성광이 자리에서 일어섰다. 지나
치게 태연한 성광의 표정을 보자 와락 무섬증이 일었다. 오랫동
안 자신이 알아온 친구가 아니라 처음 보는 낯선 이를 대하고
있는 것 같은 기분이 들었다.

문밖까지 성광을 따라나선 선호는 그가 멀어지는 모습을 답
답한 시선으로 지켜보아야 했다.

"더러운 자식! 대가리에 피도 안 마른 새끼가 사내 흉내는!"

아픈 뺨을 어루만질 때마다 절로 욕설이 치밀어 올랐다. 타월
로 말끔하게 머리를 감싼 지혜는 화장대 앞에 앉아 얇게 저민
소고기를 뺨 위에 올려놓았다. 아픈 것도 잠시 철저하게 아군이
된 선호를 생각하자 입가에 저절로 미소가 그려졌다.

지혜는 하얗게 질린 얼굴로 불쾌한 기색을 드러내던 다정을
떠올리며, 원껏 조소를 쏟아냈다.

"호호호, 그러게 임자는 따로 있는 법이란다. 남자란 본디 그
런 동물이거든. 애송이인 네가 뭘 알겠느냐만은."

요란한 소리를 내며 전화벨이 울리자 살짝 미간을 찌푸린 지

혜는 수화기를 집어 들었다. 불이 나게 전화를 해대는 두 녀석 중 하나일 터였다.

[그러고 싶니?]

아니나 다를까, 씩씩거리는 희돈의 목소리가 들려왔다.

"내가 뭘?"

[그딴 식으로 애들 앞에서 망신 주는 저의가 뭐야?]

"웃기는 소리 그만 하시지. 망신 준 거 없어."

[안 어울리게 내숭까지 떨어가면서 그러는 이유라도 알아야 겠어.]

"너야말로 분위기 파악 좀 해줬으면 좋겠어. 우리가 사귄다 고? 호호호, 나 참 어처구니가 없어서. 애, 내가 언제부터 너랑 사귀었니? 그리고 내가 네 여자야? 너 같은 애들은 셀 수도 없 게 깔렸어. 혼자서 쿨한 척은 다 하더니 왜 이렇게 구질구질하 게 굴어?"

[뭐! 다시 말해봐!]

"꼴 같지 않게 대가리에 피도 안 마른 게 사내 흉내 내는 거, 절대 용서 못하거든? 심심해서 잠깐 놀아줬더니 어디서 찍자야, 찍자는! 대학물 처먹어가면서 그따위로 놀고 싶니? 사람이 왜 그렇게 뒤가 더러워?"

[성질 돋우지 마라, 더는 못 참을 것 같다.]

"성질을 내든 자빠져 자든 네 마음대로 해."

흥 소리가 나게 콧방귀를 낀 지혜가 신경질적으로 수화기를 내려놓았다.

냉장고 문을 열고 차가운 생수를 병째 들이마셨지만 부글부글 타오르기 시작한 속은 좀체 가라앉을 기미를 보이지 않았다. 제 여자입네 하며 손찌검을 한 희돈에 대한 분노였다.

"휴우우…… 우선은 참자. 참아야 하니까 참자……."

멀지 않은 시간 철저하게 자신의 남자가 될 선호를 떠올리며 지혜는 터질 것 같은 가슴을 가까스로 가라앉혔다.

**10. 우리가 사랑이라
부르는 감정에 대하여**

선호로부터 연락이 온 건 꼬박 하루가 지난 뒤였다. 십 년
같은 하루였다.

가슴 가득 안타까움을 안은 채 다정이 느낀 또 다른 감정은
서먹서먹함이었다. 적어도 그는 학교를 빠져나오는 자신을 붙
잡아야 했고, 적어도 그 밤이 다 가기 전에 전화라도 걸어왔어
야 했다.

배낭을 메고 교문 앞에 서 있던 선호는 다정이 다가서자 멋쩍
은 듯 웃어 보였다. 하지만 다정은 그런 그에게 웃어줄 수가 없
었다.

"편지 안 줘?"

"안 썼어."

밤새 노트에 편지를 썼지만 차마 선호에게 숱한 원망이 담긴 글을 건네주고 싶지 않았다.

"밥 먹을래?"

"생각없어."

"그럼 차 마시러 가자."

찻집으로 향하는 동안에도, 테이블을 사이에 두고 앉아 주문한 향긋한 재스민 차가 나올 때까지도 두 사람 사이엔 어색한 침묵이 감돌았다.

포트에 담긴 차를 잔에 따르며 선호가 물었다.

"아직 화난 거야?"

"무슨 대답을 듣고 싶은데?"

"화났네 뭐."

피식 웃음을 터뜨리는 선호가 밉살맞기 그지없었다. 밀려드는 서운함과 미움 앞에서 밤새 그를 변명한 자신이 못내 속이 상했다.

"적어도 전화라도 한 통 해줬어야 되는 거 아니니?"

"화가 조금 가라앉은 다음에 하려고 했어."

"하!"

"어차피 화가 나 있을 땐 대화가 안 되잖아."

선호의 목소리는 강가에서 주운 표면이 매끄러운 돌을 떠올리게 만들었다. 차갑기 그지없는.

"이러는 네 태도가 더 화가 나."

"……?"

"누군 밤새 속을 끓이는데 태연하게 화가 풀리길 기다렸다고?"

"너 왜 이렇게 감정적이야? 마음을 가라앉혀, 별것도 아닌 일에 흥분하고 그래."

"별일이 아니야?"

"꼬투리 잡으면 대화 못해."

결코 다투고 싶지 않은 사람과 어긋나는 대화를 하는 일은 다정에게도 끔찍했다. 좋은 것만 주고 싶고, 좋은 말만 하고 싶은 사람이었다.

'유선호, 난 정말 너랑 싸우기 싫단 말이야!'

"어제 일은 나한테 결코 작지 않아. 너한테는 별일 아니겠지만, 나한테는 아니라고."

"그래, 그래, 하나씩 풀어보자, 그럼. 내가 먼저 말할게. 지혜 누나 초대한 거 미리 말 안 한 건 미안해."

"미안하다는 말이 듣고 싶은 게 아니야, 왜 그 자리에 지혜 선배를 불렀는지 말해봐."

"학교 축제이니 가까운 사람 초대하는 건 당연하잖아."

"언…… 제부터 지혜 선배랑 그렇게 친했는데?"

"얼마 안 됐어."

"네가 날 초대한 건 지혜 선배가 알고 있었지?"

"당연하지."

"……왜 선배한테 하는 얘기를 나한텐 못해?"

"무슨 소리야?"

"날 초대했다는 말은 하면서, 지혜 선배 불렀다는 얘기 왜 안 했느냐고?"

"말했잖아, 어제 만나서 하려고 했다고."

"이해 안 돼. 그저께도 우리 만났어. 밤늦도록 전화도 했어. 왜 꼭 학교에서 만나서 그 얘길 하려고 한 건데?"

"그렇게 공격적으로 따지면 듣는 내 기분이 어떻겠어?"

"솔직한 내 기분을 말해줄까? 관계라는 게 어떤 건지 모르지만 그건 말로 하는 게 아니란 생각이 들어. 적어도 내가 네 여자 친구라면, 아니, 지혜 선배보다 가까운 친구라면 나한테도 미리 말했어야 했다고 생각해."

"진짜 여자들 생각은 알 수가 없다. 뭐가 그렇게 복잡해? 너나 예분이가 지혜 누나 싫어하는 거 알아서 그랬어. 자연스럽게 친하게 해주려고 그런 건데 그게 그렇게 화가 나니? 적어도 지혜 누나는 너희를 싫어하지 않잖아."

파르르 떨리는 입술을 꼭 깨문 다정은 테이블보를 힘껏 거머쥐었다. 말끝마다 그의 입에서 새어나오는 지혜의 이름이 듣기 싫었고, 싸잡아 너희들이란 말속에 뭉뚱그려 넣은 자신의 이름이 싫었다.

"지혜 선배 얘기 그만 하면 안 되니?"

"후우, 답답하다."

"네가 미안한 거 없으면 사과하지 마."

"무슨 소리야?"

"화해 강요하고 싶은 마음 없어. 더 솔직히 말하면 나도 이런 기분으로는 너랑 화해하고 싶지 않아. 미안, 먼저 일어날게."

가방을 둘러멘 다정이 자리에서 일어서자 따라 일어선 선호가 그녀를 자리에 앉혔다.

"다정아, 왜 이러니?"

"피차 감정이 상했을 땐 네 말처럼 풀릴 시간을 기다리는 게 나을 것 같아."

"그런 뜻으로 한 소리가……."

"아니, 그런 뜻으로 한 소리 맞아. 하루가 지나면 내가 아무 일 없었던 듯 웃을 줄 알았다면 그건 네 오산이야. 내내 네 전화만 기다렸어. 적어도 미안하다는 말 한 마디쯤 해주겠지, 왜 일이 그렇게 됐는지 설명해 주겠지. 내가 아는 너는 그런 애니까."

"말하려고 하잖아."

"아니, 이젠 내가 듣고 싶지 않아. 내가 널 잘못 봤던 것 같아. 아니면 잘못 알았든지."

"무슨 말을 그렇게 해!"

"더는 구차한 얘기 안 하고 싶어."

아니, 하고 싶었다. 왜 지혜에겐 꼬박꼬박 호칭을 붙여주면서 자신에게는 너희들이라는 말을 썼는지, 여자 친구인 자신에게 무안을 주면서까지 왜 지혜를 그리도 자상하게 챙겨야 했는지 구차하기 그지없는 말들을 늘어놓고 싶었다.

"다정아, 나 너랑 다투기 싫어."

"마찬가지야."

"커뮤니케이션이 안 될 수는 있어, 하지만 너처럼 그렇게 일방적으로 말을 잘라내면……."

"너처럼 일방적으로 상대방에게 책임을 추궁하는 건?"

"추궁한 적 없어."

"너는 네 얘길 하고, 나는 내 얘길 하고 있어. 그러니 대화가 안 될 수밖에."

누구보다 가깝다고 여기는 사람과 다투는 일은 말할 수 없이 착잡한 마음을 갖게 만들었다. 엉킨 실타래를 풀듯 하나씩 풀어 나가면 될 일을, 꽈배기 꼬듯 배배 꼬는 자신들이 다정은 마음에 들지 않았다. 계속해서 자신을 속 좁은 여자로 만드는 선호가 원망스럽기까지 했다.

"지혜 누나, 부를 만해서 부른 거야."

"그랬다고 쳐. 하지만 어제 네 태도는 네가 초대한 사람이 지혜 선배 한 사람인 것처럼 굴었어."

"인정할게. 미안해."

"미안하다는 말이 듣고 싶어서 이러는 거라고 생각하니?"

"사정이 있어서 그런 거야. 네가 이해해 주면 안 돼?"

"뭘 어떻게 이해하면 되는데? 축제랍시고 갔는데 남자 친구라는 인물은 보자마자 홀대를 하고, 다른 여자한테 친절이나 베풀고…… 내가 어떻게 이해하면 되니?"

"다정아, 아무리 사귀는 사이라고 해도 각자의 영역이라는 게 있어."

"그…… 래서?"

"너라고 해서 나한테 모든 걸 말하는 건 아니잖아. 누구라도 마찬가지야. 적어도 난 네가 날 이해해 줄 거라고 생각했어."

"내가 신(神)이니? 말하지 않는 걸 어떻게 이해해? 뭐가 뭔지 알아야 이해를 하든지 말든지 하지. 안 그래?"

"제발 사람을 구석으로 몰아넣지 마. 할 말을 못하겠잖아."

"뭐?"

"남자는 코너로 몰면 미안했던 감정도 잊는 동물이야. 나 지금 슬슬 화가 나려고 하거든."

"하!"

타는 속을 차가운 물로 진정시킨 다정은 거친 숨을 골라내며 자리에서 일어섰다.

"앉아."

"아니, 너랑 얘기하고 싶지 않아."

화해에 대한 기대가 저만치 멀어지는 소리를 들으며 다정은 카페 입구를 향해 걸음을 옮겼다. 잔뜩 화가 난 듯 두 손으로 머리를 감싸 쥐는 그의 모습이 보였다.

누구에게든 묻고 싶었다. 헤어짐이란 누구에게든 찾아들 수 있는 것인지를. 사랑한 시간과 상관없이 불시에 찾아들기도 하는지를.

멍하니 벽에 등을 기대고 앉아 야금야금 먹기 시작한 초코파이가 어느덧 빈 상자를 드러내고 있었다. 답답해서 미칠 것만 같은데 헛헛한 속은 자꾸만 먹을 것들을 요구해 왔다. 다정은 방바닥에 널브러진 요구르트 병들과 수북하게 쌓인 초코파이 비닐봉지를 모아 휴지통에 집어넣었다.

시큼한 트림이 넘어올 정도로 배가 부른데 계속해서 무언가를 입속으로 밀어 넣고 싶었다. 외롭다는 건 허기와 비슷한 것인지도 모른다는 생각이 들었다.

"휴우, 이러면 안 되는데……."

주섬주섬 주변을 치운 다정은 책상 의자에 걸터앉았다. 그녀는 책꽂이에서 '구름의 시적 이미지'라는 논문을 꺼냈다. 집중할 무언가가 필요했다. 아니, 한곳으로 집중된 생각을 분산시켜 줄 무언가가 필요했다.

빼곡한 활자들이 들어찬 논문을 눈으로 훑어 내리는 중에도 생각은 울리지 않는 휴대폰을 향해 있었다.

"답답해."

아끼는 사람과의 반목이 낯설기만 한 다정은 펼쳤던 논문을 덮고 자리에서 일어섰다.

그에게 지나치게 군 건 아닐까 싶은 후회가 밀려들었다.

'내가 남자를 너무 모르는 걸까? 아니야, 아무리 그래도 그렇지 실수를 한 건 저잖아.'

눈물이 날 것처럼 우울한데 순간 맛있게 끓인 라면 국물이 간절하게 생각났다. 하숙집 주인 아주머니는 지나치게 깔끔한 성격이라 학생들이 주방에 드나드는 걸 그다지 좋아하지 않았다.

"휴우……."

바닥이 꺼져라 한숨을 내쉰 다정은 신경질적으로 시트를 걷어내곤 이내 침대에 몸을 눕혔다.

'우린 이제 어떻게 되는 걸까?'

익숙하지 않은 다툼은 불안한 바람이 되어 다정의 마음을 어지럽히고 있었다.

"다퉜다고? 우짜다가? 하긴 마 그래, 다투면서 정도 들고 키도 크고 하는 기라."

모처럼 막내아들을 찾아 서울로 올라온 선호 어머니는 여자친구와 다퉜다는 아들의 말에 피식 웃음을 터뜨렸다.

"엄마, 아들 다 컸어."

"다 큰 아가 싸움은 왜 하노? 그것도 여자랑."

"휴우, 정말 여자들은 무슨 생각을 하는지 모르겠어."

"엄마랑 삼십 년을 같이 산 네 아빠도 엄마 속을 모른다카이. 서로 알믄 싸우겠나? 다르니까 그라는 거지. 어마야, 우리 막내아들 얼굴이 반쪽이네?"

"놀리지 마, 난 심각하다고."

"호호, 엄마 눈엔 마냥 신기하대이."

"뭐가?"

"기저귀 차고 졸래졸래 다니던 게 엊그제 같은데 하모 다 컸다고 여자 친구까지 생기고…… 대견하대이."

"쩝."

"어지간하면 니가 숙이고 들어가."

"틈을 안 주잖아."

"뭐 때문에 싸웠는데?"

"그냥 이것저것……."

"친한 사이일수록 상처 주는 소리 하기 쉽대이. 니 그런 말 들어봤나?"

"……?"

"사람이 비난을 한 번 받으면 그 기억을 잊는 데 아홉 마디 좋은 말이 필요하다카대. 구 대 일이다 이거재."

"그래?"

"하모, 사람이 얼마나 예민한데. 그리고 남 아이가, 남. 부모 자식지간에도 속을 다 모르는데 남끼리 우째 훤히 알겠노? 좋을수록 한 발자국씩 양보하믄서 지내야지."

"내도 잘 모르겠다."

"호호, 모르긴. 우리 똑똑한 아들내미가 그걸 와 모르노? 엄마 올라왔으니까 인사 시켜줄 거제?"

침울한 표정을 한 선호가 고개를 끄덕였다.

"마 잘됐네, 엄마 온 김에 서로 인사도 하고 밥도 먹고 하믄서 화해하믄 되겠네. 이쁘나?"

"응."

"어마, 야 봐라, 안색도 안 변하고 응이라 카네. 그래 좋나?"

"애가 속이 깊어."

"속 깊은 아랑 와 싸우노?"

"그러니까 답답하다는 거지."

"하긴 사람 정이라는 게 다투면서 들긴 하대. 슬그머니 전화 걸어서 엄마 올라왔다고 말해라."

"그럴까."

말끝을 흐리면서 어느새 휴대폰의 플립을 여는 아들을 그녀가 흐뭇한 눈으로 바라보았다.

통화음이 네 번쯤 울렸을까. 잠에 취한 듯한 다정의 목소리가 들려왔다.

"나야."

[어.]

"어머니가 올라오셨어."

[어?]

"얼굴도 볼 겸 저녁이나 같이 먹자고 하시는데, 나올래?"

[오늘?]

누웠던 자리에서 일어나는지 수화기 너머에서 부스럭거리는 소리가 들려왔다.

"천천히 준비하고 나와."

[어쩌지?]

"왜?"

[조금 당황스러워서.]

"괜찮아, 편안하게 인사드리면 돼."

[일단 씻고 다시 전화할게.]

어머니의 귀경이 매개가 되어주었는지 수화기 너머에서 들려오는 다정의 목소리는 언제 다퉜을까 싶은 생각이 들게 만들었다.

"머라 카노?"

"씻고 전화한대."

"자취하나?"

"하숙."

"집이 어데라 켓지?"

"대전이야."

"고생이 많겠네."

난생처음 어머니에게 여자 친구를 소개하게 된 선호는 차분한 목소리로 다정에 대한 이야기를 풀어놓았다.

자그마한 얼굴 때문인지 보기 좋게 볼륨을 넣은 커트머리가 무척이나 잘 어울리는 분이었다. 연한 분홍색 트위드 재킷을 입은 선호의 어머니가 자상한 미소를 띠며 다정에게 물었다.

"마이 못 묵었제?"

"아니에요, 잘 먹었습니다."

"어른들 만나는 게 어렵제? 하긴 내도 그랬으니까. 얼라 적엔 와 그리 어려른 게 많은지. 내는 그런 사람 아이니까 어려버 말 그래이. 둘이 그래 있으니까 꼭 그림 같구만. 보기 좋네. 방학 하면 대구도 한번 내려오고 그카래이."

"네, 그럴게요."

"선호가 가리는 게 많아서 연애는 우째 하나 했는데 다정일 보고 나니 내사 마 맘이 놓이네."

입에 발린 소리가 아니라 선호의 어머니는 아들의 여자 친구가 무척이나 마음에 들었다. 아들 셋이 머리가 크고 난 뒤로는, 은연중에 언젠가는 맞아들이게 될 며느리에 대한 염려가 들곤 했었다. 다른 것들은 차치하고 동기간에 화목할 수 있는 그런 며느릿감이 최고일 것 같았다.

이른 생각이겠지만, 선호의 어머니는 다정을 보는 순간 저 아이가 셋째 며느리가 됐으면 좋겠다는 생각이 들었다. 야들야들한 풀꽃처럼 남자의 그림자에 만족하는 그런 아이로는 보이지 않았다.

"이거…… 드세요."

다정이 커피에 곁들여 나온 쿠키를 선호의 어머니에게 두 손으로 건넸다.

"어마야, 이거 내 주는 기가?"

"네."

"호호, 이래서 딸이 있어야 한다! 얼마나 좋노. 아들만 셋이니까 애교니 머니 꿈도 못 꾼다…… 달달하니 맛이 좋네. 다정이니도 하나 묵어야지."

다정에게서 눈을 떼지 못한 채 선호의 어머니가 쿠키의 겉봉을 벗겼다.

둥글둥글한 눈매며 완만하게 구른 턱 선에 단아한 눈빛까지, 평생을 학자로 사신 시아버지께서 본다면 단박에 손자 며느릿감으로 지목할 만한 아이란 생각이 들었다.

"고맙습니다."

다정이 선호의 어머니에게서 받은 쿠키를 조심스레 한입 베어 물었다.

"선호야, 니 다정이하고 오래오래 사귀어야 한다?"

"어? 어."

"엄마는 다정이가 아주 마음에 든다. 다정아!'

"네?"

"내일 선호 아버지가 오실 낀데, 내일도 시간 내줄 수 있나?"

"네?"

"와, 어렵나?"

"아, 아니에요."

"엄마는, 애 당황하게 갑자기 그러면 어떻게 해?"

"호호, 그런 기가?"

"내일 몇 시쯤이면 될까요?"

"바깥양반이 일이 있어서 오시는 거니까 마 오후쯤 안 되겠나."

"제가 내일은 수업이 네 시 정도면 끝이 나거든요."

"네 시? 딱 좋네. 만나서 같이 저녁 먹고 서울 구경도 하고 그카자."

"엄마, 내 시간은 안 물어봐?"

"니 바쁘나?"

"바쁘다기보다……."

"니는 바쁘면 안 와도 된다."

"뭐라고?"

"내 다정이 손 꼭 잡고 서울 시내 한번 걸어볼란다."

"하!"

어처구니없다는 듯 어머니를 바라보던 선호의 입가에 천천히 미소가 내려앉기 시작했다.

사랑을 기다리고 그 사랑을 준비하는 사이, 어쩔 수 없이 생겨나는 오해와 다툼에 대해선 단 한 번도 생각해 본 적 없던 그였다. 누구라도 그랬겠지만. 결코 다투고 싶지 않은 대상과 반목할 수밖에 없는 안타까움 앞에 선 선호에게 어머니의 등장은 구원군이나 다름없었다.

"안 그러나, 다정아?"

대답 대신 수줍게 미소 짓는 다정을 보니 그녀 역시 적잖이 마음이 풀린 듯 보였다. 기회를 놓칠세라 선호는 어물쩍 다정에게 말을 건넸다.

"우리 엄마, 소녀 같지?"

"응……."

"만년 소녀야."

"내가?"

"어머니, 정말 소녀 같으세요."

"듣기 좋은 소리제?"

"그럼요. 너무 보기 좋으세요."

"같은 말인데도 다정이 니가 하니까 사근사근한 게…… 이래서 딸이 하나 있어야 하는 긴데."

내리 아들만 키운 그녀에게 있어 아들의 여자 친구는 아이스크림처럼 달콤하기 그지없었다. 귓가에 보송보송하게 내려앉은 솜털이며 때라곤 찾아볼 수 없는 다정의 말간 눈동자를 바라보며, 선호의 어머니는 보기 좋은 미소를 지었다.

여자 친구를 에스코트 해주라며 등을 떠민 어머니가 선호는 고맙기 그지없었다. 무엇보다 언제 다퉜냐 싶게 일상으로 돌아온 자신들이 너무도 다행스러웠다.

"갑자기 어머니가 오셨다고 해서 얼마나 놀랐는지 몰라. 나 오늘 무척 당황했지?"

"아니야, 아주 잘했어. 엄마가 널 마음에 드셔하는 것 같아. 대놓고 좋은 내색 잘 안 하는 분이거든."

"그래?"

"아버지 옆에서 오랫동안 사업을 도우셔서 사람 보는 눈이 밝으셔."

"아, 아버님이 사업하셔?"

"대대로 물려왔다고 해야 하나. 증조할아버지 때부터 대구에서 조그맣게 사업을 하셨는데, 할아버지께서 평생 학자 일을 하시는 바람에 큰 할아버님께서 운영하시다가, 아버지께 넘어왔어."

"대대로 이어온 사업이라니까 무척 근사하다."

"직접 보면 그렇지도 않아."

"……?"

"주로 기계 쪽 일이라 무드하고는 거리가 멀어. 어렸을 땐 아버지께서 공장 일에도 직접 참여를 하셨거든. 한창 바쁠 때는 엄마도 목장갑을 끼고 일을 하셨어. 손톱 밑에 기름때가 새카맣게 끼곤 하셨지."

"보기하고 다르다. 집에서 곱게 살림만 하시는 분 같았는데."

"아버지 회사 재무 담당이셔."

"그렇구나."

"딸이 하나만 있었으면이 소원이셔."

"어머니를 닮은 딸이면 정말 미인일 텐데."

"그래서 널 마음에 들어하셨나?"

키득거리는 선호를 다정이 밉지 않게 흘겨보는 시늉을 했다. 택도 없는 비유겠지만 문득 부부싸움을 칼로 물 베기라는 말이 떠올랐다. 그렇게나 서운하고 그렇게나 원망스럽던 선호인데 이상하리만치 미운 마음이 들지 않았다.

'선호야, 나 너 미워하고 원망하는 게 정말 힘들었나 봐.'

"다정아."

부드러운 목소리와 함께 선호가 다정의 손을 잡았다.

"우리 이제 다투지 말자."

"응."

"후우…… 답답해서 죽는 줄 알았어."

"나도 마찬가지야."

"많이 속상했지?"

다정이 가만히 고개를 끄덕였다.

"다음부터는 화가 풀리길 기다리지 않고 그 자리에서 사과할게."

"또 싸우려고?"

"하하, 말이 그렇게 되나."

"아무리 사는 게 삶을 배워가는 과정이라지만 다투는 것만큼은 배우고 싶지 않아. 너랑은 더더욱."

"내가 조금 더 노력할게."

"나도 노력할게. 대신, 이건 조건은 아니지만 나한테 비밀 같은 거 되도록 안 만들었으면 좋겠어."

"비밀?"

"너랑 지혜 선배 사이에 뭔가가 있는 것 같은데, 궁금하다기보다 거리감이 느껴져서 되게 서운했어."

"그…… 랬어?"

"내가 모르는 게 있다는 게 속상했어. 다른 사람은 아는데……."

"그건 말이지…… 사실 지혜 누나 프라이버시라 그랬던 거야. 속이려던 게 아니라."

"프라이버시?"

"예를 들어서 예분이한테 말 못할 사정 같은 게 생겼다고 가정해 봐. 예분이가 너한테 이야기를 했는데, 그 얘길 나한테 할수 있겠어?"

"음…… 당연히 못하겠지."

"비슷한 얘기야. 내가 너보다 지혜 누나랑 가까워서 그런 게 아니라, 함구하는 게 좋을 것 같아서 그런 거야."

"지혜 선배, 무슨 일 있어?"

"자세한 건 말 안 해도 되지?"

"응."

"도움이 필요해."

"도움?"

"조금 많이 힘든 상태거든."

"더 물어보면 안 되겠지?"

"그렇게 말해주니까 고맙다."

궁금한 마음이 안 드는 건 아니지만 이렇듯 속내를 보여주는 선호가 고마웠다.

"속상하게 해서 미안해, 다정아."

"아니야, 나도 너무 속 좁게 굴어서 미안해."

마주친 두 사람의 눈동자에 사랑이라는 따사로운 감정이 스며들었다. 한 줌의 이해심을 안타까워하며 다투던 순간이 자아내는 화해처럼, 사랑 또한 그런 것이 아닐까 싶은 깨달음과 함께.

11. 몸을 섞는 일,
마음을 섞는 일

호드러지게 만개했던 라일락 꽃잎이 지고, 성마른 매미 소리와 함께 때 이른 더위가 찾아들었다. 과제물이니 전시회니 하는 일상이 눈코 뜰 새 없이 분주하게 만들었지만, 사랑하는 사람이 곁에 있다는 사실은 다정에게 커다란 활력소가 되어주었다.

더러 그가 지혜로 인해 약속을 미루거나 어기는 일들이 있곤 했지만, 다정은 되도록 그를 이해하려 애썼다. 그의 말처럼 피치 못할 사정이 있는 것이라 여기며.

선배라고는 하나 여자인 지혜가 그와 가까이 지낸다는 사실이 마음에 걸리지 않는 건 아니었다. 하지만 일주일에 서너 번씩 주고받는 편지 노트엔 자신을 향한 선호의 올곧은 사랑이 들어 있었다.

'보여줄 수 있는 사랑은 아주 작습니다.'

사랑해라는 고백이 영 부족하다며 그는 곧잘 편지 말미에 칼릴 지브란의 시를 인용하곤 했다.

밤늦도록 휴대폰의 배터리가 방전될 때까지 사랑을 속삭이기도 하고, 침침한 골목 어귀라든지 혹은 그가 사는 아파트에서 내밀한 키스를 나누기도 하며, 서로를 향한 싱그러운 사랑을 마음껏 나누었다.

"다정아, 지혜 누나 말이야."

"어?"

"너랑 같이 밥이라도 먹었으면 하던데, 언제 시간 한번 내줄 수 있어?"

"그 얘길 왜 네가 전해?"

선호의 무릎을 베고 누워 있던 다정이 비스듬히 몸을 굴리며 그에게 되물었다.

"누나가 보기보다 낯을 가리더라고."

"에이, 그건 절대 아니다."

"나도 처음엔 그런 줄 알았어. 근데 되게 소심하고 겁도 많아."

"소심한 사람이 초면에 후배 망신을 그렇게 줘?"

"우월감이라는 게 결국은 가면이라잖아. 자기의 약함을 감추기 위한."

"네가 그 선배 변명하는 거 나 별로 듣기 안 좋아."

"변명 아니야, 내가 아는 사실을 말하는 거지. 지혜 누나, 너한테 많이 미안해해."

벌떡 누웠던 자리에서 일어난 다정이 선호를 똑바로 바라보며 말했다.

"사과는 당사자한테 하는 거거든!"

"또 오버한다. 너는 지혜 누나 얘기만 나오면 예민해지더라."

"무슨 사정이 있어서 그러는 건지는 모르지만, 여자 친구인 내가 이만큼 양보하는 건 널 믿기 때문이야. 지혜 선배가 어떤 생각을 하든 감정을 갖든 그런 건 둘째라고."

"알아."

"둘이 있을 땐 우리 얘기만 하면 안 돼?"

"내 말이 듣기 거북했니?"

다정이 자신에게 정도 이상의 이해를 해주고 있다는 사실을 선호는 너무도 잘 알고 있었다. 지나가는 말로라도 한 번쯤 지혜의 사생활에 대해 물어볼 법도 한데, 단 한 번도 그런 적이 없었다. 그런 다정의 배려가 고맙기도 하고 다른 한편으로는 신경이 쓰이기도 했다. 괜스레 그녀에게 마음의 빚을 지고 마는 것만 같아서였다.

"솔직히 지혜 선배랑 가깝게 지내고 싶은 마음이 안 들어."

"왜?"

"웃긴 소리 같지만 첫인상이 너무 깊게 각인된 것 같아."

"그런 게 어디 있어, 첫인상이라는 건 그야말로 오해일 뿐이야."

"아무튼 난 그냥 그래."

"누나가 자주 네 얘길 해서…… 자연스럽게 친해졌으면 했어."

"교수님이 그랬어, 사람 관계는 노력해서 친해지는 게 아니라고."

"그건 좀 극단적이다."

"아니, 난 그 말에 수긍이 돼. 아울러 그런 얘기도 하셨어. 믿고 싶다, 믿어야지, 하는 관계는 이미 끝을 향해 가고 있는 거라고. 사람은 상대가 믿어져야 믿는 거래. 노력이라는 말이 끼어들기 시작하면 이미 문제가 심화된 거래."

"음…… 그럴듯하긴 한데, 사람 관계에 도식화된 정답이 있을까? 법에도 예외라는 게 있잖아."

"아무튼 난 지혜 선배랑 노력해서 친해지고 싶지는 않아. 사실 히나 해체된 거, 거의 지혜 선배 때문이잖아."

"그게 왜 지혜 누나 때문이야?"

혹시라도 다정이 지혜의 과거를 안 건 아닐까 싶은 생각이 선호의 목소리를 조급하게 만들었다.

"꼭 지혜 선배 때문이라고만 말하기는 뭐하지만, 어쨌거나 선배가 들어오고 나서 그렇게 된 거잖아. 너, 그거 알아? 언젠가부터 희돈이도 그렇고 성광이도 그렇고 얼굴 보기가 힘들어졌다는 거."

"……!"

"뭘 하고 사는 건지 얼굴은커녕 소식도 안 들려. 타이밍이 그랬겠지만 솔직히 시발은 지혜 선배잖아. 우리 엄마가 그랬어, 사람이 너무 쉽게 엎어지고 뒤집어지면 안 된다고. 지혜 선배, 뒤늦게 히나에 들어와서 거의 구심점으로 굴었잖아. 나나 예분이가 지혜 선배에 대해 선입견이 있는 건 당연한 일이야. 참, 너 성광이랑 연락하니?"

"얼굴 본 지 조금 됐어."

선호는 어쩔 수 없이 거짓말을 할 수밖에 없었다. 드러내 놓고 클럽이니 바를 드나들며 흥청망청 방황하는 희돈과 달리, 성광은 하루도 빠짐없이 지혜에게 스토킹에 가까운 협박을 하고 있었다.

성광이 그녀에게 보낸 문자며 메일들은 남자인 선호의 간담을 서늘하게 할 정도였다.

"차라리 얼굴이라도 드러내고 그러면 덜 무서울 텐데, 무서워 죽을 것만 같아. 시계 알람 소리도 못 듣겠어. 선호야, 나 이러다가 미치는 거 아니지?"

자다가 전화벨 소리만 들어도 심장이 내려앉는다는 지혜는,

새벽에도 여러 번 택시를 타고 선호의 아파트로 달려오곤 했다. 그럴 때마다 선호는 따뜻하게 데운 우유를 내주고, 오소소 어깨를 떠는 그녀의 어깨에 담요를 덮어주었다.

지나치게 엄격한 집안에서 자란 성광이라 수업은 꼬박꼬박 듣는 모양이었다. 하지만 초점을 상실한 두 눈은 지난 시간의 성광이 아니었다.

몰라도 좋았을 일을 알게 됐다는 건 형벌이나 다름없었다. 진즉 누군가의 돌봄이 필요했을 지혜와 당장 주변의 도움이 필요한 두 친구 모두, 선호에게 있어선 간과할 수 없는 사람들이었다. 하지만 그 세 사람이 한 가지 문제에 연루된 상황에서, 어느 누구에게도 알은체를 할 수는 없는 노릇이었다.

가장 걱정이 되는 사람은 성광이었다. 희돈은 그의 말처럼 한동안 방황이라는 걸 하고 나면 스스로 훌훌 털고 일어설 인물이었다.

"아쉬워."

"어?"

잠시 사념에 잠겼던 선호가 되묻듯 다정에게 물었다.

"우리 다 친했었잖아. 과거형으로 말하는 지 좀 서글퍼."

인정하기 싫지만 그녀의 말처럼 더없이 친했던 그들과의 우정이 과거가 되어버린 것 같아, 선호 역시 서글픈 마음이 들었다.

"우리 나이가 참 잔인한 것 같지 않니?"

"어설퍼서 그렇겠지?"

"아이도 아니고 어른도 아니고……."

"마냥 거리에 버려진 기분이 들 때가 있어, 나도. 어른 흉내는 내야 하는데, 정작 어른답다는 게 어떤 건지 막막하거든."

"이것도 과정이겠지?"

"선호야, 몇 살쯤 되면 어른스럽게 살 수 있을까?"

"글쎄……."

"스물다섯 살쯤 되면 초연해질 수 있을까?"

"그때쯤이면 유선호 와이프로 살고 있을지도 모르는데?"

능청스런 선호의 말에 다정이 싫지 않은 듯 밉지 않게 눈을 흘기는 시늉을 했다. 하지만 콩닥거리기 시작한 가슴은 귀에 들릴 정도로 심한 박동 소리를 내고 있었다.

"군대 다녀와서 바로 결혼할까 싶기도 해."

"정…… 말?"

"서로 이렇게 좋은데 오래 미룰 이유가 없잖아. 부모님도 널 좋게 보셨고, 너만 괜찮다면 난 일찍 결혼하고 싶어. 나랑 결혼할 거지?"

훅 하고 치밀어 오르는 더운 호흡을 삼킨 다정은 두 번 생각할 사이도 없이 고개를 끄덕였다.

으스러질 듯 다정을 세게 끌어안은 선호가 그녀의 귓불에 대고 나직하게 속삭였다.

"너랑 있으면 참 행복해. 오래오래 그럴 수 있을 것 같아."

귓불 위로 내려앉는 따스한 숨결에 어깨를 움츠린 다정이 기분 좋은 웃음소리를 냈다.

"간지러워?"

"응…… 나, 사랑해?"

"아주 많이."

행복에 취한 다정이 숨을 내쉴 때마다, 오르락내리락하는 봉긋한 가슴이 선호의 가슴을 타고 전해졌다. 얄팍한 면 티셔츠 속에 숨어 있을 둥근 가슴을 떠올리자 저절로 마른침이 꿀꺽하고 넘어갔다.

'한 번만 보면 안 될까?'

목구멍까지 넘어올 것 같은 말을 가까스로 삼키며 선호는 더욱 세게 다정을 끌어안았다.

백번천번을 들어도 물리지 않는 사랑한다는 고백에 취한 다정은 행복한 표정을 지으며, 선호의 가슴에 얼굴을 묻었다.

"다정아, 우리 바다 보러 갈래?"

"바다? 아, 맞다, 우리 지난번에 가기로 하고 못 갔지?"

"오늘 갔다가 내일 오자."

"자…… 고 오자고?"

"손만 잡고 자면 되잖아."

"음…….."

망설이는 다정의 얼굴이 너무도 귀여워 선흐는 순간 그녀의 입술에 입을 맞추었다. 앗, 하는 신음 소리와 함께 봉긋하게 솟은 가슴이 탄탄한 팔뚝에 닿았다. 두터운 겨울옷을 벗은 탓인지, 상상했던 것 이상으로 볼륨있는 가슴이 느껴졌다.

달짝지근한 숨결이 묻어나는 입술을 부드럽게 훑어 내리며 선호는 미친 척, 다정의 가슴에 손을 얹었다. 말캉한 느낌과 함께 눈앞이 아뜩해지는 것 같았다. 반사적으로 가슴을 떼어내는 다정의 허리에 손을 두른 그는 힘껏 그녀를 끌어안았다.

숱한(?) 반복학습 끝에 내 것인 양 자연스러워진 키스를 쏟아부으며, 선호는 슬그머니 다정의 셔츠 아래로 손을 집어넣었다. 녹아내릴 듯 부드러운 살결과 완만한 곡선을 그리는 허리가 그의 숨소리를 가쁘게 만들었다.

조심스럽게 다정을 소파에 눕힌 선호는 보기 좋게 부풀어 오른 아랫입술을 아프지 않을 정도로 자근자근 깨물었다. 두 손은 여전히 그녀의 허리 근처를 쓸어내리며. 움푹하게 들어간 허리를 손가락으로 쓸어내리자, 짤막한 신음을 삼킨 다정이 가만히 몸을 뒤척였다.

눈에 띄게 섹시한 스타일은 결코 아니지만, 이렇듯 참기 어려운 성욕을 자극하는 다정이 선호는 더없이 마음에 들었다.

맞닿은 혀끝에서 두 사람의 호흡이 엉기고, 포개지듯 닿은 가슴 위로 요란하게 뛰는 그녀의 심장 소리가 느껴졌다.

"으음……."

허리 근처를 배회하던 선호의 손이 용기를 내어 위쪽으로 움직이려는 찰나, 다정이 그의 어깨를 힘껏 끌어당겼다. 미끄러지

듯 선호의 머리를 감싸 쥔 다정이 그의 입 안으로 깊이 혀를 밀어 넣었다. 어디에 숨어 있었던 것인지 모를 스스로의 대담함에 놀라며, 다정은 혀끝으로 고른 그의 치열을 세심하게 핥았다. 다정의 대담함에 고무된 선호가 주도권을 빼앗듯 그녀의 혀를 말아 안았다. 여느 때와는 사뭇 다른 격정적인 키스였다.

고즈넉한 거실 안에 열에 달뜬 두 사람의 숨소리가 들어찼다. 말려 올라간 티셔츠 덕분에 뽀얀 살결이 드러나고, 기회를 놓칠세라 선호는 녹아내릴 것처럼 보드라운 살갗에 손을 가져다 댔다.

아직 이래서는 안 된다는 이성이 한 발자국 두 발자국 멀어지고 있었다. 대신 난생처음 맛본 희열이 자아낸 감각이 탄성처럼 그를 휘감아왔다.

애를 태우듯 다정의 귓불을 자근자근 깨물며 선호가 속삭였다.

"다정아, 나 네가 갖고 싶어……."

선호는 힘겹게 눈을 뜨는 그녀의 속눈썹에 짧막하게 입을 맞추었다. 어느 것 하나 사랑스럽지 않은 구석이 없었다.

"안 될까?"

"그게, 저……."

잠시 갈등을 하는 것 같던 다정이 대답 대신 이내 그의 등을 감싸 안았다.

"아름다워……."

환한 불빛 아래 드러난 다정의 나신(裸身)을 홀린 듯 바라보던 선호의 입에서 감탄에 가까운 혼잣말이 흘러나왔다.

옴팡지게 도드라진 쇄골과 표주박처럼 봉긋하게 솟아오른 가슴과 완만한 곡선을 이루는 허리까지……. 부끄러운 듯 양손으로 가슴을 가린 다정은 지금껏 그가 알아온 그녀가 아닌 것 같았다.

"그만 봐……."

브리프 하나만을 걸친 채 뚫어져라 자신을 바라보는 선호의 시선이 민망하기만 한 다정이, 울먹일 것 같은 표정을 지었다.

"너무 예뻐……."

건드리면 톡 소리를 내며 터질 것 같은 말간 살갗만으로도 그에겐 거부하기 힘든 유혹이었다. 긴장을 풀어주기 위해서라도 주저리주저리 농담을 건네야 할 것 같은데, 그럴 수가 없었다.

미끄러지듯 다정의 곁에 누운 선호는 여전히 가슴을 가리고 있는 그녀를 자연스레 돌려 눕혔다. 살갗이 맞닿은 것뿐인데 두 다리 사이에 아찔한 통증이 스치고 지나갔다.

"긴장 풀어, 다정아."

"겁나."

"괜찮아, 내가 있잖아."

무섭다는 생각도 잠시 다정은 자잘한 근육이 보기 좋게 밴 그의 가슴에 얼굴을 묻었다. 널 갖고 싶다는 그의 말을 들었을 땐 눈이 멀 것처럼 행복했다. 무시로 그런 바람을 품고 지내기라도 한 것처럼.

"사랑하는 사람들이 서로를 원하는 건 당연한 거야."

책임이라는 다소 무거운 이름의 굴레까지도 달게 끌어안게 만드는 끌림……. 누군가 사랑하는 사람과의 섹스의 정의를 묻는다면 선호는 그렇게 대답할 자신이 있었다.

손끝에 닿는 다정의 살결은 흡사 비단처럼 보드라웠다. 절로 새어나오는 신음을 삼키며 선호는 조심스레 그녀의 등을 쓸어내렸다. 부끄러운 듯 가슴을 파고드는 그녀가 너무도 사랑스러웠다.

"평생 널 지켜줄게."

"으응……."

한 치의 틈도 없이 맞닿은 가슴은 다정에게, 사랑하는 사람과 온전하게 하나가 된다는 것이 어떤 것인지를 알게 해주었다. 불가분의 설렘, 그리고 불가분의 기대……. 오롯이 한 마음을 교감하는 일은 숱하게 들어온 섹스가 다만 육체적인 결합이 아니라는 알게 만들었다.

선호가 자신의 전부이길 바라듯, 다정 역시 그의 전부가 되고 싶었다.

천천히 입술 위로 내려앉는 따스한 숨결을 느끼며 다정은 가만히 눈을 감았다. 떨리는 가슴과 달리 가슴 언저리에 맞닿은 그의 가슴은 너무도 편하게 느껴졌다. 마치 오래전부터 자신의 껏이었던 양.

느리도록 천천히 다정의 어깨며 등을 쓸어내린 선호는 가느다란 허리를 지나 봉긋하게 솟은 가슴을 향해 손을 움직였다.

"으음……."

사람의 살갗이 이토록 부드러울 수 있다는 사실에 절로 탄성이 새어나왔다. 선호가 탐스러운 가슴을 조심스레 그러쥐자 생경한 느낌에 퍼뜩 눈을 뜬 다정이 그의 얼굴을 감싸 안았다.

"믿기지가 않아…… 후우……! 시간이 멈췄으면 좋겠어."

실하게 영근 가슴을 두 손 가득 그러쥔 선호는 다정의 귓불에 대고 '사랑해'라고 속삭여 주었다.

"안 아프게 할 거지?"

"어?!"

어른들의 세계에 속한 일에 취한 탓에 자신도, 다정도 처음 겪는 예식(禮式)이란 사실을 잠시 잊었던 선호는 생각을 가다듬었다.

문득 희돈과 성광의 얼굴이 스쳐 지나갔다. 그들이 지혜와 나눈 섹스는 어떤 의미였을까 싶은 의구심과 함께. 그들도 자신처럼 그녀와 영원을 약속하는 마음으로 섹스를 나눴을까 싶었다. 다른 한편으로는 내일을 약속할 수 없는 섹스란 한낱 유희에 불과할지도 모른다는 두려움이 들었다. 서로에게 깊은 상처만을 남기는.

무난한 연애가 무난한 결혼으로 이어지길 바라는 마음은 한

결같지만, 다른 누구도 아닌 사랑하는 다정을 위해 최선의 배려를 해야 할 것 같다는 마음이 들었다.

결코 놓고 싶지 않은 보드라운 가슴을 만지작거리며 선호가 말했다.

"다정아, 널 사랑하는 만큼 배려할게. 나 믿지?"

"나도 너 사…… 랑해."

미끄러지듯 몸을 굴린 선호는 반듯하게 누운 다정에게 살며시 무게를 실었다. 조각도로 새긴 듯 선명한 쇄골을 따라 천상의 유실 같은 젖무덤에 이르기까지 정성스럽게 키스를 한 그는, 놀란 듯 빳빳하게 곤두선 자그마한 열매를 혀끝으로 물었다.

노크를 하듯 톡톡 유두를 혀끝으로 두드릴 대마다 아찔한 표정을 짓는 다정이 말할 수 없을 만큼 사랑스럽게 느껴졌다. 사랑하는 여자로 하여금 그런 반응을 자아낼 수 있게 만드는 자신이야말로 진정한 남자라는 자부심마저 들었다.

달달한 열매를 살며시 깨물자 얕은 신음을 흘리며 다정이 그의 어깨를 두 손으로 움켜쥐었다. 본능이 이끌어내는 다정의 반응은 이제 막 남자가 되려는 선호를 한결 고무시켰다.

한 손으로 다정의 허리를 받친 선호는 탄탄한 종아리로 보드랍기 그지없는 그녀의 다리를 애무하며 단물이 배어나는 것만 같은 가슴을 입 안 가득 삼켰다.

"아아……."

영상론에서 보았던 뇌쇄적인 신음 소리가 아찔한 충격처럼 그의 귓전을 스치고 지나갔다. 탄력 있는 젖무덤을 한입 가득 베어 문 채, 엄지와 검지로 또 다른 가슴 위에 도드라진 자그마한 열매를 살며시 비틀자 다정의 입에서 가쁜 숨소리가 새어나왔다. 그와 동시에 선호의 혀와 손끝의 놀림에 속도가 더해졌다.

사랑이 그렇듯 섹스 또한 인간의 생명에 연하여진 본능이라는 사실을 알 것 같았다. 제 아무리 서툴려고 해야 서툴 수 없는, 너무도 자연스러운 본능이었다.

과장과 비약을 더했으리라 생각했던, 그동안 무수하게 보아온 영상들은 가짜가 아니었다. 한 찰나도 놓치지 않으려는 듯 두 눈을 뜬 자신과 달리 연신 눈을 감고 있는 다정이 반응을 유인하듯 꼼꼼히 그녀의 예민한 곳을 탐색해 내려는 자신과 순간순간 반응해 오는 그녀가 그런 사실들을 알게 해주었다.

도톰한 입술 사이로 새어나오는 짤막한 신음 소리가 어찌나 고혹적인지 선호는 숨조차 제대로 쉬기 힘들었다. 본능을 좇아 이대로 그녀의 깊은 곳에 몸을 묻고 싶었다.

하지만 그는 이마에 땀이 송골송골 배어날 때까지, 처음인 다정을 위해 정성을 다해 애무를 해주었다. 자신과 처음으로 나눈 사랑이 아픔으로 기억되게 하고 싶지 않았다.

미끄러지듯 다정의 가슴을 떠난 그의 입술이 천천히 아래쪽으로 미끄러져 내려갔다. 데일 듯 더운 숨결이 오목하게 패인 배꼽을 지나 불빛 아래 투명하게 반짝이는 거웃 즈음에 달하자,

다정은 본능적으로 두 다리를 오므렸다.

"긴장하지 마, 다정아."

"무…… 서워, 조금."

"괜찮아, 나만 믿어."

초짜이긴 그나 자신이나 마찬가지이지만, 자상하기 그지없는 선호의 말에 다정은 어느 정도 긴장이 풀리는 것 같았다.

조심조심 윤기가 나는 숲을 헤친 선호는 더운 숨결을 담은 혀 끝을 보드랍기 그지없는 꽃술에 가져다 댔다.

"아!"

앙칼진 신음을 삼킨 다정이 거부하듯 그의 어깨를 떠밀었지만, 그는 가느다란 허리를 두 손으로 받친 채 그녀의 깊은 곳에 얼굴을 묻었다.

남녀 간의 섹스에 대해 아예 무지한 다정은 아니지만, 은밀한 곳을 핥는 선호의 모습은 아뜩한 충격이었다. 아이스크림을 녹이듯 그의 혀가 움직일 때마다 생경한 전율이 온몸을 엄습해 왔다. 어깨를 타고 흐르기 시작한 전율은 급기야 그녀의 깊은 곳에 파고가 높은 물살을 일게 만들었다.

"나…… 나 이상해. 선호야……."

할짝거리는 소리와 함께 낮게 가라앉은 그의 목소리가 들려왔다.

"어떤데?"

"모르겠어…… 하아……."

자연스레 다정의 다리를 벌린 선호가 검지로 발갛게 부풀어 오른 음핵을 건드리며 물었다.

"여기지?"

"어……."

자신을 내려다보는 선호의 탄탄한 가슴을 바라보며 다정은 연신 가쁜 숨을 토해냈다. 종아리를 감싼 채 벌린 다리 사이에 몸을 고정시킨 그의 모습이 민망하기도 하고, 누구에게도 보인 적 없는, 심지어 그녀 자신조차 살펴본 적 없는 은밀한 성역을 뚫어질 듯 주시하는 그가 세상에서 가장 큰 사람처럼 느껴지기도 했다.

더는 한 그릇의 라면을 나누어 먹으며 기분 좋게 웃어대던 동갑내기 친구가 아닌 것 같았다.

"예뻐."

피가 얼굴로 몰린 다정은 그가 예쁘다고 한 곳을 가리기 위해 다리를 오므렸다. 하지만 선호의 손에 붙들린 종아리는 마음처럼 한 곳으로 움직여 주지 않았다.

"이러지 마, 창피해……."

"아니야, 정말 예뻐."

얼굴색 하나 변하지 않고 노골적인 말을 내뱉는 그에게선 진한 남자의 냄새가 물씬 풍겨났다.

"느껴봐, 다정아."

순간적으로 그녀의 허리 밑에 베개를 받쳐 넣은 선호가 민망

한 소리를 내며 예민한 꽃잎을 빨아들이자, 다정은 본능적으로
그의 머리를 힘껏 거머쥐었다.

"맙소사……!"

노란 별들이 무수하게 눈 안으로 쏟아지는 것 같더니 감히 뭐
라 형용할 수 없는 전율이 온몸을 감싸왔다. 천천히 손을 움직
이는 그에게 봉긋하게 솟아오른 가슴을 내어준 다정은 앙다문
입술 사이로 새어나오는 신음을 흘렸다. 달아날 듯 무섭게 뛰는
심장 속으로 유선호라는 남자의 이름이 각인되는 순간이었다.
사랑하는 그가, 그녀 자신의 전부를 보여준, 전부를 주어버린
유일한 남자가 되는 순간이었다.

밭은 신음으로 인해 바짝 말라 버린 목울대가 셀로판지처럼
서걱거릴 즈음에서야 선호는 고개를 들었다. 누구 하나 가르쳐
준 사람은 없지만 다정은 가만히 몸을 포개어으는 그의 등에 손
을 둘렀다.

그런 다정의 귓불을 자근자근 깨물며 선호가 속삭였다.

"맛있어."

"……!"

쿵 하는 소리와 함께 무서운 속도로 가슴이 뛰어대기 시작했
다. 민망하다기보다 까닭을 알 수 없는 정염이 심장을 옥조이는
것 같았다. 그저 사랑하는 남자라고만 생각했던 그에게서 풍겨
져 나오는 페로몬은 다정의 숨겨진 여성성을 자극했다.

'네가 날 가져줬으면 좋겠어!'

터져 나올 것 같은 본능을 애써 참으며 다정은 용기를 내어 그의 뺨을 두 손으로 거머쥐었다.

"나 사랑해?"

"미칠 것 같아."

"사랑해서?"

"보여줄 수 있는 사랑이 너무 작아."

슬그머니 다정의 손을 잡아끈 선호는 진즉 잔뜩 성이 나 있는 자신의 남성으로 가져갔다. 화들짝 놀라는 다정을 바라보며 그가 기분 좋은 듯 키득거리기 시작했다.

"왜 그렇게 놀라?"

"그게 저……."

상상했던 것 이상으로 거대한 물체(?)는 다정으로 하여금 할 말을 잊게 만들었다. 데일 듯 뜨거운 그의 분신이 자신의 몸 안으로 들어설 생각을 하니, 와락 무섬증이 일었다.

"아직도 긴장돼?"

놀람이 가시지 않은 눈을 한 다정이 고개를 끄덕였다.

"우리 공주님을 어떻게 해야 하지?"

열정 어린 눈으로 한참 동안 다정을 바라보던 그가 손을 내밀어 벽에 달린 스위치를 껐다. 적막하게 내려앉은 어둠 속에서 다정은 자신을 감싸 안는 선호의 가슴을 조심스레 쓸어내렸다.

팽팽하게 부풀어 오른 젖가슴을 그러쥐며 그가 말했다.

"섹스를 두고 왜 갖는다는 말을 하는지 알 것 같아."

"왜?"

스멀스멀 발가락 끝까지 번져 가는 전율을 느끼며 다정이 조금은 가라앉은 목소리로 되물었다.

"내가 널 가질 거고 먹을 거니까, 이렇게 말이야."

아무리 노력해도 이대로는 다정의 긴장을 풀어줄 수 없다는 사실을 깨달은 선호는, 방법을 달리했다. 한입 가득 가슴을 베어 문 그가 잔인할 정도로 세게 유두를 빨아들이자, 다정이 가파른 신음을 내쏟았다. 눈이 멀듯 아찔한 희열이 등줄기를 관통하고 지나가는 것 같았다.

"아아……!"

그런 다정의 신음이 신호라도 되는 양 선호는 그녀의 허리를 힘껏 끌어안았다. 더는 참을 수 없을 만큼 성이 난 그의 남성이 몸에 닿자 소스라치듯 놀란 다정이 몸을 뒤로 빼려 했지만, 선호는 그런 그녀의 바람을 허락하지 않았다.

터질 듯 꼿꼿하게 일어선 유두를 세게 깨물자 앗 하는 소리와 함께 다정이 허리를 틀었다. 선호는 그 틈을 놓치지 않고 포근한 허벅지 사이로 손을 들이밀었다. 다른 한 손으로는 다정의 허리를 꼭 안은 채.

녹아내릴 듯 보드라운 꽃잎을 검지로 쓸어내리자 이내 촉촉한 물기가 배어났다. 갓난아이가 공복을 해갈하듯 팥알만한 돌기를 마음껏 빨아들이며, 선호는 이제 막 수려한 꽃으로 화(化)할 다정의 은밀한 섬을 세심하게 어루만졌다.

"엄마……!"

"어머니 아시면 맞아죽을 짓이야."

짐짓 여유있는 농담을 하긴 했지만, 선호의 뇌리 속에 이래서는 안 된다는 사인을 알리는 빨간 신호등이 켜졌다.

군대, 그리고 졸업……. 거쳐 내야 할 시간이 아직 멀기만 한데, 끔찍하게 원한다는 한 가지 이유만으로 이래서는 안 된다는 생각이 들었다.

'끙! 미치겠네!'

마음 같아서는 본능을 핑계 삼아 당장이라도 다정을 취하고 싶었다.

'사내가 치사하긴! 낄낄, 막상 일을 치르려니까 겁이 나는 게냐? 돌다리 두드리다가 세월 다 보내는 일이 생기지. 일단 저질러! 뭐가 그렇게 겁이 나?'

'겁이 나서 이러는 게 아니야. 단지 난 군대도 가야 하고…….'

'낄낄, 군대 가기 전에 섹스 한 번 안 해본 놈이 몇이나 될까? 후회하게 될까 봐 걱정하는 건 아니고? 낄낄낄…….'

'후회 따윈 안 해! 평생 이 애 하나만 사랑할 거니까. 섹스가 아니어도 난 이미 우리의 사랑에 대해 책임을 지고 있어. 앞으로도 그럴 거고!'

'앞뒤를 가리는 건 사랑이 아니 걸.'

두 개로 나뉜 자아가 나누는 대화는 한참 열에 달떠 있던 선호를 주춤하게 만들었다.

한낮 가벼운 유희를 위해 그녀를 원하는 게 아니었다. 사랑하기에, 더욱 사랑할 것을 알기에, 나눌 수 있는 모든 것을 함께하고 싶은 마음이었다.

선호는 녹아내릴 듯 부드러운 목덜미를 가볍게 빨아들였다. 그는 본능에게 자리를 양보하려는 이성을 붙잡았다.

여전히 신비로운 섹스가 단순히 성기의 삽입을 의미하는 것은 아닐 것 같았다. 어쩌면 자신들은 이미 섹스를 나누고 있는지도 모른다는 생각이 들었다. 진정한 책임이란 입술의 약속이 아니라, 참고 기다림에 있는 건지도 모른다는 생각과 함께.

결연하게 마음을 다진 선호는 천천히 다정의 목덜미를 따라 쇄골 근처로 입술을 옮겼다.

"으으음……."

손으로 등을 받친 그에게 가슴을 내어주며 다정이 나직한 신음 소리를 흘렸다. 어느새 익숙해진 어둠 속에서 선호는 이미 자신에게 모든 것을 내어준 다정의 표정을 눈에 새겼다.

'다정아, 다른 누구도 아닌 너를 위해서, 그리고 우리를 위해서 조금 더 기다릴래. 죽을 만큼 괴롭지만 말이야, 후후후…….'

생경하던 전율에 익숙해진 다정이 제법 고혹적인 신음을 토해내기까지 선호는 그녀의 온몸을 어루만져 주었다.

"하아…… 하아……그…… 만 그만……!"

치켜든 두 다리 사이에 깊숙이 얼굴을 묻은 선호는, 다정이 자지러질 듯 비명을 내지르는 순간 숨이 멎을 것 같은 더운 호흡을 토해냈다. 등줄기를 가르고 지나는 아찔한 고통과 희열……. 비록 침대에 사정을 하기는 했지만 온전한 사내로 다시 태어난 기분이 들었다. 오로지 한 여자를 위한 남자로…….

"같이 씻자. 씻겨줄게."
달콤한 키스를 받으며 곤한 잠에서 깨어난 다정에게 선호가 말했다.
트렁크를 걸친 그가 욕조에 물을 받는 사이, 다정은 지난밤의 일을 떠올렸다. 그로 인해 알게 된 말로는 표현하지 못할 희열과 쾌감들은 선호와 자신 사이에 남아 있던 일말의 거리를 지워내게 만들었다.
새벽녘, 한 번 더 자신을 안은 선호에게 다정은 물었다. 왜 끝까지 가지는 않느냐고.

"너무 소중해서 조금 더 아껴두고 싶어서. 그래도 이미 우린 섹스를 한 거야. 삽입이 섹스는 아니거든."

다감하기 그지없는 선호의 목소리는 그가 그랬듯, 다정을 온전한 여자로 만들어주기에 충분했다. 설렘과 수줍음으로 인해 행복해지고 마는.
선호의 손을 잡고 욕실 안으로 들어서자 기분 좋은 온기가 그들을 맞아주었다. 사랑스럽기 그지없는 눈으로 다정을 바라보며 선호가 샤워기의 꼭지를 돌렸다. 그가 물의 온도를 가늠하는 사이 다정은 가만히 선호의 가슴에 얼굴을 묻었다.

"나, 너무 행복해……."

"당연하지."

"너도 행복해?"

"세상을 다 가진 것 같아."

부끄러움없이 서로의 벗은 몸을 바라보고 스스럼없이 행복하다고 말하는 자신들이야말로, 천국에 속한 이들이 아닐까 싶었다. 비록 날개는 달지 않았지만.

그의 사랑만큼이나 따스한 물기가 온몸을 훑고 지나고, 비누칠을 해주는 그의 손길이 느껴지는 동안 다정은 행복해서 눈물이 날 것만 같았다.

자신들을 꼭 포개어주는 비좁은 욕조조차도 그녀를 행복하게 만들어주었다. 등 뒤에서 가만히 자신을 안아주는 선호에게 몸을 기대며, 다정은 '사랑해'라고 속삭였다.

"나, 군대 가 있는 동안 기다려 줄 거지?"

"당연하지."

"섣불리 결정할 일은 아니지만, 결혼하고 군대 갈까 하는 생각도 들어."

"……!"

"하하, 왜 그렇게 놀라?"

"결혼?"

"우린 이미 하나잖아. 설마 다른 놈하고 결혼할 건 아니지?"

놀림이 배어난 선호의 말에 다정이 그의 허벅지를 세게 꼬집었다.

"아얏!"

"놀리고 있어, 못됐어."

"그래도 행복하지?"

조심스레 다정을 돌려 앉힌 선호가 물기 묻은 손으로 동그란 얼굴을 쓰다듬었다. 밤 사이 자신을 열락의 입구로 이끌던 표정을 떠올리자, 다시금 두 다리 사이에 싸한 통증이 일었다.

"어머!"

화들짝 놀라는 다정의 어깨를 꼭 끌어안으며 선호가 낮은 웃음소리를 키득거렸다.

"얘는 거짓말 못해."

"몰…… 라…….."

"되도록 빨리 결혼하고 싶다."

"……."

"나, 지금 프러포즈하는 거야. 결혼해 줄 거지?"

두 사람이 함께 앉아 있기엔 더없이 좁은 욕조 안에서의 프러포즈였지만, 다정은 세상을 다 얻은 것만 같았다. 할 수만 있다면 지금 당장이라도 그와 결혼을 하고 싶었다. 매일 매 순간 서로의 눈빛을 나누며 살 수 있도록.

"대답 안 할 거야?"

"치, 내가 너 말고 누구랑 결혼을 해? 다 알면서."

"하하하."

시원한 웃음을 터뜨린 선호는 홍당무가 된 다정의 뺨을 감싸 쥔 채, 그녀의 입술에 입술을 포겠다.

12. 값없는 연민에 대하여

"아무리 사랑이 동등한 대상과의 교감이라지만 너무하는 거 아니야?"

원치 않던 첫 번째 다툼은 다정에게 되도록 그의 편에 서서 이해하자는 깨달음을 가져다주었고, 그와의 사이에 가로놓인 은밀한 사랑은 절로 그를 품을 수 있는 넓은 마음을 갖게 해주었다.

다정은 자주 지혜를 만나고, 드러내 놓고 그녀를 염려하는 선호를 이해하려 부단히 노력했다. 하지만 마음이 마냥 편하지는 않았다.

보름 남짓, 그는 지나치다 싶을 정도로 지혜의 일거수일투족에 관여하고 있었다.

"미안, 지혜 누나가 오디션을 보는데 같이 가줘야 할 것 같아."

"지혜 누나가 아파서 병원에 가야 할 것 같아 미안하다, 정말."

누군가에게 알맹이를 내어준 빈 고동이 되어가는 기분이었다. 말뿐인 여자 친구가 되어가는 그런 기분이었다.

코에서 김을 내뿜을 것처럼 광분한 예분이 씩씩거리며 사이다가 들어 있는 캔을 집어 들었다.

"아무리 소지혜가 희돈이하고 갈라서서 그런다지만, 너무 심한 거 아니야? 연애하다가 헤어진 커플이 걔들 하나도 아니고. 갈수록 가관이라니까."

희돈과 지혜가 사귀는 사이가 아니라는 말도 예분을 통해 전해 들었다. 헤어지는 과정에서 둘 사이에 불미스러운 일이 있었다는 것도.

"뭔가가 있겠지."

"있긴 뭐가 있니? 보나마나 소지혜 그 백여우가 꼬리를 친 거지. 희돈이는 꿀을 먹었는지 벙어리가 된 양 아무 소리도 안 하고 답답해 죽겠어."

"걔들 마음이 편하겠어."

"넌 참 속도 좋다? 남 얘기하듯 그러고 싶니?"

속이 좋아서가 아니라 점점 주눅이 들어가고 있는 것 같다는 말을 다정은 하지 않았다. 허울만 남고 알맹이는 다 사라진 것 같은 헛헛함을 어느 누구에게도 말하고 싶지 않았다. 설령 가장 친한 친구일지라도.

"참, 예분아, 나 곧 이사하려고."

"하숙집 옮기게? 생각 잘했다. 너희 하숙집 아줌마 너무 쌀쌀맞아."

"자취해 볼까 해."

"자취?"

"엄마한테 말했더니 엄마도 그러는 게 나을 것 같다네. 커피한 잔 마시는 것도 눈치 보이고, 라면 하나 끓이는 것도 눈치 보인다고 그랬거든."

"이야, 잘됐다. 수시로 가서 자도 되는 거지?"

"당연하지."

"집은 어디다 구하려고?"

"주말에 엄마가 올라온대, 학교 근처로 알아보려고."

"엄마랑 사이좋아서 좋겠다, 넌."

복잡한 가족사 때문인지 예분은 가족에 대한 이야기가 나올 때면 항상 풀 죽은 눈빛을 하곤 했다.

"방 얻으면 자주 와. 혼자 있는 것보다 같이 있는 게 낫잖아."

"낄낄, 그러다가 내가 가출이라도 하면?"

"생활비만 내, 그럼 대환영이야."

"뭐니 뭐니 해도 친구가 최고네. 두고 봐, 난 연애 같은 건 절대 안 할 거야. 여자 친구들하고만 놀아야지."

"얘, 무슨 말을 그렇게 해? 좋은 사람 만나서 사랑도 하고 결혼도 해야지."

"그것도 밑천이 돼야 하지. 하긴 너나 선호 보니까 밑천이 비슷해도 손해 보는 건 여자 쪽 같아."

"손…… 해라니?"

"네 얼굴에 그늘이 져도 선호는 모르잖아. 늗이야 속이 타거나 말거나. 그게 남자 같아. 너같이 정상적인 애도 그런데, 나같은 애가 연애는 무슨."

온당한 비유인지는 모르지만 예분의 말은 송곳처럼 다정의 가슴을 후비고 들었다. 껍질만 남은 고동 속에 한자락 차가운 바람이 들어차는 순간이었다.

"오빠, 나사를 이쪽으로 고정할까요?"

3학년을 중심으로 한 해에 한 번씩 열리는 과의 전시회는 신입생들까지도 동원해야 할 정도로 규모가 컸다. 아직까지는 어시스턴트에 불과한 다정은 두희가 제작한 침실용 스탠드 앞에 서서 조임 나사를 들고 이곳저곳을 세심히 들여다보았다.

"나사?"

저쪽에서 다른 설치물의 설계를 들여다보던 두희가 잰걸음으로 다정을 향해 다가왔다.

"데코라인이 정면에 있으면 좀 우스꽝스러울 것 같아서요."

"네가 보기엔 어느 쪽이 나을 것 같아?"

"45도 각도."

"비스듬히 가자고?"

"네, 타이트하게 조이는 것보다 느슨하게 걸어주는 게 좋을 것 같아요."

"확실히 여자하고 남자 취향이 다르긴 하다."

"오빠 어떻게 하시려고 했는데요?"

"가로 내지는 세로 배열."

심플하기 그지없는 두희의 말에 다정이 웃음을 터뜨렸다. 은은한 할로겐 등을 감싼 스탠드 갓에, 자그마한 장미 체인을 가로 내지는 세로로 건다면 모양새가 얼마나 우스울지 상상이 안 되는 모양이었다.

"오빠, 이건 침실용 스탠드거든요."

"알지."

"실용이 아니라 무드가 관건이거든요."

"아, 난 무드에 약하다. 무드에 강한 네가 알아서 해."

전적인 권한을 넘긴 두희가 전시회장 구석으로 멀어지자, 다정은 고개를 갸우뚱거려 가며 이 모양 저 모양으로 체인을 장식해 보았다.

생각이 많은 순간일수록 분주함이 도움이 된다는 걸 알 것 같았다. 분주한 중에도 무시로 생각을 잠식해 오는 울적함은 어쩔 수 없지만.

꼬박 여섯 시간을 미세한 먼지와 다툼을 벌이고 난 뒤에야 전시회장은 그럴듯한 외관을 갖추었다. 화장실에서 대충 얼굴과 손을 씻은 다정은 앞치마를 벗고 입구에 마련된 책상에 앉아 방명록과 안내지를 챙겼다.

교수님들로부터 다른 학교의 교수진과 학생들까지. 그리 넓지 않은 전시회장엔 이내 수다한 방문객들이 찾아들기 시작했다.

공식적인 행사가 소규모 축제라도 되는 듯, 어느덧 주변엔 둘씩 짝을 이룬 사람들이 하나둘 들어찼다. 공식적으로 사귀는 커플도 있었고, 이제 막 연애를 시작하는 풋풋한 커플들도 있었다.

"다정이, 사귀는 친구 있다더니 안 왔어?"

제자들의 전시회가 흡족한지 안면 가득 미소를 띤 담당교수의 말에, 다정은 멋쩍은 미소를 지었다.

"초대를 안 한 거야?"

"그 친구가 좀 바빠서요."

"아무리 그래도 그렇지. 누군지 얼굴이라도 한번 보려고 했는데 서운하네."

사십 줄에 들어섰다는 사실이 믿기지 않는 여교수가 서운하다는 듯 고개를 가로저었다.

지난밤 전시회 일정을 한 번 더 말하는 다정에게 선호는 그렇게 대답했다.

"꼭 가야 하는데 어쩌지? 지혜 누나가 무척 중요한 오디션이 있는데 같이 가줘야 할 것 같아."

한 줌씩 자존심이 꺾이는 일에도 내성이 생기는지 화조차 나지 않았다. 오히려 화를 내면 더욱 자존심이 상할 것만 같았다.

저녁 일곱 시에 시작한 전시회는 열 시가 넘도록 수다한 방문객들로 북적거렸다. 자연스레 뒤풀이 이야기가 나오고 열한 시에 맞춰 전시회를 끝내자는 이야기가 나오자, 다정으로 포함해 스태프로 나선 이들의 몸짓이 분주해졌다.

해체가 용이한 것들을 남학생들이 옮기는 사이 여학생들은 벽면에 장식된 설치물들을 해체하기 시작했다.

"무임금 노가다가 따로 없네! 노가다는 막걸리 참이라도 주지."

누군가 구시렁거리는 소리에 한산해진 전시회장에 학생들의 웃음소리가 들어찼다. 설치보다는 해체 쪽이 한결 힘이 들었다. 구조물이나 장식물을 설치할 때는 나름의 기대가 있지만, 해체는 그야말로 허무한 작업이었다. 뽀얀 먼지와 엉성한 자국만이 남는.

또깍거리는 구두 소리가 들려오는가 싶더니 다정의 등 뒤에서 나직한 여자의 목소리가 들려왔다.

"끝난 건가?"

낯설지 않은 목소리에 고개를 돌리자, 믿을 수 없게도 지혜가
서 있었다. 선호와 함께 나란히. 나란히 선 두 사람을 발견한 다
정의 눈에 일순 당혹감이 서렸다. 그런 그녀의 눈에 두 사람을
향해 다가서는 두희의 모습이 보였다.

"다 늦게 어쩐 일이냐?"

"오빠, 오늘 전시회가 있다고 해서 겨우 시간을 냈어요."

두희는 결코 곱지 않은 시선으로 지혜의 곁에 선 선호를 훑어
내렸다. 아직 나이는 어리지만 이렇게까지 경솔한 행동을 할 후
배라고는 생각지 않았었다. 제삼자인 자신이 이렇게 무안한데
당사자인 다정의 마음은 어떨까 싶었다.

마음 같아서는 천천히 다정을 향해 걸어가는 선호의 뒤통수
를 세게 후려쳐 주고 싶었다.

"늦어서 미안해."

"다정아, 우리가 많이 늦었지?"

"……제가 하는 전시회도 아닌데요 뭐."

"서운했구나? 우리 열심히 노력해서 겨우 온 거야."

지혜의 입에서 새어나온 '우리'라는 말이 가시처럼 가슴을
콕콕 찔러댔다.

"다정이 손님?"

곁에서 함께 해체 작업을 하던 선배 둘이 동시에 물어왔다.

"아, 네, 친구예요."

"인마, 남자 친구를 불러야지 임자 있는 친구는 왜 불러?"

선배들의 눈에도 두 사람이 커플로 보인 모양이었다. 어느덧 그들을 향해 다가온 두희가 거들듯 말했다.

"다정이 남자 친구 맞아."

그의 말이 끝남과 동시에 선배들은 물론 근처에 있던 이들의 시선이 선호를 향했다. 아울러 그의 곁에 선 지혜에게도.

"유선호입니다."

"이야, 다정이 남자 친구였구나! 반가워요!"

누구 하나 남자 친구가 왜 다른 여자와 동행을 했느냐는 말 같은 건 묻지 않았지만, 다정은 웃을 수가 없었다. 실재와 허상의 정체가 점점 더 또렷해지고 있다는 사실만이 크게 느껴질 뿐이었다.

선호를 가운데 두고 지혜와 양쪽으로 나뉘어 앉은 다정은 묵묵히 술만 마셨다. 1차와 2차를 하는 동안에도 그들은 같은 구도로 앉아 있었다.

용납과 이해, 그런 단순한 논리로 설명하기엔 너무 먼 길을 와버린 느낌이었다.

"다정아, 한 잔 더 해라."

다정 못지않게 심기가 상한 두희가 딱한 후배의 잔에 술을 채워주었다.

"다정이, 보기보다 술 잘 마시네?"

전에 없이 지혜에게서 풍겨 나오는 여성스러움이 다정은 역겹기까지 했다.

"이 바닥이 졸업은 못해도 술 하나는 제대로 가르치는 곳이니까. 다정아, 아 해."

시니컬하게 지혜의 말을 받아친 두희가 북 찢은 부침개 한 조각을 다정에게 건넸다. 머뭇거리던 다정이 이내 입을 벌리자, 곁에 앉은 선호의 눈초리가 가늘게 올라갔다.

"어머, 남자 친구 앞에서 그래도 되는 거야?"

취기가 불러낸 용기이리라. 삐딱하게 지혜를 쳐다본 다정이 되물었다.

"남자 친구 앞에서 뭘 어쨌다는 건데요?"

"뭐? 어머, 애 말하는 것 좀 봐."

"오빠, 술 한 잔 더 주세요."

두희를 중심으로 기다랗게 앉아 있던 일행들의 시선이 느껴졌지만 다정은 아랑곳 않고 빈 잔을 내밀었다.

이러려고 서울까지 유학을 온 게 아니고, 이러려고 사랑을 시작한 게 아니었다. 꾸역꾸역 밀려드는 헛헛함 따위와 몸부림을 하려고…….

"그만 마셔."

대뜸 다정의 손에서 잔을 빼앗은 선호가 두희를 바라보며 말했다.

"형, 다정이 술 그만 주세요."

"네 손님이나 챙겨. 내 후배는 내가 챙긴다. 민식아, 동동주 더 시켜라."

"네, 형."

뚫어질 듯 선호를 바라보는 두희의 눈동자에는 명백한 분노가 묻어 있었다.

신경질적으로 소주를 입 안에 털어 넣은 선호가 다정의 손을 잡고 자리에서 일어섰다.

"먼저 일어날게요."

"후우……."

급하게 술을 마신 탓에 호흡이 가쁜 다정이 깊은 한숨을 토해 냈다. 슬며시 선호의 손을 뿌리친 다정이 일행에게 말했다.

"먼저 가볼게요."

"가려고?"

"보시다시피 상황이 좀 그러네요. 나가서 이 친구랑 얘기 좀 해야겠어요."

이 친구……. 사귀는 사이에서는 좀체 하지 않을 법한 다정의 호칭은 두희를 긴장시켰다. 머쓱한 표정으로 일행에게 인사를 한 다정은 선호와 함께 술집을 빠져나왔다.

제법 많은 술을 마셨는데도 취기는커녕 오히려 여느 때보다 정신이 더 맑은 기분이었다. 차가 끊긴 지 오래된 적막한 길을 따라 얼마나 걸었을까. 다정이 그렇듯 선호 역시 말문을 열지 않았다. 먼저 말문을 연 사람은 다정이었다.

"할 말 있으면 해."

"휴우!"

"네 한숨까지 이해해 줄 만큼 마음 넓지 않아."

"도대체……."

무슨 말인가를 하려던 선호가 신경질적으로 짧은 머리를 헝클었다.

"네가 나한테 신경질을 왜 내는데?"

"몰라서 물어?"

"어, 몰라서 물어."

"미치겠네, 진짜."

"미치지 말고 가서 지혜 선배나 챙겨."

"김다정!"

"내가 없는 얘기라도 했어? 왜 사람 망신을 줘?"

"무슨 망신?"

"안 온다고 했으면 됐지……."

"못 올 것 같다고 했지, 안 온다고 한 적은 없어."

"아니, 안 오는 거야, 못 오는 게 아니라."

"너 정말 왜 이러니?"

"왜 나는 무조건 참아야 하고 무조건 이해해야 하는데? 왜 널 믿으려고 안간힘을 써야 하는데! 껍데기만 남은 고동처럼 왜 나만 서운해야 하는 건데!"

"취했지? 마시지 말라는 술은 왜 그렇게 마셔?"

"하! 병 주고 약 주니? 들어서는 폼이 영락없이 커플이더라?"

"쓸데없는 소리 하지 마."

"나만 그렇게 본 게 아니잖아……. 당하는 내 마음이 어땠는지 알아? 여자 친구 있는 친구를 왜 불렀느냐고 선배가 말하는 거 못 들었어? 내가 그런 소리까지 들어야 해?"

"누구냐고 묻는 선배한테 친구라고 말한 건 너야. 이 친구? 내가 너한테 그런 존재야?"

"너 지혜 선배한테도 이러니?"

두 눈을 질끈 감은 선호가 화를 삼키듯 아랫입술을 세게 깨물었다. 거듭 다정의 입에서 '친구'라는 말이 새어나올 때마다 자존심이 상하기는커녕, 그녀의 상한 마음이 읽혀져 당황스러웠다.

근래 들어 성광으로 인해 힘들어하는 지혜를 살피느라, 다정에게 소홀했던 게 사실이었다. 이틀이 멀다 하고 새벽이면 무섭다고 호소해 오는 지혜를 그냥 놔둘 수가 없었다. 그런 그녀가 오디션에 집중하는 게 그나마 다행스러워, 그곳에 동행해 주느라 벌써 몇 번이나 다정과의 약속을 어기고야 말았다.

가장 소중한 사람을 서운하게 하면서까지 다른 사람을 챙기는 자신이 선호는 마치 위선자처럼 느껴졌다.

"놔!"

다정이 손목을 잡는 선호의 손을 뿌리쳤다. 하지만 선호는 힘껏 다정의 손목을 쥐고는 차도로 내려섰다.

"이 손 놔!"

"집에 가서 얘기해."

"내가 왜 너희 집에 가는데? 안 가, 이 손 놔."

"가만히 있어!"

지나가는 택시를 멈춰 세운 선호는 몸부림치는 다정을 뒷좌석으로 밀어 넣었다. 쓴물이 넘어올 듯 목울대가 욱신거려 왔다.

"그 말을 왜 이제야 해?"

놀람이 가시지 않은 목소리로 다정이 물었다. 도무지 선호에게 들은 이야기들을 믿을 재간이 없었다. 천방지축에 제멋대로인 줄로만 알았던 지혜에게 그런 상처가 있었다니.

"말하지 않는 편이 낫다고 생각했어."

"난…… 그런 것도 모르고……."

"내가 잘하는 거라고 생각했어. 하지만 오늘 힘들어하는 널보면서 그런 내 생각이 틀렸다는 걸 깨달았어. 내게 있어 가장 가까운 사람은 너야. 가장 소중한 사람도 너고. 그런 널 서운하게 하면서까지 다른 사람을 염려하는 건 위선이었던 거야. 네말이 맞아……."

"선호야, 미안해."

"아니, 네가 미안한 게 아니라 내가 미안한 거야. 나도 알아,

다른 사람과의 일 때문에 우리 약속을 깨는 게 아니라는 걸. 하지만…… 누나가 다시 방황이라도 하게 될까 봐 그게 두려웠어."

"그 사귀다 헤어졌다는 사람, 선배를 많이 힘들게 해?"

차마 희돈과 성광의 이름을 입에 올릴 수 없던 선호가 무거운 표정으로 고개를 끄덕였다.

"거의 매일 협박을 해오나 봐."

"헉! 협박?"

"죽이겠다는 메일, 나도 여러 번 봤어."

"어떻게 해."

"누나가 보기보다 마음이 여려. 다 자기가 저지른 일에 대한 대가라고 자책하는 걸 보면, 가슴이 철렁해. 심리적으로 많이 불안해서 오디션 보는 곳에 같이 다녀준 거야. 진즉 너한테 말을 하는 게 나았을 텐데, 미안해."

눈물이 그렁그렁한 눈으로 선호를 바라보던 다정이 울음을 터뜨렸다. 선호가 그런 그녀의 손을 꼭 잡았다.

"울지 마. 다 잘될 거야."

다정은 너무 미안해서 얼굴을 들 수가 없었다. 자신을 이토록 속 좁은 여자로 만든 선호가 원망스러울 만큼 미안했다. 결핍이라곤 눈을 씻고 봐도 찾아볼 수 없을 것 같던 지혜에게 그토록 독한 아픔과 상처가 자리하고 있다는 사실을, 어떻게 받아들여야 할지 알 수 없었다. 선호를 통해 여러 차례 함께 식사를 하고 싶다고 했던 그녀를 거절한 일이 못내 미안했다.

자연스레 스며든 연민은 다정 자신이 가진 자의 여유를 휘두른 것만 같은 후회를 낳게 만들었고, 어떻게 해야 좋을지 모를 막막함을 갖게 만들었다.

살며시 자신을 끌어안는 선호의 어깨에 고개를 묻은 채, 다정은 낯설게 느껴지는 지혜의 얼굴을 떠올렸다.

다정은 변했다. 먼저 선호에게 지혜와 식사를 하고 싶다는 말을 꺼냈고, 여전히 어렵기만 한 그녀에게 살갑게 다가섰다. 학교에서 그리 멀지 않은 곳에 자리한 자취집으로 이사를 하던 날도, 선호는 오디션을 보는 지혜와 동행했지만 조금도 서운하지 않았다.

한 층에 나란히 세 개의 현관문이 달린 원룸은 신축건물답게 무척이나 깨끗했다. 게다가 전세 값이 시세에 비해 무척이나 쌌다. 벽을 사이에 둔 바로 옆집엔 제법 배가 부른 여자가 살고 있었다. 이 년 전 박사과정을 마친 남편이 지방에 있는 대학에서 강의를 하는 까닭에 어쩔 수 없이 주말부부로 지낸다고 했다.

여자의 말로는 가장 끄트머리 집엔 영업용(?)으로 보이는 여자가 혼자 살고 있다고 했다. 기껏해야 일주일에 두어 번 정도 집에 들어오는 탓에, 자주 얼굴을 볼 수가 없다는 말도 해주었다.

새로 이사한 집은 다정의 마음을 편안하게 해주었다. 열두 평

이 겨우 넘는 좁은 공간이지만 하숙집과는 비교할 수 없는 자유
가 그 안에 고여 있었다. 언제든 마음대로 방과 연결된 주방에
드나들 수 있었고, 구석에 세탁기가 놓인 욕실도 그녀만의 차지
였다.

　다리를 꼬고 침대에 누운 다정의 손엔 얼마 전 어머니가 사준
앙증맞은 모양의 수화기가 들려 있었다.

　[좋아?]

　"어, 뭐가?"

　[혼자 사니까 좋으냐고.]

　수화기 너머에서 들려오는 예분의 목소리는 오늘따라 힘이
없는 것 같았다.

　"무슨 일 있니, 예분아?"

　[휴우, 사는 게 뭔지 모르겠다.]

　"무슨 일인데 그래?"

　심상치 않은 예분의 목소리는 오전 내 침대에 누워 있던 다정
을 일으켜 앉혔다.

　[아버지, 구속시켰다.]

　"뭐?!"

　[마음 잡고 택시 운전이라도 해보겠다고 해서 어쩐 일인가 했
지. 울 아버지가 모르는 사람이 보면 되게 어수룩해 보이거든.]

　"그…… 근데?"

　[손님으로 탄 여자랑 눈이 맞았나 봐.]

"……!"

[온 동네에서 울 아버지 별명이 난봉꾼이야, 난봉꾼. 잘된 건지 재수가 없는 건지. 하필 그 여자가 경찰청에 있는 사람 부인이었던 거야. 자기 딴엔 어수룩해 보이고 바보 같은 남자랑 엔조이를 하는 게 안전하다고 생각했던 모양이야……. 그런데 그 어수룩한 남자가 협박을 한 거지.]

"뭐……?"

[울 아버지라는 인간이 그 집 남편한테 이른다고 협박을 했대.]

"맙…… 소사!"

[고위 공무원을 남편으로 둔 여자 눈에 우리 아버지가 파트너로 보였겠냐? 부담없이 즐기려다가 된 코 만난 격이지.]

"그래서, 그래서 어떻게 된 거야?"

[어떻게는 무슨 어떻게야, 그 화상이…… 진짜 이젠 아버지 소리도 안 나간다……. 그 집 남편한테 다 불었대.]

"헉!"

[둘 다 간통죄로 구속됐어, 오늘.]

"너 지금 어디야, 예분아?"

[엄마랑 할머니 점 보러 간 사이에 넋드리라도 할까 싶어서 전화한 거야.]

"집이야?"

[응.]

"내가 너희 집 근처로 갈까?"

[아니야, 됐어. 아무렇지도 않아, 기분 더러울 만큼 아무렇지도 않아. 엄마도 그런가 봐. 하긴 징그럽게 오래 참았지.]

"……."

[울 아버지 그 인간이 오지랖이 넓어. 경찰에 아는 사람이 꽤 있나 봐. 엄마랑도 잘 아는 아저씨가 하나 있는데, 뒤로 백을 써서 빼내겠다고 해서 내가 그랬어. 빼주기만 하면 그날로 경찰청에 신고해서 아저씨 모가지 자를 거라고.]

"헉!"

[후후후…… 너무 웃기지 않니? 왜 자식을 낳아서 이런 짓을 하게 만들까?]

"예분아……."

[난 말이야, 우리 할머니나 엄마처럼 살기 싫어. 그런데 난봉꾼 자식이 어떻게 아닌 척 살 수 있겠어. 태어날 때부터 따라붙은 꼬리표를 내가 무슨 수로 벗어나.]

"예분아, 그렇게 생각하지 마."

[휴우, 나도 모르겠어. 그냥 답답해. 이런 날은 소주나 진창 마셨으면 좋겠는데, 엄마나 할머니가 저러고 있으니 그럴 수도 없고. 다정아, 엄마 왔나 봐, 나중에 다시 전화할게.]

다정은 뚜뚜뚜 하는 소리가 들려오는 수화기를 한참 동안 귀에 대고 있어야 했다. 세상엔 얼마나 다양한 모양새의 삶이 자리하고 있는 걸까 싶은 생각이 들었다. 지혜가 그렇듯, 예분이 그렇듯 힘겹기 그지없는 삶을 살아내는 이들이 너무도 많은 것만 같았다.

상념에 잠긴 다정의 의식을 깨운 건, 문가에서 들려온 벨소리였다.

"누구세요?"

"나야, 나."

옆집 여자의 목소리를 확인한 다정은 문을 열어주었다. 안쓰러울 정도로 배가 부른 여자가 삶은 고구마가 담긴 쟁반을 들고 안으로 들어섰다.

"여름에 웬 고구마예요?"

"어찌나 고구마가 당기는지 시댁에 얘기해서 보내달라고 했어. 아직 점심 안 먹었지?"

여자는 외국인 회사에서 경리 업무를 보고 있다고 했다. 여자가 털퍼덕 소리를 내며 바닥에 앉는 사이, 다정은 냉장고에서 꺼낸 주스를 내왔다.

"나날이 배가 부르는 것 같아요?"

"누가 아니래, 첫 아기는 배가 안 부른다는데. 다들 쌍둥이를 가진 줄 알잖아."

여자가 껍질을 벗긴 고구마를 어찌나 맛나게 먹는지, 손이 저절로 고구마를 향했다.

"아저씨, 이번 주엔 안 오세요?"

"오늘 밤 늦게 올 것 같다네."

"떨어져 계시니까 많이 보고 싶겠어요."

"딱히 그렇지도 않아."

"네?"

"처음엔 울고불고했는데 막상 떨어져서 살다 보니까 나름대로 재미가 있어. 꼭 연애하는 기분이랄까. 우린 연애할 때 하루도 안 빼고 봤거든. 꼬박 삼 년을 그랬다고 생각해 봐."

"와우, 대단하세요!"

"진짜 명절을 제외하고는 단 하루도 안 빼고 만났어. 근데 결혼하고 나서 일주일에 한 번씩 보게 된 거지. 그러니 새로울 수밖에."

"언제까지 주말부부로 지내실 건데요? 아기 낳고 나면 같이 사셔야 하지 않아요?"

"음, 내년이면 올라올 거야."

"아, 그렇구나."

"보따리 장사 급여라는 게 뻔하잖아, 내가 벌어야 하는데 무턱대로 지방으로 내려갈 수는 없는 노릇이지. 이 고구마 되게 달지?"

"네, 엄청 달아요."

"시어머니가 겨우내 뒷마당에 묻어뒀던 거래."

"아!"

"다정이 학생은 잘 모르겠구나. 고구마하고 무는 겨우내 땅속에 묻어뒀던 게 최고야. 제대로 단맛이 나거든."

"언니, 주스도 좀 드세요. 체하겠어요."

급하게 먹은 탓에 가슴을 두드리는 여자에게 다정이 주스 잔을 건네주었다. 비록 콧잔등 근처에 흐릿한 기미가 내려앉긴 했지만, 여자의 얼굴은 무척이나 행복해 보였다.

"참, 끝엣집 여자 아직 못 봤지?"

"네."

"별일일세. 일주일에 한 번은 생쇼를 하더니."

"생쇼요?"

입가에 묻은 주스를 닦아낸 여자가 내밀한 미소를 지었다. 그리곤 누가 들을세라 낮은 목소리로 물었다.

"이 집이 왜 그렇게 싼 줄 알아?"

"네?"

"그게 다 저 끝집 여자 때문이야."

"……?"

"학교 근처니까 주로 학생들이 집을 얻잖아."

"그렇죠."

"쿡쿡. 글쎄, 그 여자가…… 하긴 요즘은 대학생들도 알 건 다 알더라 뭐. 일주일에 한두 번은 남자를 데리고 와서 쇼를 하는데…… 쿡쿡. 거의 생방송이야, 생방송."

그리 경박하지 않은 여자의 말에 다정의 귓불에 이내 붉은 물이 들었다.

"그러니 누가 오래 살겠어. 게다가 이 집 주인 내외분이 보기 드물게 고상한 분들이거든. 말이 좋아 고상이지 귀찮은 걸 아주 싫어해. 저 끝엣집은 방이 두 개야. 우리랑 좀 달라."

"아!"

"게다가 월세야. 따박따박 월세 나오겠다, 당신들이 여기 같이 사는 거 아니겠다, 그러니 그냥 놔두는 거지. 위층은 같은 평수라고 해도 우리보다 세가 훨씬 비싸. 그러나저러나 요즘 밤에 심심해 죽겠다니까. 호호, 내가 관음증이 있나?"

여자의 웃음소리는 안 그래도 수줍음이 많은 다정의 얼굴을 홍시 빛깔로 물들여 놓았다. 하지만 이미 남녀 사이의 은밀한 일을 알아버린 그녀의 머릿속엔, 옆집 여자가 말한 본능적 관음이 꿈틀거리기 시작했다.

'어떤 여자일까?'

13. 세상의 모든 빛이
명멸할 때

옆집 여자가 삶아준 국수로 저녁까지 해결한 다정은 쓰레기를 버리기 위해 일층으로 향했다. 안일한 삶에 길이 드는 건지 쓰레기를 버리러 내려오는 일조차 귀찮게 느껴졌다.

"아우, 누가 쓰레기도 대신 버려주면 좋겠……!"

하릴없는 혼잣말을 웅얼거리던 다정은 막 현관 안으로 들어서는 두 사람을 보고 걸음을 멈췄다. 나란히 팔짱을 끼고 있던 선호와 지혜의 얼굴에도 놀라운 기색이 서렸다.

놀란 나머지 할 말을 잃기는 했지만 다정은 똑똑히 보았다. 화들짝 놀란 선호가 급작스레 얽혀 있던 지혜의 팔을 떨쳐 내는 모습을.

"자취집이 여기야?"

"……."

"어머, 우연치곤 너무 기가 막히네! 다정아, 너 이리로 이사
온 거야? 나도 여기 사는데."

어제까지만 해도 살갑게 대할 수 있던 지혜에게 다정은 아무
런 대꾸도 할 수 없었다. 너무도 다정스럽게 팔짱을 끼고 현관
안으로 들어서던 두 사람의 모습이 눈앞을 어지럽혔다.

선호가 자신의 손에 들린 쓰레기가 담긴 봉투를 받아 드는 순
간에도, 문가에 자리한 커다란 쓰레기통에 봉투를 넣는 순간에
도, 다가선 지혜가 자신에게 팔짱을 끼는 순간에도, 다정은 아
무런 말도 하지 않았다. 둔탁한 쇠뭉치로 뒤통수를 맞은 기분이
었다.

당혹스럽기는 선호 역시 마찬가지였다. 애살스러운 성격의
지혜는 곧잘 팔짱을 끼어오곤 했고, 두 사람 사이에 형성된 관
계는 그런 그녀의 행동을 용인하게 만들었다. 선배니까, 살펴야
할 누나니까……. 하지만 다정의 얼굴을 보는 순간 그는 깨달았
다. 여자 친구인 그녀와는 팔짱을 끼고 다닌 적이 없다는 사실
을. 무엇보다 늦은 밤 경기를 하듯 겁에 질린 지혜를 데리러 여
러 차례 다녀간 이 집에, 다정이 살고 있다는 사실이 놀라웠다.

"이사한 곳이 여기야?"

느릿한 선호의 말에도 다정은 대답하지 않았다.

"다정아, 많이 놀랐구나? 그렇지? 실은 내가 오늘 오디션을

너무 잘본 것 같아서 우리 집에서 둘이 저녁이나 같이 먹자고 했거든."

당황스러움을 게워내지 못하는 두 사람 사이에서, 지혜는 뜻하지 않게 다가온 기회 앞에, 환호성이라도 지르고 싶었다. 되려는 일은 재를 뿌려도 되고야 만다더니, 이럴 수는 없는 일이었다.

더 이상 선호는 지혜에게 있어 닿을 수 없는 조건을 지닌 남자가 아니었다. 그는 너무도 쉽게 조리할 수 있는 신선한 재료였고, 제 스스로 리모컨을 내어준 모형 장난감이었다. 성광을 핑계 삼아 벌써 여러 차례 그의 집에서 밤을 보냈지만, 선호는 단 한 번도 곁을 내어주지 않았다. 따뜻하게 데운 우유 한 잔, 그리고 조심스레 덮어준 모포 한 장이 그가 내어준 곁의 전부였다. 하지만 지혜는 알고 있었다. 그가 단 한 번도 다급해하는 자신을 모른 체한 적이 없다는 사실을. 오히려 자신으로 인해 다정과의 약속을 깨는 일이 빈번해지고 있다는 사실을.

언젠가는이라는 말로 미뤄뒀던 기회가 코앞에 다가와 있었다.

"올라가자, 다정⋯⋯."

다정이 끼워져 있던 지혜의 팔을 풀어냈다.

"먼저 올라가세요."

"왜 그래, 다정아?"

"원치 않던 우연 같네요. 전 볼일이 있어서 잠깐 나가봐야겠어요."

　현관문조차 잠그지 않고 나왔지만 다정은 급한 볼일이라도 있는 사람처럼 현관을 향해 걸음을 옮겼다.

　"다정아!"

　다급한 목소리와 함께 선호가 그녀의 팔을 붙잡았다.

　안타까움이 서린 두 사람의 눈동자가 마주치는 걸 보며, 지혜는 새어나올 것 같은 웃음을 가까스로 참아내야 했다.

　'호호호, 애송이들 같으니라고!'

　"누나, 먼저 들어가시겠어요?"

　"어머, 어떻게 해. 나 때문에…… 다정이 지금 나 때문에 화난 거지, 그런 거지?"

　당장이라도 울 것 같은 지혜의 표정은 선호의 마음을 멈칫하게 만들었다. 독한 상처 때문인지 가까이에서 본 지혜는 유독 마음이 여리고 피해 의식이 강했다. 어쩌면 그런 피해 의식이 그녀를 더 깊은 수렁 속으로 밀어 넣은 건지도 모른다는 생각이 들 만큼.

　"누나 때문 아니에요. 일단 먼저 올라가 계세요."

　"다정아, 오해 안 하면 안 돼?"

　다정은 눈물이 그렁그렁하게 들어찬 지혜의 눈을 차마 똑바로 쳐다볼 수가 없었다. 참을 수 없이 화가 난 자신이, 부지불식간에 뒤통수를 맞은 듯 울분이 치미는 자신이 졸렬한 건지도 모른다는 생각이 들었다. 하지만 그럼에도 불구하고 가격당한 뒤통수에선 여전히 아뜩한 통증이 느껴졌다.

'믿어야 하는데…… 믿고 싶은데 내가 왜 이러지?'

졸렬한 자신을 꾸짖으며 두 사람과 함께 이층으로 올라온 다정은, 지혜가 같은 층의 끝엣집에 살고 있다는 사실에 한 번 더 충격을 받아야 했다. 옆집 여자의 말대로라면 그 집엔 술집에 나가는 여자가 살고 있다고 했는데…….

이미 여러 차례 와본 듯 자연스레 화장실이며 주방을 찾는 선호를 낯선 눈으로 살피며, 다정은 주눅이 든 어린아이처럼 가만히 앉아 있었다.

'뭔가 잘못된 거야, 그렇지 않고선 이럴 수가 없어.'

"누나, 이번 주에 집에 안 들어왔어요?"

"어?"

"우유가 다 상했네요."

"아…… 내가 냉장고에 넣어두고 깜박했나 봐. 집 놔두고 안 들어오긴 왜 안 들어와. 너도 참, 호호호."

손가락 하나 까딱하지 않는 지혜와 마치 주인이라도 되는 양 냉장고를 뒤지는 선호가 다정은 먹먹하기 그지없었다. 인정하기 싫지만 마치 두 사람 사이에서 놀림감이 된 기분이었다.

태연한 지혜의 모습도 당황을 떨쳐 내지 못하는 선호의 모습도 보지 말아야 할 것을 본 양, 다정의 마음을 무겁게 내리눌렀다.

'오해일 거야. 그래, 난 지금 오해를 하고 있는 거야. 얼마든 있을 수 있는 일인데 새삼스럽게 이러는 내가 더 유치한 걸 거야. 그런데 선호는 왜 저렇게 당황해하는 거지?'

엄습해 오는 혼란 속에서 다정은 외마디 비명이라도 내지르고 싶었다.

"선호야, 좀 앉아볼래?"

어디론가 달아나고 싶은 마음과 달리, 막상 입술 밖으로 새어 나온 목소리는 차분하기 그지없었다. 엉거주춤하게 냉장고 앞을 서성이던 선호가 심각한 표정으로 다정을 향해 다가왔다.

"내가 잠깐 자리 피해줄……."

"아니요, 언니도 같이 얘기해요."

"무슨 얘기? 다정아, 네가 오해하는 건 이해하는데 말 그대로 오해야. 모든 게 나 때문이야, 내가 혼자서 갔었어야 했는데."

"왜 선호여야 하죠?"

뜬금없는 다정의 말에 잔뜩 미안하듯 울상을 짓고 있던 지혜가 의아한 표정을 지었다.

"무슨 뜻이야, 다정아?"

"왜 언니가 선호하고만 같이 다니는 건지 이유를 모르겠어요."

"그, 그건……."

적잖이 놀란 지혜가 선호를 향해 고개를 돌렸다. 이쯤에서 자신의 편을 들어줘야 할 그는 침울한 표정으로 다정을 바라보고 있었다.

'바보 같은 자식, 다 된 밥에 초 치고 있네!'

"오늘에서야 궁금해졌어요, 왜 한 번도 저한테는 함께 가자는 말을 안 했는지. 이상하지 않아요? 안 이상하니, 선호야?"

"내가 생각이 짧았어, 다정아."

"선호야, 네 잘못이 아니야, 다 내가……."

"언니! 저, 언니가 생각하는 것 이상으로 불쾌해요. 말끝마다 모든 게 언니 잘못이라고 하는데, 뭘 잘 못했다는 거죠?"

"다…… 정아!"

"선호, 제 남자 친구예요. 우리 쉽게 사귀는 사이 아니거든요. 결혼하기로 약속까지 한 그런 남자 친구라고요."

"결…… 혼?"

'미쳤구나, 니들이!'

못 믿겠다는 듯 고개를 돌린 지혜의 눈에 고개를 끄덕이는 선호의 모습이 보였다.

"다정아, 내가 생각이 또 짧았다. 같이 다녔으면 이런 일이 없었을 텐데. 이사하는 것도 못 도와주고, 이런 식으르 네가 사는 곳을 알게 돼서 정말 당황스럽다. 이러는 게 아닌데…… 화 풀어, 너 그러고 있으면 무섭단 말이야."

"화 풀게 생겼어, 지금?"

미친 척 다정의 곁으로 다가앉은 선호가 눈치를 보며 그녀의 손을 조심스레 거머쥐었다.

"미안해, 정말."

"됐어."

"미처 생각을 못해서 그런 거니까 한 번만 봐주라, 응?"

'선호 네가 날 한 번만 봐주면 안 돼? 불안이니 의심이니 하는 것들이 날 괴롭히지 않게 해주면 안 돼? 내가 왜 널 의심해야 해? 왜 너 때문에 불안해해야 하느냐고!'

"다정아, 화내지 마라. 네가 화내면 세상에서 제일 무서워."

"장난하지 마, 그럴 기분 아니야."

두어 겹의 긴장을 풀어낸 선호가 도움을 구하듯 지혜에게 웃는 얼굴로 물었다.

"누나, 앞으론 셋이 같이 다닐 거죠?"

하지만 되돌아온 지혜의 목소리는 냉랭하기 그지없었다.

"왜 그래야 하는데?"

"네?"

서릿발을 쓴 듯 싸한 지혜의 목소리는 손을 잡고 앉은 두 사람의 시선을 잡아끌었다.

"다정이 넌, 남자 친구를 못 믿니? 아니, 선호를 못 믿는 게 아니라 날 못 믿는 거겠지. 우리 두 사람 사이에 무슨 일이 있나 궁금해서 별안간 나한테 친절하게 군 거니?"

"누나!"

"언니, 무슨 말을 그렇게 해요?"

"내가 그만큼 미안하다고 했는데, 그래도 못 믿겠다 그거잖

아. 내가 선호하고 팔짱 끼고 다니는 게 그렇게 싫니? 네 남자 친구 뺏는 것 같은 기분이 들어? 난 말이야, 앞에서 좋은 척하면서 속으로 호박씨 까는 그런 인간들, 제일 경멸하고 싫어하거든. 너처럼 말이야."

"누나, 왜 이래요?"

"선호, 너도 똑같아. 가난한 사람한테 적선을 할 땐 적어도 동정하는 표시 같은 건 안 내야 하는 거 아니야?"

"누나, 비약하지 말아요. 누가 누굴 동정했다고 그래요?"

싸늘하기 그지없는 지혜의 시선은 못 박힌 듯 다정에게 고정돼 있었다.

"감시라도 하고 싶니? 그래야 되겠어? 그게 네가 바라는 거야?"

"……."

"선호가 네 남자 친구라는 건 나도 잘 알아. 한데 넌 선호 한 사람하고만 세상을 사니? 다른 친구는 없어? 넌 네 친구하고 나누는 모든 일을 선호한테 다 말해? 되게 웃긴 소리 한마디 할까? 선호는 나한테 있어서 생명의 은인 같은 친구이고 동생이야. 하지만 넌 아니잖아?"

무참한 바람이 다정의 얼굴 위로 휘몰아쳤다.

"선호한테는 내가 살아온 얘기며 내가 힘들었던 얘기들까지 다 할 수 있어. 하지만 넌 아니야. 내가 왜 너한테까지 그래야 해? 아닌 말로 네가 선호 와이프라도 돼? 왜 경계를 몰라? 너하고 선호의 관계가 있듯, 나와 얘의 관계도 있는 건데, 도무지 인정을 못하겠니? 아니면 네가 보기엔 내가 한없이 우습니?"

"누나! 왜 이래요, 그만 하세요."

"나도 나보다 어린애 앞에서 이러는 내가 정말 싫다! 오디션이고 뭐고 다 필요없으니까 선호 너도 앞으로 나한테 연락하지 마."

"누나!"

"하긴 생긴 대로 사는 게 삶이지, 몸부림친다고 나아질 게 뭐가 있어. 안심해라, 김다정. 두 번 다시 너한테 이따위 대접을 받는 일 같은 건 없을 테니까."

신경질적으로 자리에서 일어선 지혜가 냉소 섞인 얼굴로 다정을 내려다보았다.

억울한 사람은 엄연히 자신인데, 순식간에 가해자가 되어버리고 만 상황을 다정은 쉽게 이해하기 힘들었다.

스르르 자리에서 일어선 다정은 냉장고에서 꺼낸 캔 맥주를 들이키는 지혜를 바라봤다.

"왜, 더 할 말이 남았니?"

이기죽거리듯 지혜의 입가에 싸늘한 조소가 떠올랐다.

"적선이 뭔지 동정이 뭔지 모르지만, 그런 표현을 아무렇지 않게 하는 언니가 참 새롭네요."

"그래서?"

"이 순간 이후로 언니를 믿는 일 같은 건 없을 거예요."

"……!"

"하지만 전 선호를 믿어요."

나직하지만 또렷하게 제 할 말을 내뱉은 다정은 뒤도 보지 않고 현관문을 열고 밖으로 나왔다. 뒤따라 나온 선호가 무거운 목소리로 다정의 이름을 불렀다.

"다정아!"

"결혼? 하, 웃기고 있네."

부글부글 끓기 시작한 속은 시원한 맥주 두 캔을 집어넣은 뒤에야 가라앉을 기미를 보였다. 껍데기만 남은 빈 캔을 우그러뜨리며 지혜는 맹랑하기 그지없는 다정을 향해 아낌없는 조소를 퍼부었다.

유선호…….

지혜가 보기에 그는 스무 살이라는 나이가 무색할 정도로 나름대로 실하게 여문 남자였다. 드문드문 그에게서 풍겨져 나오는 진한 페로몬은 선수 소리를 듣는 지혜의 가슴도 아뜩하게 만들 정도였다.

성광의 협박을 구실 삼아 그의 아파트에서 밤을 보낼 때마다, 지혜는 부러 브래지어를 하지 않았다. 그리고는 앞뒤로 깊게 패인 니트를 입곤 했다. 타이트한 니트를 입는 것만으로도 또렷한 골짜기를 만들어주는 풍만한 가슴이 드러나도록.

실하긴 해도 아직 애송이에 불과한 선호는 매번 지혜의 유혹을 뿌리쳤다. 담담한 침묵으로. 그럼에도 불구하고 지혜는 자신이 있었다. 착한 척을 하는 것만으로 그는 이미 자신에게 절반이상의 마음을 내어준 사람이었기에.

그를 유혹할 때는 다른 어떤 기교도 필요하지 않았다. 세상에서 가장 착한 여자처럼 구는 일, 그것 하나면 충분했다.

착한 여자에게 약한 그는 진즉 여자 친구인 다정의 실재를 잃어가고 있었다. 눈에서 멀어지는 만큼 마음에서도 멀어지는 게 사람이었다. 한번두번 깨어지는 약속들, 조금씩 덜어지는 시간들, 그런 것들이 두 사람 사이에 보이지 않는 골을 자아내고 있다는 사실을 지혜는 누구보다 잘 알고 있었다.

"후후후, 생각했던 것 이상으로 빨리 쇼부가 나겠네."

붉은색 립스틱이 칠해진 입술을 혀로 핥으며 지혜는 사악한 눈웃음을 흘렸다.

"둘 중 하나를 선택해."

다정을 따라 그녀의 집에 들어온 선호는 강경한 다정의 제안에 선뜻 대답을 할 수 없었다.

"자신없니?"

"다정아!"

"나 너한테만큼은 내가 전부라고 믿어. 왜 내가 다른 사람 때문에 널 포기해야 해?"

"포기라니, 그런 게 어디 있어?"

"왜 사람을 변덕스럽게 만들어? 네가 그렇게 만든다는 생각, 안 들어?"

"휴우!"

"어차피 지혜 언니와 난 물과 기름 같아. 서로 섞일 수 없는 사람들이라고."

"누나가 자격지심에 괜히 하는 소리야."

"왜 네가 내 앞에서 지혜 언니 편을 들어야 하는데? 설명해 줄래?"

"다정아, 제발 마음 좀 가라앉혀."

"아니, 나 지금 최대한 냉정하게 말하는 거야. 내가 아는 넌, 내가 지금껏 알아온 넌 결코 우유부단한 사람이 아니야. 하지만 지혜 언니에 대해서만큼은 그게 안 된다는 거 아니?"

"알잖아, 그럴 수가 없다는 걸."

"그게 왜 네 몫이어야 하는데?"

"내가 선택한 일이야."

"나는?"

"다정아, 우리 이러지 말자."

하얗게 질린 다정을 돌려 세운 선호가 조심스레 그녀를 끌어 안았다.

"너도 잘 알잖아, 관계라는 게 어느 한쪽으로 기울면 다른 한쪽은 무조건 이해할 수밖에 없다는 걸."

다정은 옆집 여자에게 전해 들은 말을 할까 하다 이내 입을 다물었다. 옆집 여자의 말로 인해 지혜에 대한 편견이 생긴 건 분명하지만 선호에게 그 말을 하고 싶지는 않았다.

'불길해, 불안하다고, 선호야!'

"넌 지혜 언니 보호자가 아니야."

"어느 선까지만 옆에 있어주는 거야."

"그 선이라는 게 과하다는 생각 안 들어?"

"인정해."

"나랑은 한 번도 사람들 앞에서 팔짱 끼고 다닌 적 없는 네가, 자연스럽게 지혜 언니랑 그러도 다니는 생각을 하면 피가 거꾸로 솟는 것 같아, 알아?"

"……."

"내가 전부라며? 우리 하나라며?"

"누나, 오디션 될 때까지만 참아주면 안 돼?"

"……!"

"조금이라도 더 가진 사람이 참는 거잖아."

다정이 밀치듯 선호의 가슴을 떠밀었다.

불신이 자아낸 자격지심은 세상에 태어나 처음으로 사랑하게 된 남자 친구를 낯선 눈동자로 쳐다보게 만들었다.

"여전히 지혜 언니 편이네?"

"다정아!"

"그러니까 네 말은 지혜 언니가 오디션에 합격할 때까지는 지금처럼 모든 걸 그 언니 중심으로 하겠다 이거네? 오늘처럼 둘이 키득거리면서 팔짱도 끼고 다니고, 나랑 하는 모든 약속은 그 언니 때문에 미루거나 깰 거고, 그렇지?"

"다정아, 조금만 이해해 주면 안 돼?"

소통의 부재는 다정을 캄캄한 암흑 속으로 이끌었다.

'어쩌면 헤어질 수도 있겠구나……'

세상의 모든 사람이 사랑을 갈망하지만, 세상의 모든 사랑이 헤어짐을 맞이할 수도 있구나 싶은 생각이 아득한 절망처럼 그녀를 엄습해 왔다.

"그럼 지혜 언니 오디션 합격하고 나서 다시 시작해, 우리."

"무슨 소리야, 그게?"

"우선순위를 내주면서까지 네 여자 친구 하고 싶지 않아. 아니, 자신이 없어."

"헤…… 어지자는 거니?"

"네가 원한다면 그렇게 해."

적막한 방 안에 떨리는 다정의 목소리가 울려 퍼졌다.

무겁디무거운 침묵으로 한참 동안 다정을 바라보던 선호는, 끝내 아무런 말도 하지 않고 현관을 빠져나갔다. 계단을 내려가는 그의 발자국 소리가 멀어진 뒤에야 다정은 무너지듯 바닥으로 주저앉아 소리 죽여 울기 시작했다.

다른 사람에게 내어준 우선순위를 인정하게 만드는 그의 침묵이, 헤어짐이라는 아픈 화살 앞에 끝내 침묵하던 그의 속내가 가슴을 갈기갈기 찢어놓았다. 저만치 멀어져 가고 있을 그를 쫓아가 묻고 싶었다. 네가 사랑하는 사람이 내가 맞느냐고.

얼마나 울었을까. 까무러치듯 잠이 든 다정을 깨운 건 문밖에서 들려온 벨소리였다. 커튼이 젖혀진 창밖엔 어느새 어둠이 내려 앉아 있었다.

"얘기 좀 하자, 우리."

헐렁한 니트 원피스를 걸친 지혜에게선 알싸한 술 냄새가 풍겨왔다.

"음……."

털어내려 해도 좀처럼 털어지지 않는 졸음을 이기려는 듯 다정은 손등으로 눈가를 비볐다. 무언가 육중한 무게가 기분 나쁘게 몸을 내리누르고 있는 기분이었다. 조금씩 달아나는 잠 속으로 퍼즐 조각 같은 생각의 편린들이 찾아들었다.

이야기를 하자는 지혜를 쫓아 그녀의 집으로 왔고, 맥주 두 병을 나누어 마시며 이런저런 겉도는 말을 한 기억이 나는 것 같았다.

아득한 의식 너머로 숱한 모기 떼가 전투를 하듯 윙윙거리는 소리가 들려왔다.

'내가 왜 이러지?'

정신을 차리려고 하면 할수록 눈꺼풀이 무거워지자, 다정은 애써 몸을 움직여 보았다. 제법 오랫동안 같은 자세로 누워 있었는지 비스듬히 몸을 움직이자 골반 뼈가 아릿하게 아파왔다.

'여기가 어디지?'

짙은 어둠에 가려 사위를 구분할 수는 없지만 자신의 방이 아닌 것만큼은 분명했다. 다정 자신의 방이라면 지금쯤 천장에서 별 모양의 형광 스티커들이 빛을 발하고 있어야 했다.

두드려 맞은 듯 뻐근한 몸을 겨우 일으켜 세우건 다정은 문밖에서 들려오는 낯선 소리에 본능적으로 어깨를 움츠렸다.

"오빠…… 하아…… 하아……."

민망할 정도로 색스런 여자의 교성은 남아 있던 잠을 모조리 털어내게 만들었다. 순간적으로 문 쪽을 향해 기어간 다정은 떨리는 가슴 위에 손을 얹은 채 귀를 기울였다.

"다시 한 번 말해봐!"

"오빠……."

"너한테 만족을 줬다는 그 새끼 이름이 뭐냐고!"

홀린 듯 모든 것이 놀랍기만 한 다정은 어디서 그런 용기가 나왔을까 싶게 살그머니 문을 열었다. 눈을 찌를 듯한 한줄기 빛이 새어들어 오는가 싶더니, 이내 실오라기 하나 걸치지 않은 알몸의 두 남녀가 눈에 들어왔다.

대학에 들어온 뒤 예분과 함께 처음으로 보았던 19세 미만 관람불가 영화의 한 장면이 펼쳐지고 있었다. 민망할 정도로 적나라하게 지혜와 교합한 남자가 허리를 움직일 때마다, 그녀의 입에서 새된 신음 소리가 터져 나왔다.

"다시 말해, 어떤 새끼냐고 묻잖아!"

"하아……."

"이렇게 좋아하면서…… 그 새끼한테 깔려서도 이랬어? 내일 당장 쫓아가서 그 새끼 목을 따줄까?"

우람한 팔뚝 가득 용 문신을 새겨 넣은 남자의 말에 다정은 훅 하고 더운 숨을 삼켜야 했다.

"오빠……."

"너 그 새끼하고 몇 번 잤어? 선혼지 달혼지 하는 그 새끼하고 몇 번 잤느냐고! 병신 같은 년이 짬을 못 준다니까! 말 안 해, 몇 번 잤어!"

"아흐…… 아아악……!"

터질 듯 거세게 지혜의 가슴을 거머쥔 남자가 광폭하게 허리를 움직이자 자지러질 듯한 신음 소리가 집 안에 울려 퍼졌다.

"그 자식처럼 만족을 준 놈이 없다고? 다시 말해봐!"

"오빠, 잘…… 못했어……."

"내가 네년한테 쳐들인 공이 얼만데!"

지혜의 몸 위에서 떨어져 나온 남자가 사정없이 그녀의 머리채를 휘어 감았다.

"아악!"

"좋아서 죽는다고 환장을 할 때는 언제고, 그새 다른 새끼를 만나고 다녀!"

세차게 머리채를 휘감은 남자가 알몸의 지혜를 바닥에 꿇어 앉혔다. 고통스러운지 미간을 구긴 지혜가 남자의 허벅지를 끌어안았다.

"한 달 내내 낮짝 한 번 안 보이다가, 별안간 한다는 소리가 세상에서 가장 잘하는 놈을 만나서 그랬다고! 네가 불속에 기름을 부었지? 알지?"

"오…… 빠……."

"너 오늘 오디션 그 새끼랑 같이 가서 봤지?"

철썩, 하는 마찰음이 적막한 공간을 가르고 지나갔다.

다정은 보았다. 바닥으로 널브러진 지혜의 거리채를 휘감는 남자의 넓은 등짝에도 팔뚝에 새겨진 것과 비슷한 모양의 문신이 새겨져 있는 것을. 덜덜덜 소리를 내며 떨리는 잇소리를 감추기 위해 다정은 얼른 손가락 몇 개를 입 안으로 밀어 넣었다. 턱이 떨리고 어깨가 떨리고 가슴이 떨렸다. 꿈인가 싶어 다른 한 손으로 팔뚝을 꼬집어보았지만, 꿈은 아니었다.

"오디션 보러 갈 때 사내 새끼들 데려가지 말라고 한 소리 못 들었어?"

"……."

"그 자리가 어딘 줄 알고 사내 새끼를 데리고 가! 어떤 새낀지 불어, 빨리! 오늘 당장 멱을 따줄 테니까!"

"오빠, 이러지 마. 잘못했어……."

"왜, 아까처럼 말해보시지? 그렇게 속궁합이 잘 맞는 놈은 태어나서 처음이라며!"

분이 안 풀리는지 남자가 연달아 지혜의 머리를 후려쳤다.

"오빠, 오빠……."

"솔직히 말해. 네가 꼬리 쳤지?"

지혜가 다급하게 고개를 가로저었다. 성마르게 지혜를 일으켜 세운 남자가 그녀를 벽으로 몰아붙였다. 큼지막한 남자의 손이 우악스럽게 젖가슴을 움켜쥐자 미간을 구긴 지혜의 입에서 얕은 신음 소리가 새어나왔다.

"네 몸은 내가 접수한다고 했어, 안 했어!"

터질 듯 세차게 가슴을 움켜쥔 남자가 이내 빳빳하게 고개를 든 유두를 입 안으로 삼켰다. 휘청거리며 중심을 잃은 지혜가 급하게 곁에 놓인 기둥을 붙들었다.

소름이 돋을 정도로 민망한 신음 소리와 차마 눈을 감을 수 없게 만드는 노골적인 장면 앞에서, 다정은 숨이 멎을 것만 같았다. 탐욕스럽게 지혜의 가슴을 빨던 남자가 손가락으로 그녀의 턱을 치켜들며 느물거리는 목소리로 말했다.

"희돈이라는 놈, 성광이라는 놈, 떼어준 지 얼마나 됐다고 그새 또 이런 짓을 해? 네가 아주 간이 배 밖으로 나왔지? 유선호? 큰 가슴을 선호해서 유선호냐? 낄낄, X만한 새끼. 내가 아주 이번엔 제대로 본을 보여주겠어."

"오빠, 이러지 말아요……. 내가 잘못했어."

"네가 꼬리 친 게 아니라며?"

"잘해줘서 정이 들었어……."

"누가, 그 새끼가?"

"응, 그래서 거절할 수가 없었······."

남자가 손을 들어올리자 움찔한 지혜가 입을 다물었다.

"내년 안에 앨범을 내게 해주겠다는 내 말을 뭘로 들었어, 너! 이 차승박이가 그렇게 만만해 보여!"

"오빠, 절대 아니야······ 정말 어쩔 수가 없어서 그런 거야."

"네년을 보고 안 홀릴 놈이 어디 있어! 그 정도도 못 잘라내?"

"흑흑흑······ 그 애가 하도 사정사정해서 그런 건데······ 막상 하고 나니까 너무 잘 맞아서 놀란 건데······."

"야, 솔직해도 유분수지, 그걸 말이라고 해?"

"흑흑······."

지혜의 울음 앞에 멈칫하는 남자에게선 그녀를 향한 일말의 애정이 느껴졌다.

차승박. 사채업을 경영하는 근본없는 부호 아버지를 둔 그는 이즈음 연예계에서 서로 눈독을 들이는 재간있는 매니저였다. 저급한 조직 폭력배 출신이라는 꼬리표가 따라붙긴 했지만, 타고난 순발력은 그런 약점을 상쇄시키기에 충분했다.

그런 그가 진흙 속에 묻혀 있는 진주 같은 지혜를 처음 만난 곳은 홍대 근처에 있는 클럽이었다. 사내들과 엉겨 질펀한 춤을 추는 그녀를 본 순간, 승박은 낮게 휘파람을 불었다. 그야말로 '물건' 하나가 눈에 띈 순간이었다.

땀이 흥건하게 젖을 정도로 춤을 추고 난 그녀에게 명함을 건넨 그날, 승박은 자진하듯 따라나선 지혜와 함께 호텔로 향했다. 숨이 멎을 듯 자지러지는 그녀를 보며 승박은 확신했다. 지혜야말로 조금만 손을 대면 빛을 발할 최상품의 진주라는 사실을.

모델 출신의 아내와 결혼한 지 이 년이 된 승박은, 자연스레 열두 살이 어린 지혜에게 스며들었고, 새내기에 불과한 그녀를 위해 많은 시간을 할애했다.

곧바로 앨범을 내주지 않고 오디션이라는 과정을 통하게 한 것 역시, 무서울 정도로 그녀에게 빠져드는 자신을 통제하기 위해서였다. 까딱하다가는 지금껏 잘 지켜온 자신의 가정이 깨어질 것만 같은 두려움을 느꼈기 때문이다.

그런 지혜가 시위라도 하듯 얼굴을 감춘 건 근 한 달 전이었다. 일주일에 두어 번 오디션 일정을 통보하는 전화를 걸면, 그녀는 매번 바쁘다는 말로 만나는 일을 회피했다.

불안과 질투에 휩싸인 승박에게 갑작스런 그녀의 말은 분노를 자아내게 만들기에 충분했다. 세상에서 가장 근사한 밤을 선사한 놈을 만나 즐기느라 바빴다는…….

"또 그놈 만날 거야?"

"아니……."

"약속할 수 있지?"

굵은 눈물을 떨어뜨리며 지혜가 고개를 끄덕이자, 승박은 그런 그녀를 품에 안았다.

"그러게 왜 화를 나게 만들어."

"흑흑……."

"아팠지?"

절반쯤 넋이 나간 다정은 멍한 눈으로 두 사람을 쳐다보았다. 숱한 총성이 멈추지 않고 머릿속을 어지럽혀 왔다.

지혜가 울먹거리며 남자에게 호텔로 가자는 말을 하는 것도, 그런 그녀에게 승박이 옷을 입혀주는 모습도, 다정의 눈엔 아득히 먼 그림자처럼 느껴졌다.

'왜…… 왜…… 왜!'

두 사람이 집을 빠져나간 뒤에야, 다정은 끝내 비밀로 남겨두었으면 좋았을 사실을 알게 한 지혜의 고의를 원망하며 스르르 바닥으로 주저앉았다. 죽음을 닮은 두려움, 죽음을 닮은 공포가 다정의 입술을 파르르 떨리게 만들었다.

14. 첫사랑, 짧고도 아픈 그림자

난 생처음 하얀 소복을 입었던 날의 기억이 떠올랐다. 갑작스런 아버지의 죽음을 실감하지 못한 채, 친척들이 준비한 눈이 시리게 흰 소복을 걸치던 그날의 기억이.

샤워를 하고 머리를 감고 수가 들어간 칠부 블라우스에 청바지를 입으며, 다정은 마치 소복을 입는 듯한 기분이 들었다. 마치 실감하지 못한 죽음을 애도해야만 하는 자리에 서 있는 그런 기분이었다.

무슨 생각으로 학교가 아닌 두희의 집으로 향했는지 그조차 알 수 없었다. 다만 아직 여덟 시가 되지 않은 이른 시간이, 그녀 자신의 혼란스러움을 알게 만들었다.

두희의 집 앞에 선 다정은 가방에서 휴대폰을 꺼냈다. 자신을 두르고 있는 모든 것이 뇌관 같았다. 건드리면 이내 터질 것 같은. 몇 번의 망설임 끝에 그녀는 단축번호 하나를 길게 눌렀다. 여전히 긴 그림자처럼 남아 있는 미련을 인정하듯 그렇게.

[다정이니?]

수화기 너머에서 들려오는 그의 목소리는 여전히 따뜻했다. 이중적인 비열함에 피가 거꾸로 솟구칠 정도로.

[전화를 했으면 말을 해야지? 아직 화 안 풀렸지? 어젠 나도 어처구니가 없어서 그냥 온 거야. ……내 마음 알지?]

딛고 섰던 세상 하나가 아득한 나락으로 침몰하는 걸 느끼며, 다정은 천천히 휴대폰의 플립을 닫았다. 믿었던 세상에서 분리된 자신처럼, 휴대폰의 배터리를 분리해 낸 다정은, 조심스레 두희가 살고 있는 집의 문을 두드렸다.

비좁은 아파트 거실에 자리를 하고 앉은 사람 중 누구 하나 입을 여는 사람이 없었다. 하늘이 무너질 것 같은 소식을 접하고 대구에서 달려온 중년의 부부들은 까맣게 타 들어간 얼굴로 자식들을 바라볼 뿐이었다.

부지불식간에 금기의 문 안으로 들어선 세 사람 역시 경악에 말을 잃기는 마찬가지였다.

고등학교 동창이라고는 하나, 불알친구나 다름없는 사이였다.

"사실이가?"

들려온 아버지의 떨리는 목소리에 희돈이 고개를 떨구었다.

"성광아, 니가 말해본나. 참말 그런 일이 있었나?"

하얗게 질린 성광 역시 희돈이 그랬듯 고개를 떨어뜨렸다.

갑작스럽게 상경한 아버지에게 난생처음 뺨을 맞은 선호는 밀려드는 절망에 두 눈을 감았다. 빠져나갈 수 없는 탄탄한 올무에 걸려든 기분이었다.

폭풍 전야 같던 무거운 침묵은 지혜를 데려온 두희가 집 안으로 들어서는 순간, 싸한 적막감으로 모습을 바꾸었다.

"뭐예요, 오빠?"

거실에 가득한 사람들의 모습에 당황한 듯 지혜가 뒷걸음질을 치자 두희가 그녀의 팔목을 세게 거머쥐었다.

"들어가!"

하루새 삭발을 한 두희의 얼굴은 죽음 앞에 선 야생동물의 그것과 흡사한 냄새를 풍겼다. 떠밀리듯 거실 안으로 들어선 지혜는 나란히 무릎을 꿇고 앉은 세 사람과 그들의 부모를 보고 미간을 구겼다.

'미치겠군!'

다혈질인 승박을 이용해 다정과 선호 사이를 갈라놓으려고 한 계획이 이런 식으로 번지게 될 줄은, 지혜 자신도 미처 생각지 못한 일이었다. 그녀가 아는 다정은 다른 어떤 사람에게도 그런 말을 옮길 만한 위인이 못 됐다.

"이 친구가 지혜라는 친구입니다."

침통한 두희의 말이 끝나자, 누군가 떨리는 목소리로 물었다.

"참말, 우리 성광이랑 잤단 말이제……?"

"……."

성큼성큼 지혜에게로 다가선 희돈의 아버지가 대뜸 그녀의 뺨을 올려붙였다.

"니가 학생이가!"

그는 분이 안 풀리는지 바닥에 무릎을 꿇고 앉은 아들의 머리통을 세게 후려쳤다.

"공부하라고 올려 보냈드만! 하라는 공부는 안코 대가리 피도 안 마른 넘아가 벌써부터 지집을 배워! 우짤끼고, 이 일을……! 니는 아 안 챙기고 머 했나!"

그는 솟구치는 화를 하얗게 질린 아내에게 쏟아냈다.

"내는 못 믿는다. 아이다, 우리 희돈이는 그런 아 절대 아니……."

"돌아가는 꼬라지를 보고도 그런 헛소리가 나오나? 하아, 내 사마 기가 차서 말도 안 나온다. 성광이는 머꼬, 선호 니는 또 머냐고!"

쥐어뜯을 듯 머리카락을 움켜쥔 그에게선 애끓는 부정이 물씬 느껴졌다. 선호의 어머니가 감각을 잃은 지 오래된 손끝을 주무르며 천천히 말문을 열었다.

"두희 학생, 그 사람 이만 보냈으면 싶네. 내 가슴이 터질 것만 같애…… 후우…….”

구만 리 같은 미래를 눈앞에 둔 자식을 둔 부모들이었다. 희돈의 아버지를 제외하고 그들 중 누구 한 사람도 지혜에게 나무라는 소리를 하지 않았다. 오히려 싸늘한 눈빛으로 그녀를 내몰았다.

“모든 것이 제 불찰에서 비롯된 일입니다, 정말 면목이 없습니다.”

“두희 니도 이 가스나랑 잤나?”

“예? 아, 아닙니다.”

“근데 왜 니가 잘못한 기가? 하이고, 참말로 세상 말세다. 어디 다 큰 계집이 몸뚱아리를 그리 함부로 굴리나? 야야, 니는 부모도 없나? 니 그칼라고 대학에 들어갔나, 응! 넘의 집 자식 앞길을 막아도 유분수지! 내 자식 이렇게 된 마당에 나가 가만히 있을 줄 아나!”

“…….”

“뚫린 입이 있으면 말을 해봐라! 가만, 이럴 게 아니제. 니 집 전화번호가 뭐꼬? 니 부모를 함 만나봐야 쓰겠다. 퍼뜩 대라!”

“희돈 아버지, 진정해요.”

“니는 지금 진정하게 생겼나! 대가리 피도 안 마른 놈이 기집질을 했단다, 불알친구 놈들하고 한 기집을 놓고…… 내사 하늘이 무너질라 캐서 말도 몬하겠다!”

“여보, 진정해라, 이러다 또 혈압 오를라……. 두희 학생, 선호 어머니 말씀대로 저 애 좀 내보내 줘요. 자식을 보면 부모를 안다고, 저런 애 부모 볼 필요도 없어요. 그렇죠, 성광 어머니?"

성광이 그렇듯 그의 부모님 역시 감정의 표현을 지극히 통제하는 사람들이었다.

"내사 아직도 실감이 안 납니대이. 성광아, 니가 우짤라고……."

무너지는 가슴 위에 손을 얹은 성광의 어머니가 기어코 눈물을 보였다. 그런 그녀가 목석처럼 서 있는 지혜에게로 다가가 무릎을 꿇자, 성광이 벌떡 자리에서 일어났다.

"엄마!"

"내는 암것도 모르고 암것도 알고 싶지 않다. 내 이래 사정하니…… 제발 이 아들하고 있었던 일, 잊어주면 안 되겠나? 니도 살고 이 아들도 살아야지? 나이 든 내가 이리 비는 걸 봐서라도 잊어줄 거제?"

"성광 어머니, 왜 이러세요? 일어나세요."

다급하게 다가선 희돈과 선호의 어머니가 성광의 어머니를 일으켜 세웠다.

눈에 넣어도 아프지 않을 아들들로 인혜 서로 표정을 살피는 것조차 민망해진 그녀들이었다. 애달는 성광 어머니의 모성은 그나마 들끓는 화를 참고 있던 희돈 아버지의 피를 거꾸로 솟구치게 만들었다. 성큼성큼 다가선 그가 대뜸 지혜의 손목을 잡아챘다.

"당장 니 부모한테 가자!"

갈기갈기 찢긴 사람의 주검을 보았다 한들 이보다 끔찍할까 싶었다. 인간적으로 믿었던 지혜의 처참한 배신은 선호로 하여금 그 어떤 말도 꺼내지 못하게 만들었다. 그는 난생처음 주먹을 휘두른 아버지에게 죄송하다는 말조차 할 수 없었다. 오해라는 말은 더더욱 할 수 없었다. 까닭 모를 울분과 절망이 온 마음을 잠식한 탓에, 자신이 숨을 쉬고 있다는 사실조차 생경하게 느껴졌다.

허무(虛無)라는 두 글자가 심장 가운데 아프도록 각인되는 순간이었다.

구정물이 흐르는 개천을 헤집듯 하나씩 드러나는 새로운 사실들에도 그는 눈살을 찌푸리지 않았다. 지금과는 전혀 다른 삶을 살겠다고 했던 지혜가 자신과 오디션을 보러 다니는 와중에도 매춘과 다름없는 일을 일삼았다는 사실조차 그에겐 분노를 자아내지 못했다.

'대체 내가 본 진실은 무엇이고, 내가 분별해 낸 진실은 어디에 있는 것일까?'

성난 코뿔소처럼 지혜가 다니고 있는 학교로 쫓아가는 희돈의 아버지를 보면서도, 덕분에 확인사살을 당하듯 그녀의 교수 앞에 불려갔던 순간에도, 선호는 굳게 다문 입술을 떼지 않았다.

꼬박 스무 해 동안 정을 붙이고 살았던 삶은 그의 등에 비수를 꽂았다.

처참한 실어(失語)의 시간…….

그는 지금껏 살아온 스무 해의 삶을 떠나보냈고, 두 번 다시 그리할 수 없을 것처럼 친근했던 친구들을 떠나보냈고, 생에 다시는 없을 첫사랑을 떠나보냈다. 한 번쯤 자신에게 진실을 물었으면 좋았을 여자 친구의 숨결까지도.

자그마한 조각 하나 남아 있지 않은 텅 빈 아파트는 낯설었다. 정말 이곳에서 이 년을 살았을까 싶은 생각이 들 정도로. 인부들이 마지막 상자를 내어가고 나자, 넓지 않은 공간엔 무거운 적요가 내려앉았다.

젖은 수건에 손을 닦으며 그의 아버지가 말했다.

"끄트머리 미련도 여기 두고 가자, 알겠나?"

"네."

"당할 망신, 당한 기 그리 억울하나?"

"여보, 안 그래도 심난한 아한테 와 그카노?"

"멍석을 깐 기 누군데? 선호, 니 분하고 억울한 담 있나?"

"아니요, 그런 거 없어요."

"하모, 니는 억울할 거 하나 없다."

"억울할 게 왜 없나? 여보야, 당신 애 아빠 맞나? 다른 아들은 몰라도 선호는 그기 아니라고 당신도 들었재?"

"진땅 마른땅 구분 몬하고 설친 거, 그거 하나만으로 야는 지

망신 지기 산 기라! 누가 아노? 우예 아노? 그놈의 지지바가 야랑 잤다는데, 니가 우얄 끼고?"

"하이고야!"

생각하면 생각할수록 분통이 터지는 선호의 어머니가 털퍼덕 소리가 나게 바닥에 주저앉았다. 선호만큼은 절대 그럴 리 없다던 성광의 말이 아니었으면, 감쪽같이 속아 넘어갈 뻔했다.

삶의 중심을 잃은 희돈의 아버지는 그날로 지혜의 목덜미를 잡고 그녀가 다니는 학교로 쫓아갔고, 노기충천한 그를 말린 사람은 누구도 없었다. 사색이 된 담당교수 앞에서 희돈의 아버지는 잔뜩 갈라진 목소리로 물었다.

"대학이 이런 짓 가르치는 곳입니꺼? 니 멋대로 해라, 그래 가르쳤습니꺼? 이 아가 부모가 없다는데, 선상인 당신이 책임을 져야 하는 거 아닙니꺼? 내 심한 말 한마디 하까예? 선상이 아한테 꽃뱀 짓 하라고 시켰겠느냐만은, 아가 꼬라지가 이라믄 말려야 하는 거 아입니꺼!"

그렇게 해서 소지혜 사건은 학교 내에 일파만파 퍼져 나가게 됐고, 우후죽순 그녀와 관계를 맺은 남학생들에 대한 이야기가 불거져 나왔다. 급하게 소집된 교수회의는 지혜의 제적을 결정했고, 희돈의 아버지는 아들의 휴학계를 자신의 손으로 제출했다. 그리고 다음날 선호의 어머니는 제발 자신의 아들을 말려달라는 성광 어머니의 전화를 받았다. 선호 부모님이 득달같이 쫓아갔지만, 성광은 고집을 꺾지 않았다. 파리하게 질린 얼굴을 한 그는 낮게 가라앉은 목소리로 말했다.

"내는 더는 학교 몬 다닌다. 아니, 내는 이 서울이 싫다. 그라고예 선호 어머님, 지가 아는 한 선호는 절대 아입니다. 뭐가 있습니다. 저 자슥, 지금 뭔가 속이는 거라예!"

세 집 부모는 꼬박 열흘을 서울에서 지내야 했다. 하늘처럼 믿었던 자식들로 인해.

선호는 부모님의 다그침에도 그렇다 아니다 대답하지 않았다. 삶 전체가 자신을 배반한 마당에, 한 여자에게 기만당한 일 따위쯤은 어떤 의미도 없었다. 어머니는 곡을 하며 울었지만, 아버지의 반응은 그렇지 않았다.

"마, 그래. 사내답게 그냥 입을 다물어라, 그기 낫다. 백번 털어봐야 니가 잘한 거 하나 없다."

"아버지, 저 잠깐만 나갔다 올게요."

"어데?"

"만날 사람이 있어요."

"니 다정이 만나러 가는 기가!"

"아니에요, 두희 형 보고 오려고요."

"낯짝이 있으믄 다정이 옆엔 얼씬도 하지 마라. 내사 입이 열 개라도 할 말이 없다."

선호는 서슬이 선 아버지의 말에 고개를 숙였다.

"여보, 그러지 말고 오해는 풀어야제?"

"오해 같은 소리 하고 자빠졌네! 니는 다정이가 니 딸이래도 그래 말할 기가? 상처 입은 애 건드리지 말고 조용히 가자, 알겠나?"

"예, 아버지."

"두 시 안에 출발해야 하니까 퍼뜩 갔다 오거라."

시간이 지날수록 다정에 대한 원망은 더욱 짙어져 갔다. 왜 자신이 아닌 두희에게 그런 말을 했을까 싶었다. 아니란 말조차 할 수 없도록 만든 그녀의 불신이 선호는 원망스러웠다. 이삿짐을 싸느라 손에 묻은 먼지를 닦아낸 선호는, 그녀와 주고받던 편지들이 담긴 노트를 들고 아파트를 빠져나왔다.

끝을 알 수 없는 나락 같은 곳으로의 추락이었다. 슬픔은 마치 가파른 경사로 같이 다정을 잡아끌었고, 그녀는 슬픔이 내민 손을 딱히 거부하지 않았다. 어딘가로부터 자연스레 주어진 것 같던 믿음이 깨어지고, 사랑이라고 믿었던 한 사람의 숨결을 상실하고, 어쩌면 그녀 자신을 잃어버린 것 같은 마음이 들었다. 절망은 더는 달아날 곳이 없는 막다른 길목처럼 숨통을 조여왔고, 다정은 무위에 취한 사람처럼 벌써 여러 날을 침대 위에서 보내고 있었다.

창밖엔 여전히 환한 햇살이 내리쬐고 있을 터였다. 네게 일어난 슬픔 따위는 상관없다는 듯 그렇게.

하루에 한 번 혹은 두 번 다정은 어머니에게 전화를 걸어 아무 일 없는 자신의 삶을 고했다. 얼굴 가득 먹구름을 드리운 예분이 거의 매일처럼 찾아왔지만, 다정은 별다른 감정을 드러내지 않았다. 모든 것이 낯설었다. 심지어 예분조차도.

"다정아, 이거라도 좀 먹자."

지난밤 다정의 집에서 잠을 잔 예분이 김이 모락모락 나는 냄비를 들고 침대 옆으로 다가섰다.

"라면?"

"그래, 뭐라도 먹어야지."

지혜를 가운데 두고 벌어진 망측한 일은 톨과 며칠 사이에 소문이 퍼져 학교 안팎을 떠들썩하게 만들었다. 선호뿐 아니라 희돈과 성광이 그 일에 연루됐다는 사실은 예분에게도 적지 않은 충격을 가져다주었다. 하지만 아무리 충격이 크다 한들 다정에 비할 수 있을까 싶었다. 그런 다정에게 차마 예분은 말할 수 없었다. 성광이 자퇴를 하고, 희돈과 선호가 자의반 타의반 휴학을 했다는 사실을. 그리고 삭발을 한 두희조차 학교에 나타나지 않고 있다는 사실을.

후루룩 소리를 내며 라면을 입에 넣은 다정이 젓가락을 내려놓았다.

"더 먹어."

호된 표정을 한 예분이 도로 젓가락을 들려주자 다정이 가만히 고개를 저었다.

"입이 써?"

쓴 건 입이 아니라 마음이었다. 짠 소금을 한 주먹 털어 넣은 듯 목울대가 아릿해 왔다. 그와 나누어 먹던 라면 한 그릇이 이토록 아픈 추억이 되리라는 걸 알았더라면, 사랑 따위는 시작도 안 했을 텐데.

알약을 먹듯 한 잔의 물로 라면을 억지로 넘긴 다정은, 뻐근한 명치를 손바닥으로 문질렀다. 지금쯤 그는 어디에서 어떤 표정을 하고 있을지 궁금했다.

"이러다가 병 나면 너만 억울한 거 알아, 몰라?"

"휴우, 그냥 놔두면 돼."

"입장 바꿔서 생각해 봐, 네가 나라면 그냥 놔둘 수 있어?"

탁 소리가 나게 젓가락을 내려놓은 예분이 벌컥벌컥 소리가 나게 물을 들이켰다. 곧추세운 무릎 위에 얼굴을 얹은 다정이 혼잣말을 하듯 말했다.

"지혜 선배, 이 집에 살아."

"선배는 개뿔…… 뭐?"

예분이 놀란 듯 방 안을 두리번거렸다.

"저 끝엣집에 살아."

"하! 정말이야, 그게?"

잊고 싶은, 떨쳐 내고 싶은 기억이, 짙은 그림자처럼 다정의 눈가에 그늘을 자아냈다.

'왜 그랬을까?'

질긴 미련은 여전히 지혜를 원망하게 만들었다. 그 밤 그녀가 자신을 찾아오지만 않았어도 이렇듯 아픈 헤어짐을 맞이하는 일 같은 건 없었을 것 같았다. 아무것도 모른 체 여전히 그를 사랑하고 있을 것 같았다. 아니, 여전히 그를 사랑하면서 이별을 하는 일 따위는 없을 것 같았다.

지혜는 그날 이후로 집에 들어오지 않았다. 똑똑똑, 하는 노크 소리가 들려올까 봐 두렵기도 했고, 한편으로는 그 소리가 기다려지기도 했다. 그녀를 통해 선호에 대한 이야기를 들을 수 있을까 싶어서.

"소지혜, 그거 진짜! 에휴, 내가 인생이 가여워서 참는다……. 나는 세상에 우리 아버지보다 더한 인간이 있다는 거, 걔 보면서 알았어. 그따위로 살고 싶다니? 저 때문에 망가진 사람이 몇 명이야, 대체?"

"……?"

의아한 듯 자신을 쫓는 다정의 눈길에 예분은 아차 하는 심정으로 시선을 방바닥으로 돌렸다.

"모르는 게 약이다."

"무슨 소리야?"

"네 생각만 하라고."

선호에게 무슨 일이 있나 싶어 가슴이 쿵하고 내려앉았고, 순간 책상 위에 올려둔 휴대폰이 울리기 시작했다.

가슴속엔 벌써 여러 날째 흑 빛 비가 내리고 있는데, 눈시울에 닿는 햇살은 잔인할 정도로 화사했다. 유록을 벗은 가로수 이파리는 여름을 닮은 빛깔로 물들어 있고, 오가는 사람들의 얼굴엔 계절만큼이나 가벼운 미소가 깃들어 있었다.

약속 장소인 카페 앞에서 걸음을 멈춘 다정은 잠시 호흡을 가다듬었다. 때 이른 더위 덕분에 이마엔 송골송골 땀까지 배어나는데, 손가락 끝엔 싸한 기운이 흘렀다.

"후우…… 후우……."

가쁜 호흡을 여러 차례 가다듬은 뒤에야 다정은 나무로 된 카페 문을 열고 안으로 들어섰다.

창가 쪽에 앉아 있는 두희의 민머리가 낯설었다. 가슴 깊숙한 곳에 새겨진 헤어짐이라는 말만큼이나.

국화차를 주문하는 다정을 종업원이 의아한 얼굴로 내려다봤다.

"여름엔 국화차가 안 되는데요."

"따뜻한 거 없어요? 커피 말고."

"우유 드릴까요?"

"네."

주문을 받은 종업원이 돌아가고 난 뒤에도 두희는 한참 동안 다정을 물끄러미 쳐다봤다. 다정은 어쩌면 그가 자신을 원망하고 있는지도 모른다는 생각이 들었다. 두희는 따끈하게 데워진 우유가 테이블 위에 놓인 뒤에야 말문을 열었다.

"많이 힘들지?"

"괜…… 찮아요."

"괜찮긴, 인마. 얼굴이 반쪽이 됐네."

하고 싶은 말도, 묻고 싶은 말도 너무 많은데, 정작 아무런 말도 할 수가 없었다. 마음 편히 웃을 수 있던 날들이 아득히 오래된 기억처럼 느껴졌다. 온기가 느껴지는 머그잔을 거머쥔 다정의 귀에 나직한 두희의 목소리가 내려앉았다.

"아무것도 생각하지 마라."

"……."

"생각은 상황에 아무런 도움이 못 되니까."

마치 아빠가 돌아가셨던 그때 같은걸요. 믿어지지가 않아요. 그날 내가 오빠를 찾아가지 않았던 게 나았을 것 같아요. 그냥 모른 척 넘어갈 걸 그랬나 싶을 만큼 후회스러워요. 내가 아직 선호를 많이 사랑해서 그런 거겠죠?

"오빠한테 미안해요."

"오히려 내가 미안하다. 진즉 말을 했었어야 했는데……."

"……알고 계셨어요?"

"희돈이하고 성광이 일은 알고 있었어."

"네……."

"휴우, 선호 자식, 그럴 놈이 아닌데."

선호가 말끝을 흐리자 다정은 괜스레 머그잔을 만지작거리는 시늉을 했다. 송곳에 찔린 듯 가슴이 욱신거려 왔다. 그럴 사람이 아니라 믿었기에 이렇듯 가슴이 아픈 것이리라, 생각하며.

"예분인 만났니?"

"네, 저희 집에 있어요."

"그 녀석도 당황했을 거야. 아마 내가 가장 원망스러울 거야."

"오빠 때문 아니에요. 그렇게 생각하지 마세요."

"후후…… 이렇게 뒤통수를 맞아보긴 처음이다. 다른 누구도 아닌 내 자신한테."

"자책하지 말아요, 오빠."

"네 앞에서 이런 말 하는 게 우습지만, 다 버리고 싶더라. 학교도, 내 자신도."

"오…… 빠!"

"희돈이 녀석 아버지한테 끌려가고, 성광이 자퇴하는 거 보면서, 나는 뭔가 싶더라."

"……자퇴라니요?"

"예분이가 말 안 하던?"

"네. 성광이 자퇴했어요?"

"그 녀석 혼자 지혜를 정말 사랑했으니까."

"맙소사……."

"희돈이 녀석이 지혜랑 사귄다고 떠들고 다닐 때도 자긴 아무런 상관 없다고, 혼자 지혜를 짝사랑한 것뿐이라고 자존심을 지킨 녀석인데……."

"너무해요! 이건 아니잖아요!"

"어디에다 물어야 할까?"

다정은 기어코 참고 있던 눈물을 쏟아냈다. 두희가 그런 다정에게 냅킨을 건넸다.

"울지 마, 다정아."

"저요, 용서 못해요, 용서 안 할 거예요."

"시간이 묻어주겠지."

"아니요, 안 잊을 거예요. 절대로!"

다정의 뺨을 타고 흘러내린 굵은 눈물이 우유가 담긴 머그잔 위로 떨어져 내렸다.

"널 위해서 잊어. 아니, 모두를 위해서 잊어. 그게 옳아."

"싫어요!"

"널 포기하지 마라. 어떤 순간 앞에서도. 내가 해줄 수 있는 말은 그것밖에 없어."

다정은 터져 나올 것 같은 울음을 참기 위해 아랫입술을 지그시 앙다물었다. 고이는 안타까움에 가슴이 터질 것만 같았다.

풀빛으로 아롱진 기억들을 잊어야 한다는 사실이, 아득히 먼 기억 속으로 떠나보내야 한다는 사실이, 그녀의 가슴을 안타깝게 만들었다.

부스럭 소리를 내며 가방을 연 두희가 테이블 위에 뭔가를 내려놨다. 아프도록 눈에 익은 노트와 한 권의 책이었다. 왼쪽 가슴 언저리가 심하게 쑤셔오는 까닭에 다정은 선뜻 노트에 손을 가져다 댈 수 없었다.

헤어지자는 말을 했던 그날이, 서운한 대답을 남기고 집을 빠져나가던 그의 뒷모습이, 아득히 오래된 날의 기억처럼 흐릿하게 떠올랐다.

"나, 벌 받는 건가 봐. 헤어지려고 한 게 아닌데……."

"선호, 내려갔다."
"……!"
"군에 지원했다고 들었어."
부끄러움을 잊은 눈물 한 방울이 또르르 소리를 내며 다정의 뺨 위로 흘러내렸다.
"비겁하지만 나도 잠시 떠날까 싶다. 더 비겁해지는 건지도 모르지만……."
더할 것도 덜할 것도 없이 선명해진 이별은 다정의 혼을 앗아 갔다. 귓전을 스쳐 지나는 두희의 목소리가 먼 데서 불어오는 바람 소리처럼 느껴졌다.
감히 사랑했다고 말하기엔 너무도 짧은 사랑이었다. 헤어짐을 말하기엔 더없이 짧은 날들이었다.
사랑하고 싶었던 사람……. 사랑 안에서 함께 자라고 싶었던 사람……. 그의 모습이 점점 멀어지고 있었다. 영원히 함께하자던 약속과 함께.
비로소 사랑이 영원할 수 없다는 사실을, 하지만 헤어짐만큼

은 영원하다는 사실을 깨달은 다정은, 손바닥으로 얼굴을 감싸
안았다. 아쉽도록 짧았던 사랑을 애도하는 말간 눈물이 가녀린
손가락 사이로 흘러내렸다.

"흑흑…… 이건 아니야…… 아직 사랑도 못했는데……."

『사랑에 관한 몇 가지 오해』 제2권으로…

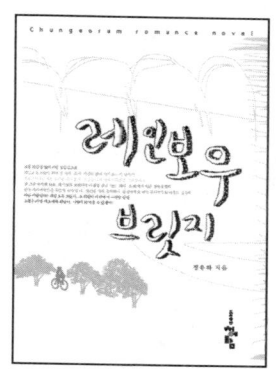

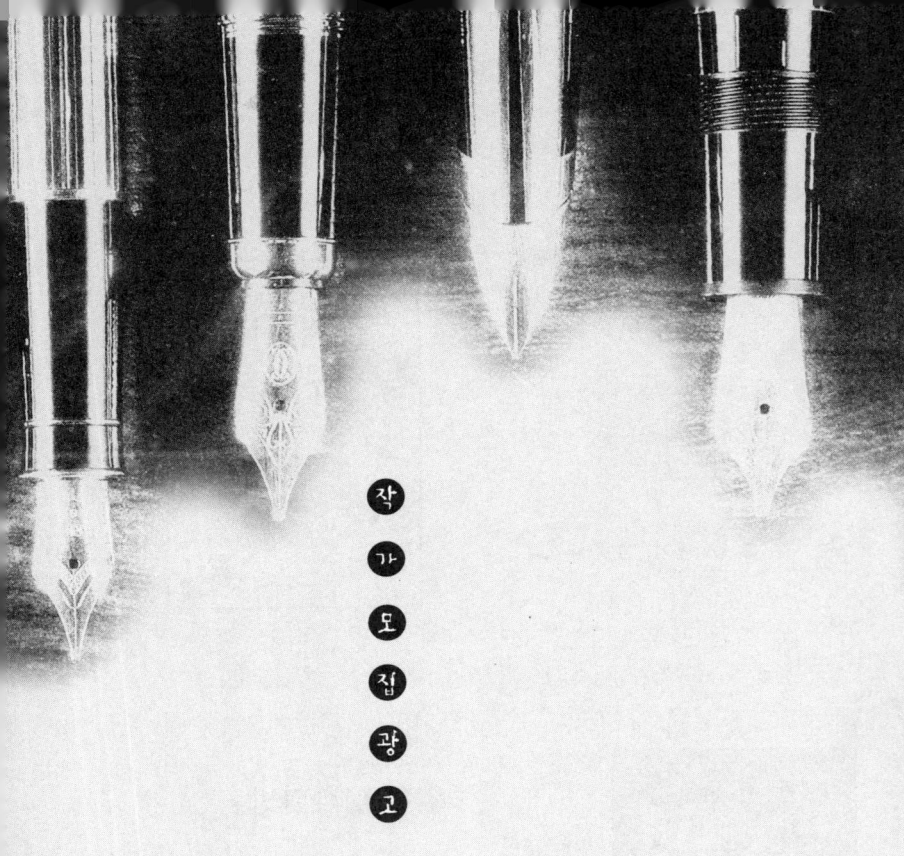

作
가
모
집
광
고

도서출판 청어람의 문은 항상 열려 있습니다.
실력있는 작가 분들의 많은 관심 부탁드립니다.

TEL:032-656-4452 • FAX:032-656-4453
http://www.chungeoram.com
http://chungeoram.egloos.com
e-mail:romance-eoram@hanmail.net